MANFRED GÖRK

9-EURO-TICKET ODYSSEE

AF190459

Über den Autor und dieses Werk

Manfred Görk, 1954 geboren, studierte Volkswirtschaft und lebt heute bei Heidelberg. Er war über viele Jahre in internationalen Projekten tätig, die ihn rund um den Globus führten. Nach seiner beruflichen Karriere begann er, zu schreiben. Seine Bücher handeln von China, Neuseeland und jetzt zum ersten Mal von seinem eigenen Land. Er war sicher einer der leidenschaftlichsten Teilnehmer am großen 9-Euro-Ticket Experiment des Sommers 2022. In dieser Erzählung nimmt er uns mit in die Züge, mit denen er durch Deutschland schlingerte.

Weitere Veröffentlichungen:

Land der Mitte – Impressionen aus einer anderen Welt (2017, ISBN: 9-783958-405707). Dieses Buch ist auch in der chinesischen Übersetzung erschienen (2018, ISBN: 9-783748-199090).

Herr Gao und der Gelbe Fluss (2020, ISBN: 9-783752-687187).

Lockdown in Neuseeland – CORONA Reise-Tagebuch (2020, ISBN: 9-783750-442498). Dieses Buch ist auch in der englischen Übersetzung erschienen (2020, ISBN: 9-783751-935128).

Kontaktaufnahme: landdermitte@gmx.net

Manfred Görk

9-Euro-Ticket Odyssee

Deutschland, wohin schlingerst Du?

Bibliografische Information der Deutschen Nationalbibliothek:

Die Deutsche Nationalbibliothek verzeichnet diese Publikation in der Deutschen Nationalbibliografie; detaillierte bibliografische Daten sind im Internet über http://dnb.dnb.de abrufbar.

Herstellung und Verlag: BoD – Books on Demand, Norderstedt

ISBN: 9-783756-821624

Für alle Schaffner und Schaffnerinnen

»Ein guter Reisender
Hat keine festen Pläne
Und denkt nicht
An das Ankommen.«

Lao-Tse

Inhaltsverzeichnis

Vorwort

Im Sommer 2022 wurde auf den deutschen Schienen ein historisches Experiment durchgeführt, das 9-Euro-Ticket war dafür in die Welt gesetzt worden. Zig Millionen Menschen nahmen daran teil, Jimmy K. war einer von ihnen. Ich vermute, dass nur wenige andere sich so engagiert beteiligten, wie er. Jede Woche innerhalb der drei Versuchsmonate war er mit seinem magischen Ticket unterwegs zu Zielen, die nahezu ganz Deutschland abdeckten. Aus seiner Erzählung erfahren wir, was sich in deutschen Regionalzügen und Bahnhöfen ereignete und damit auch, wohin das ganze Land schlingerte. Spannendes, Alltägliches, Amüsantes, Erschreckendes. Es wurde kein Sommermärchen, es wurde eine Odyssee.

Züge dominierten das Experiment, und so konnte es nicht ausbleiben, dass wir von Fahrplänen, Verspätungen, und Masken lesen. Jimmy K. erzählt uns von seinen Erlebnissen in den Städten, die er besuchte und deren Besonderheiten, vereinzelt spricht er auch über Orte, an denen er nicht ausstieg, die er aber für einen Besuch empfehlen möchte. Die aktuelle Politik und gesellschaftlichen Strömungen in Deutschland flossen in seine Erzählung ein, da sie die Menschen in den Zügen bewegten und allgegenwärtig waren.

In den ersten Kapiteln schaut der Autor zurück auf die Entstehungsgeschichte des Experimentes. Sie werden erfahren, wieso es 3 Monate lang dauerte, wie der Monatspreis von 9 Euro zustande kam und wie es zum Gesetz wurde. Nach den Schilderungen der Ereignisse bis zum Start am 1. Juni, folgt der Hauptteil mit den Erzählungen der insgesamt 13 Reisen.

Schließlich rundet die Wiedergabe des Interviews, das ich Anfang September mit Jimmy K. führte, den 9-Euro-Sommer 2022 ab. Wenn Sie so wollen, können Sie daraus seine Bewertung des Experimentes herauslesen.

Jimmys ›9-Euro-Ticket Odyssee‹ war für mich ein großes Lesevergnügen, bei dem ich viel über das Land nördlich der Alpen lernte.

Steigen wir gemeinsam ein, der Zug fährt, wenn er nicht verspätet ist, gleich ab!

September 2022, Chiara Fiore, Journalistin

It's All Over Now, Baby Blue

Ich stand am hinteren Ende des Bahnsteigs, mit freiem Blick auf alles, was rund um die Gleise des Bahnhofs der Kleinstadt, die nicht weit entfernt von meinem Wohnort lag, geschah. Diesen Ort bezeichnete ich oft als meinen Heimathafen, obwohl dort keine Schiffe fuhren, sondern Züge verkehrten und meine Heimat außerdem in einer anderen Stadt zu finden war. Wo genau, konnte ich auch nicht mit Bestimmtheit sagen, aber hier war sie nicht, soviel war klar. Ich nutzte diesen Bahnhof aus dem schlichten Grund, dass er bequem von meinem Zuhause zu erreichen war, weil es von dort in akzeptablen Zeitabständen Anschluss an das Fernstreckennetz der Deutschen Bahn gab und, was nicht geringzuschätzen war, weil es immer genügend Parkplätze in seiner unmittelbaren Umgebung gab, wo das Auto mehrere Tage und Nächte, noch dazu kostenlos, auf meine Rückkehr warten konnte.

Am Bahnsteig 1 wartete heute Nacht eine Menschentraube, darunter Schaulustige aus der Kleinstadt, ein Team des regionalen öffentlich-rechtlichen Fernsehsenders, eine Handvoll Reporter von Zeitungen und, wie gemunkelt wurde, auch zwei Vertreter der Regierung, die eilends aus der Landeshauptstadt mit dem Hubschrauber angereist waren. Einer von ihnen war der Verkehrsminister persönlich, der andere jemand vom Energieressort. Ersterer ein Herr, Letztere eine Dame, die Ministerialdirektorin, die für die Öffentlichkeitsarbeit zuständig ist.

Die runde Bahnhofsuhr zeigte fünf vor Zwölf. Ihre schwarzen Zeiger der Stunden und Minuten waren im Dunkel nur schemenhaft zu erkennen, da die Innenbeleuchtung der Uhr ausgefallen war, was wohl an der zerbrochenen Glasscheibe vor dem Ziffernblatt lag. Das war nichts Neues, das war bereits seit vielen Monaten so. Auch die Bahnsteigbeleuchtung reichte nicht aus, um den wichtigen Moment, der jetzt, kurz vor Mitternacht, nur noch fünf Minuten entfernt war, ins rechte Scheinwerferlicht zu rücken. Der rote Sekundenzeiger hingegen war wegen seiner leuchtenden, progressiven Farbe deutlich zu erkennen. Er bewegte sich gleichförmig von einem Strich zum nächsten. Sicher wusste er nichts davon, dass er im Fokus der Betrachtung stand, denn die Anwesenden schauten abwechselnd nach links, um im Dunkel der Nacht auf den noch regennassen, matt glänzenden Schienen das herannahende Stahlross zu entdecken, dann wieder nach rechts, um den roten Zeiger zu beobachten und ihn am liebsten so in seiner Bahn zu steuern versuchten, dass seine Schritte perfekt mit dem fahrplanmäßig erwarteten Eintreffen der RB 999 im Einklang waren. Schließlich war es kein Zufall, dass genau dieser Kleinstadtbahnhof für das große Ereignis ausgewählt wurde, denn es gab zwar genügend andere Bahnhöfe in Metropolen mit frisch renovierten Fassaden und mehr als drei Bahnsteigen, aber in keinem von ihnen sollte ein Zug um Mitternacht exakt um 24 Uhr eintreffen. In den Orten, die die Leute kannten, gab es planmäßige Ankünfte um 23:27, 23:52 oder 00:02 Uhr, aber das war nicht passend für das heutige Ereignis, für das große Finale, für den Schlusspfiff.

»Da kommt er!«

Jemand hatte den Zug in der Ferne erkannt, was nicht schwerfiel, waren doch die drei Scheinwerfer, als gleichschenkliges Dreieck angeordnet, eindeutig einer Lokomotive zuzuordnen. Ich wusste, dass man heutzutage nicht mehr von Lokomotive spricht, sondern meist von Zugmaschine oder Triebwagen, aber ich liebte dieses alte Wort und entschied für mich, niemals etwas anderes als Lokomotive zu sagen. Der obere Lichtkegel war stärker und heller als die beiden anderen, die unten links und rechts angebracht waren. Der Kopf der Lokomotive strahlte und trieb einen matten Glanz auf die polierten Gleise, sodass sie zwei helle Linien in die Nacht zeichneten, die am Ende ihrer Reichweite zu einer verschmolzen, um sich dann aufzulösen und in die drei Lichter aufzugehen. Das Ende kam näher, immer näher, Sekunde um Sekunde.

Ich war selbst erst wenige Stunden zuvor an diesem Bahnsteig angekommen, meine letzte Bahnfahrt hatte genau hier geendet, wo jetzt die Menge wartete. Als ich eintraf, gab es noch das übliche Geschehen, das man von einem Kleinstadtbahnhof kennt, genauso, wie am späten Nachmittag des Silvestertages noch normales Treiben in den Städten und Dörfern herrscht. Jetzt, kurz vor Mitternacht, war alles anders, genau wie die Menschen wenige Minuten vor 24 Uhr in der Silvesternacht auch von einer ganz besonderen Stimmung ergriffen werden. Die Leuchtdioden der Datumsanzeige gleich unter der runden Uhr zeigten ›Mittwoch, 31.08.2022‹. Als der Zug näherkam, ertönte blechern die Ansage aus den verbeulten Trichter Lautsprechern:

»Auf Gleis 1 hat Einfahrt RB 999 aus …«

Es war nicht mehr zu verstehen, woher der Zug kam, denn die Menge erwachte urplötzlich, Stimmengewirr, Rufe, Hin- und Herlaufen, es war vier vor Zwölf. Das Fernsehteam justierte noch einmal die Kameras, der Reporter machte eine letzte Probe mit dem Mikrofon, es war drei vor Zwölf, als die beiden mehr weiß als gelb leuchtenden Scheinwerfer neben der Kamerafrau eingeschaltet wurden. Zwei vor Zwölf, RB 999 war jetzt deutlich zu erkennen, nicht nur die Lok, sondern auch die ersten Waggons. Die Regionalbahn näherte sich müde, aber erhaben ihrem Ziel. Der Herr und die Dame der Regierung wurden aufs Neue frisch gepudert, nur keine glänzenden Stellen im Gesicht, wenn sie gleich ihren großen Erfolg mithilfe der Kamera in die Wohnzimmer des Landes schicken würden.

Eine Minute vor Zwölf. Das Schnaufen und Quietschen der Lok übertönten die jetzt aufgewühlte Menge. Ich stand noch immer an meinem Platz. Warum war ich überhaupt hier? Ich hatte dieses Vorhaben nie in Zweifel gezogen, hatte die Gunst der Stunde in vollen Zügen genutzt, war neugierig, war in den letzten zweiundneunzig Tagen Teil des Systems geworden, dieses Mikrokosmos, der so viele in seinen Bann gezogen hatte. Ich musste einfach hier sein, denn es war auch meine Geschichte.

Der rote Zeiger hüpfte auf seiner Kreisbahn unaufhaltsam weiter, der Zug rollte auf den Laufsteg. Beide waren unbeeindruckt, sie erledigten ihre Arbeit, wobei der Lokführer Einfluss auf die Geschwindigkeit seines Fahrzeuges hatte, der Zeiger hingegen nur das ausführte, was in sein funkgesteuertes Uhrwerk einprogrammiert worden war.

10 – 9 – 8:

»Bitte von der Bahnsteigkante zurücktreten, der Zug fährt ein.«

7 – 6:

Die Lok erreichte bereits die Mitte des Bahnsteigs. Quietschende Bremsen und das schrille, die Nachtluft zerschneidende Aufheulen der Räder auf den eisernen Schienen, übertönten das Stimmengewirr.

5 – 4 – 3:

Der letzte Waggon benötigte noch zehn Meter, bis er den Bahnsteig erreichen würde, der Lokführer hatte ein Fenster geöffnet und winkte. Er war jetzt auf der Höhe meiner Position und ich hob meine Hand zum Gegengruß in die Nacht.

2 – 1:

Ein letztes starkes Schütteln erregte die Regionalbahn.

Null:

Sie stand!

»Dieser Zug endet hier, bitte nicht einsteigen«, dröhnte es aus dem Lautsprecher.

Die Standardansage vom Band wurde eingespielt, obwohl jeder wusste, dass es jetzt nicht mehr weiterging, die Leute waren nur hierhergekommen, um das Ende live mitzuerleben. Die Vertreter der Presse und das Kamerateam suchten sich die besten Plätze vor den Türen des mittleren Waggons. Sie liefen dazu noch ein paar Meter mit dem Zug. Schrittzuhalten war wegen dessen langsamer Geschwindigkeit nicht schwer. Endlich öffneten sich ächzend die ersten Türen. Ich wusste mittlerweile über die Leute, die aus den Waggons herausquollen, Bescheid. Nicht dass ich auch nur einen persönlich kannte, aber ich war mir darüber im Klaren, um welche Charaktere es sich handelte, was in ihren Köpfen vor sich ging, ich war über ihre Erlebnisse, ihre Freude, ihre Frustration, ihre Eigenarten, ihre Motivation, ihre Leidensfähigkeit und ihr Glücksgefühl bestens im Bilde, schließlich war ich einer von ihnen gewesen, ich gehörte zum Club.

Manche Passagiere rannten taumelnd zum Ausgang des Bahnhofs, rissen sich die Maske von Mund und Nase, sogen die feuchtwarme Nachtluft ein und ließen die Reporter links liegen, obwohl die Mikrofone und Kabel es ihnen nicht leicht machten, zu entkommen. Andere setzten sich erst einmal auf eine der wenigen Bänke am Bahnsteig, wieder andere strahlten, weil sie es geschafft hatten, weil sie bis zum letzten Tag durchgehalten hatten. Diejenigen mit den halb leeren Bierflaschen in der Hand blieben gerne vor der Kamera stehen und schrien etwas kaum Verständliches in die Mikrofone, ein Zugbegleiter sagte, dass er sehr erleichtert sei, zeigte aber gleichzeitig einen Hauch von Wehmut, weil er den Stress bereits vergessen und nur noch das Schöne in Erinnerung hatte. Das war keine Sternstunde des Interviews, aber das wussten die Leute vom Fernsehen und machten mit eingeübter Routine ihre Arbeit. Schlussendlich fanden sich doch noch eine Handvoll Passagiere, die gerne in das Mikrofon sprachen und wenig aufgeregt ganz sachlich ihre Gedanken äußerten.

Ich blickte zu den beiden aus den Ministerien. Sie verhielten sich etwas tölpelhaft, als sie versuchten, ganz lässig einigen der Reisenden die Hände abzuklatschen, waren sie doch die offiziellen Stellvertreter der Staatsorgane, die den Sommer 2022 so einzigartig gemacht hatten, die zumindest den Weg geebnet hatten, auf dem Millionen von Menschen gefahren waren. Jeder wusste, dass die beiden nicht einmal am Entwurf des zugrunde liegenden Gesetzestextes mitgearbeitet hatten, das waren ihre Kollegen und Kolleginnen in Berlin, doch sie hatten auf lokaler Ebene stets versucht, den Menschen die Richtigkeit des Vorhabens schmackhaft zu machen, waren gelobt und angegriffen worden, so wie immer, wenn die Zentrale Entscheidungen trifft und die lokalen Einheiten für die operative Umsetzung verantwortlich sind. Schließlich standen sie selbst zum Interview bereit. Sie sprachen von einem großartigen Erfolg, zeigten sich dankbar darüber, dass so viele Menschen das Angebot angenommen hatten, versprachen, sich für eine Fortsetzung einzusetzen, irgendwann, in, das musste man diskutieren, abgewandelter Form, in Summe aber waren sie sich sicher, dass das Experiment gelungen war. Ich hörte nicht weiter zu, ich wusste zu genau, welche auswendig gelernten Floskeln aus ihren Mündern kommen würden, das war schließlich ihr routinierter Job in der Öffentlichkeit. Aber ich gab ihnen rundum recht, es war ein gelungenes Experiment.

Langsam wurde es leerer, die Tristheit des Bahnsteigs nahm Oberhand, als ich müde Richtung Ausgang schlenderte. Zurück blieben der halb aus der Verankerung gerissene Mülleimer, dessen Inhalt sich zur Hälfte auf den Bahnsteig ergoss, die Zigarettenkippen, die gleich den Papierkugeln einer Schnitzeljagd den Weg wiesen, die in Zerstörungsabsicht gesprühten Graffiti, die jeden künstlerischen Anspruch vermissen ließen, der Obdachlose, der jeden Abend hierherkam, um einigermaßen vor Regen, Kälte oder Hitze geschützt die Nacht zu verbringen. Zurück blieb auch der rote Sekundenzeiger der Bahnhofsuhr, der weiter tickte, immer weiter, um der Leere einen Rhythmus zu geben, der Zeiger, der nichts von dem verstand, was gerade zu Ende gegangen war. Auch die RB 999 blieb zurück, die im Laufe der Nacht auf ein Abstellgleis rangiert werden würde, um in den frühen Morgenstunden des 1. September 2022 wieder unter normalen Bedingungen nach Irgendwo zurückzufahren. Die große Leere hatte begonnen, als ich zu Hause ankam.

Das Spiel des Sommers hatte sein Ende gefunden. Wer war der Sieger? Gab es überhaupt einen? Wie immer bei solchen Anlässen würde eine sorgfältige Analyse erfolgen und ein Abschlussbericht veröffentlicht werden, soviel war klar. Während ich das Ereignis direkt am Bahnhof erlebt hatte, gab es im Fernsehen Sondersendungen, damit jeder an den Feiern teilhaben konnte, diejenigen, die in den letzten drei Monaten selbst Teil des Geschehens waren, genauso wie die anderen, die sich aus grundsätzlichen Erwägungen strikt geweigert hatten, mitzumachen. Die größte Gruppe aber waren diejenigen, die es einfach mal ausprobiert hatten, ein oder zweimal eine Reise machten und sich sonst nicht weiter darum kümmerten. Die Reporterteams waren gut instruiert worden, um ihren Stimmen den markanten Ton, ihren Worten die bildhafte Illustration zu geben.

»Aus, aus, vorbei. Das Spiel ist aus. Keine Verlängerung, kein Elfmeterschießen, es ist vorbei.«

Der Chefkommentator des Regierungsfernsehens selbst ließ es sich nicht nehmen, den Rückblick einzuleiten. Er sagte diese Worte am 1. September 2022, an einem Donnerstag, kurz nach null Uhr. Zu mehreren Bahnhöfen der Republik gab es Blitzschaltungen, was zu dieser Uhrzeit sehr ungewöhnlich war, wenn wir mal von der medialen Omnipräsenz des Fernsehens in der Silvesternacht absehen. Aber die Sondersendungen zu dieser ungewöhnlichen Zeit waren der Größe des Geschehens vollkommen angemessen, schließlich hatte es Ähnliches in der Geschichte der Republik noch nie gegeben. Nach zweiundneunzig Tagen lagen sich die Sieger in den Armen, die in dieser Nacht ihren Erfolg im Rausch ertränkten, bis sie am nächsten Tag vom stechenden Kater, der Hirn und Leib in Besitz genommen hatte, in den Alltag zurückgeworfen wurden, in das graue Einerlei, in die leere Zeit ohne Bus, ohne Bahn, ohne das spottbillige Sonderticket.

›The summer of love‹, das große Happening auf eisernen Schienen, der Schweiß des Sitznachbarn, die grölende, saufende Skatrunde, die an verschmutzte Scheiben gepressten Gesichter, das drängelnde Schieben durch die Waggons, die fluchenden Gleichgesinnten, die wehklagenden Alten, die coolen und die genervten Zugbegleiter, das alles war plötzlich nicht mehr da. Würde jemanden etwas fehlen? Was würde jetzt kommen? Die Sieger hatten die Fragen der Kritiker wieder in den Ohren, die im Mai gefragt hatten, was denn der Plan ab September sei und wie ein generelles Zukunftskonzept für den öffentlichen Nahverkehr aussehen solle. Sie würden sich bald damit beschäftigen, heute Nacht aber nicht.

»Es fährt kein Zug nach Irgendwo …«, skandierten ein paar Spätheimkehrer, die den Chefreporter gerade live gehört hatten. Die Mehrzahl sagte, es würde so weitergehen wie vor dem Rausch, es würde sich langfristig nichts Grundlegendes ändern. Sollten sie recht behalten? Niemand wagte eine Prognose.

Anfang September 2022 war alles wie vorher. Die Gewerkschaften hatten es nicht geschafft, für Zugführer und Servicepersonal, Zugbegleiter und Fahrplan-Jongleure ein paar Tage Sonderurlaub herauszuholen. Alle waren am Ende ihrer Kräfte, aber es ging einfach weiter. Die Schaffner und Schaffnerinnen sahen wieder ihre Stammkundschaft, die zur Arbeit fuhr und das gefiel ihnen. Nicht wenige wollten die letzten drei Monate rasch vergessen, sie sahen sie als Unfall, der sich nicht wiederholen durfte. Manche waren offen für einen Neuanfang, in den die Erfahrungen einfließen mussten. Anfang September waren mehr Autos als je zuvor auf den Straßen unterwegs. Die CO_2-Einsparungen von drei Monaten wurden innerhalb nur einer Woche wieder aufgefressen.

Maya und ich saßen in dieser Nacht noch lange auf dem Sofa, das Handy in der linken Hand, die Blätterfunktion der Foto-App mit der rechten Hand bedienend. Im Hintergrund lief Musik von Van Morrison, leise, aber schön anzuhören:

»You must leave now, take what you need, you think will last, But whatever you wish to keep, you better grab it fast ... And it's all over now, Baby Blue.«

Hoch- und runterscrollen. Fotos von Deutschland, von Bahnhöfen und Schienen, Altstädten und Kneipen. Kirchen und Rathäusern, Biergläsern und Weinflaschen, lachenden und weinenden Menschen. Wir sahen auf unseren Videos vorbeiziehende Weinberge, Wiesen, Wälder, Flüsse, triste Gebäude, blendende Sonnenstrahlen und rauschende Regenstürme. So viel in so kurzer Zeit. Wir hatten die 9-Euro-Ticket Odyssee überlebt.

»Erinnerst Du Dich an diesen Ort, Jimmy, ich habe den Namen schon vergessen?«, fragte Maya.

»Natürlich«, antwortete ich, »an alles! Das bleibt!«

Wiedergeburt von Bussen und Bahnen

Es begann gegen Ende des Winters, erste warme Tage kündigten den Frühling des Jahres 2022 an, als den Menschen wie ein Blitz aus heiterem Himmel von den Medien Berichte über herannahende Krisen ins Hirn getrommelt wurden. Unser Geld würde immer weniger wert sein, die Menschen würden frieren, wenngleich auch erst im nächsten Winter, wir würden viel mehr fürs Tanken ausgeben müssen, ebenso für Spargel und Erdbeeren, Brot und Bier, Gemüse und Fleisch, schlicht für alles, was zu einem anständigen Leben gehört, alles würde teurer werden, sehr viel teurer. Das Gespenst der Inflation kam am sonnendurchfluteten Tag, denn bei Lichte betrachtet war es bereits vor ein paar Monaten in unser Leben getreten, doch bisher wurde sie von Regierung, Zentralbank und Medien nicht sonderlich beachtet und schon gar nicht bekämpft. Plötzlich hatte man eine Ursache für die Preissteigerungen entdeckt, die nicht in der eigenen Verantwortung lag. Die Macht des Bösen schlechthin, in Moskau beheimatet, wurde den Bürgern als einziger Verursacher aufgetischt, als hätte man dieses externe Ereignis abgewartet, ja herbeigesehnt. Jetzt hörten und lasen die Menschen, was sie ohnehin schon wussten. Wir werden die Inflation jeden Tag spüren, so lauteten fortan die Schlagzeilen in den Medien. Rasch, wen wunderte es, kamen Forderungen auf den Tisch, dass der Staat eingreifen müsse. Hilfe, lieber Staat, tue etwas für Deine Bürger, für Dein Volk, senke die Steuern, was sage ich, schaffe Steuern komplett ab, zumindest auf bestimmte Produkte, und gib uns darüber hinaus direkte finanzielle Zuwendungen für den Lebensunterhalt, zur Erhaltung des Lebens schlechthin. Wenigstens zur Fortführung eines kärglichen Daseins solltest Du etwas tun, oh mein Staat.

In den Ministerien wurden diese Stimmen wohl gehört und unerwartet rasch bekamen Beamte von ihren Chefs die Order, sich etwas zu überlegen:

Achtung: Satire (Anfang)!

»Dieses Mal muss es schnell gehen, sonst wird der Missmut in der Bevölkerung zu groß, was uns ihre Gunst kosten kann.« Eine Kommission wurde gegründet und darin waren die Kompetenzen unterschiedlicher Ressorts gebündelt. Verkehr, Finanzen, Energie und Umwelt lernten rasch, Ressort übergreifend zu agieren und schon am Ende der ersten Arbeitssitzung präsentierte sie ein erstes Ergebnis, die Überschrift für die Wohltaten war bereits gefunden worden: ›Energiesteuersenkungsgesetz‹ sollte der Name des Regelwerkes sein, das jetzt mit Inhalt gefüllt werden musste. Das war nicht geringzuschätzen, denn was immer am Ende an Leistungen festgesetzt werden sollte, musste schlussendlich in einen Gesetzestext gegossen werden. Schon drei Tage später traf man sich wieder, jeder hatte also genügend Zeit, um gut vorbereitet, mit konkreten Vorschlägen in die Sitzung zu gehen. In der Tat legte jede und jeder etwas auf den Tisch. Die mit Weitsicht zusammengestellte Arbeitsgruppe bestand aus je einem männlichen Vertreter und einer weiblichen Vertreterin je Ressort, Chef der Kommission war allerdings ein Mann. Ich war mir sicher, dass es an der Eile des Auftrags lag, einem Staatssekretär des Finanzministeriums die Leitung der Gruppe zu übertragen und ihm das letzte Wort zu geben.

Ihre Ideen flossen nach intensivem Abwägen von Für und Wider in die Rohfassung des Gesetzestextes ein. Man schlug als ersten Akt eine direkte Zahlung von pauschalen Geldbeträgen vor, die an jeden Kopf der Bevölkerung ausgezahlt werden sollten. Wir wollen an dieser Stelle darüber hinwegsehen, dass schlussendlich doch ein großer Teil der Menschen nicht in den Genuss dieser Zahlung kommen sollte und denen, die Begünstigte sein würden, ein Teil in Form von Steuern sofort wieder entzogen werden sollte. Das zu diskutieren, ist aber hier nicht relevant. Man dachte auch daran, auf einen Teil der Steuern auf Benzin und Diesel zu verzichten, zumindest vorübergehend, für einen noch näher zu bestimmenden Zeitraum und man wollte mit einer genialen Idee den öffentlichen Nahverkehr so attraktiv gestalten, dass sehr viele Autofahrer ganz freiwillig zum erstmaligen Umstieg auf Bus oder Bahn bereit wären. Darüber würde sich auch das Klima freuen, wusste die Vertreterin des Umweltministeriums in der ersten Pressekonferenz zu betonen. »Lass den Kleinwagen stehen, nimm den Bus! Lass Deinen SUV in der klimatisierten Garage, steige um auf die Bahn!« So oder ähnlich klangen die ersten Ideen der holprigen Slogans der begleitenden Marketing-Kampagne. Doch mit Appellen allein war es natürlich nicht getan, wusste doch jeder, dass der öffentliche Nahverkehr in vielen, vor allem ländlichen, Regionen viel zu schwach ausgebaut war und dass er dort, wo es ihn gab, wegen der hohen Fahrkartenpreise nicht attraktiv genug war, um mit dem Auto erfolgreich konkurrieren zu können. Nun gut, die Verfügbarkeit generell oder die Verkürzung von Fahrzeiten war in der knapp bemessenen Zeit nicht grundlegend zu verbessern, das wollte man daher gar nicht erst in Angriff nehmen, aber an den Preisen konnte doch bestimmt geschraubt werden.

Für dieses konkrete Ziel wurde der Kommission eine Woche Zeit gegeben. Acht-plus-Eins, acht für die kreative Arbeit und einer als Chef für die Koordination, der bei Stimmengleichheit in der Arbeitsgruppe derjenige mit der ultimativen Entscheidungskompetenz sein sollte, machten sich an die Detailarbeit. Klar, die finalen Entscheidungen würden natürlich auf höherer Ebene getroffen, er war aber derjenige, der entschied, was dem Minister vorgelegt werden sollte. Da Kommissionen einen Namen benötigten, um kurz und prägnant angesprochen werden zu können, nannten die Damen und Herren sich selbst die ›G9‹, die ›Gruppe der 9‹, gelegentlich sogar die ›Gruppe der 9 Weisen‹.

Die Ministerialbeamten brüteten und überlegten, doch wenig kluge Ideen lagen am Ende des Tages im Nest. 10 % Rabatt auf alle Tickets oder Montag ist S-Bahn-Tag oder jeder zahlt nur die Hälfte, das war alles wirklich nicht überzeugend.

»Lasst Euren Gedanken freien Lauf«, rief der Leiter der Arbeitsgruppe in den Raum, »ich will etwas von Euch hören.«

»Kostenlos für einen Monat«, schallte es durch den Raum.

Was für eine verrückte, gleichsam revolutionäre Idee, aber doch nicht so schlecht, um sie nicht intensiver zu diskutieren.

»Nehmen wir einen kleinen Betrag für einen Monat, wie wäre das?«

»Gut, gut, aber für welches Gebiet?«

»Jeweils für den gesamten Verkehrsverbund, in dem jemand wohnt, dann wird es bestimmt attraktiv.«

»Und wofür?«

»Na für alles, für alle Busse, S-Bahnen, U-Bahnen.«

Ohne diese Idee weiter konkretisiert zu haben, wurde sie bereits wenige Stunden später in den Medien präsentiert, bejubelt und zerrissen. Wer hatte geplaudert? Schlau denkende Kritiker meldeten sich umgehend zu Wort.

»Wenn jemand im Verkehrsverbund A wohnt, seine Arbeitsstelle aber im Verbund B liegt, muss er dann zwei von diesen neuen Schnäppchen-Tickets kaufen?«

»Was ist, wenn es gar keine Busanbindung gibt?«

Es gab viele weitere Gegenstöße, die in den Medien breit diskutiert wurden, und im Grundtenor hieß es nichts anderes, als dass man mit den ersten Ideen nicht zufrieden war. Die Debatte wurde fortgesetzt.

»Wir sollten ein Ticket anbieten, das neben dem eigenen Verkehrsverbund auch einen benachbarten Verbund einbezieht.«

»Warum nur einer, warum nicht alle?«

Es war spät geworden und man vertagte sich auf den nächsten Vormittag. Da der Tagungsort der Arbeitsgruppe aber nicht in Berlin, sondern in Hamburg war – fern des normalen Arbeitsplatzes kommt man eben leichter zu kreativen Lösungen – hatte man verabredet, vor Beginn der nächsten Sitzung sehr früh am kommenden Morgen den Hamburger Fischmarkt zu besuchen. Nach einem Matjesbrötchen und einem morgendlichen Korn, das gehörte zum Ritual und selbst die grün gekleidete Dame aus dem Umweltressort konnte sich nicht davor drücken, wollte man dann weiter beraten.

Sich den Schlaf noch immer aus den Augen reibend, standen die Arbeitsgruppenmitglieder am Stand von Aal-Heinrich, nachdem sie vorher an ein paar anderen Buden vorbeigeschlendert waren, diesen aber keine große Beachtung geschenkt hatten. Hier am Fischstand war es bereits um fünf Uhr in der Früh recht voll und laut und so blieben sie neugierig stehen.

»Moin, ihr müden Krieger, was macht ihr hier, ihr wollt Fisch, denk' ich mir? Jou, da seid ihr hier genau richtig bei mich. Guck ma, beste Qualität, frisch und gesund, genau das, was Du jetzt brauchst, siehst ein wenig müde aus.«

Aal-Heinrich hielt ein großes Stück beschichtetes Papier in seiner Linken und griff mit der Rechten in die Auslagen.

»Komm, guck mal, was ich Dir da aufs Papier lege. Ein langer frischer Aaaaal, wie der duftet. Und dazu den Kabeljau hier, den leg' ich noch obendrauf und den Seelachs und diese wunderbare Dorade. 20 Euro für alles, nur 20 Euro, nur heute Morgen, nur bei Aal-Heinrich, nur für Dich! Was, willste nicht, is Dir zu teuer. Mann oh Mann, was bist Du denn für ein Knauser. Egal, ich mach' noch den Alaska Lachs dabei und die zwei Grünen Heringe (der Bärtige der Arbeitsgruppe grinste seine grün gekleidete Kollegin an). 20 Euro, alles zusammen nur 20 Euro. Jetzt nimm die Tüte und hau ab, der Kumpel neben Dir will auch drankommen. Was, Du willst immer noch mehr? Komm, da schmeiß' ich noch zwei Makrelen mit darauf. Immer noch nicht genug? Was soll's, weil Du's bist, ich muss verrückt sein, geb' ich Dir noch zwei Schillerlocken mit dabei und die Tüte Krabben hier auch noch. Jetzt is aber genug, willste jetzt? 20 Euro, Danke. Findste gut hier? Freut mich. Kannst mich doch mal loben dafür. Da geht er hin mit der Riesentüte für 20 Euro, ich muss wirklich verrückt sein, heute Morgen, keinen Euro habe ich dabei verdient, nicht mal einen Cent.«

Da kann er drei Monate lang Fisch essen, murmelte einer aus der Gruppe staunend in die kühle Morgenluft und schaute dem froh gelaunten Käufer hinterher. Wenig später waren sie wieder im Meetingraum. Bisher war der Chef nicht hereingekommen, er musste noch kurz mit dem Minister telefonieren, und so vertrieben sie sich die Zeit damit, Aal-Heinrich zu imitieren.

»20 Euro für eine Woche mit dem Bus. Was, nicht attraktiv genug? Komm, ich leg' die U-Bahn und die alte Straßenbahn mit dazu. Reicht das aus?«

»Nein, zu wenig! Ich biete mehr, ich geb' Dir die Regionalbahn obendrauf und mit der kannst Du auch im Nachbarkreis rumkutschieren, was sage ich, im ganzen Bundesland. Ich muss verrückt sein. Und den Regionalexpress in ganz Süddeutschland oder ganz Norddeutschland.«

Völlig in Rage flogen die halb garen Sätze durch die Runde.

»In ganz Deutschland, in der ganzen Republik. Alles, was ihr wollt. Alles für einen Monat für jeden.«

»Für 9 Euro!«

Völlig ekstatisch war die Dame in Grün aufgesprungen und hatte geschrien:»Für 9 Euro!«

In diesen Moment kam der Chef herein und fand seine Gruppe geradezu im Taumel ob des genialen Paketes, dass sie gerade geschnürt hatte. Ihm blieb nicht viel mehr als zu fragen, wie sie denn auf 9 Euro gekommen seien?

»Na, weil wir neun sind«, rief die Grüne, so einfach ist das. Alle feixten vor Begeisterung und schlugen sich ihre Hände auf die Schenkel. Weil wir 9 sind. An diesem frühen Morgen also gebar die ›Gruppe der 9‹ das 9-Euro-Ticket.

Die zuständigen Damen und Herren Minister waren mehr als erfreut, als sie so schnell ein Ergebnis vorgelegt bekamen. Sie hätten es einfach abnicken können, aber die ministerielle Handschrift durfte nicht fehlen, das waren sie ihrer Position in den Medien und gegenüber ihrem Chef, dem Kanzler höchstpersönlich, schuldig. Das Geld sei knapp, befanden sie und strichen die Fernverbindungszüge, die ICEs und die ICs. Die Finanzen seien in einem schlechten Zustand, aber die Lage sei nicht so ungünstig, um das Angebot nur auf einen Monat befristen zu müssen. Das war ihr Beitrag.

Bei den abschließenden Beratungen war einer der Minister persönlich anwesend, damit letzte Fragen umgehend geklärt werden konnten.

»Wie lange soll es denn gültig sein?«, fragte er in die Runde. Das war in der Tat sehr bedeutend und ehe man in eine Fachdiskussion darüber einsteigen konnte, zog der Vertreter des Finanzressorts einen Becher mit einem Würfel aus seiner Jackentasche, es war ein gelber Würfel mit roten Punkten und schon schüttelte er den Becher, schlug in auf den Tisch und hob ihn im großen Bogen nach oben. Was sahen sie? Die Drei.

»Ich schlage vor, dass das Ticket drei Monate lang gültig sein soll«, seine Stimme war plötzlich ganz ohne Emotionen, die Sachlichkeit in Reinform, sodass dem Minister nichts anderes blieb, als nickend zuzustimmen. Das 9-Euro-Ticket würde also drei Monate lang genutzt werden können.

»Und ab wann soll es den Menschen da draußen im Land zur Verfügung stehen?«, wollte der Minister wissen. Das war in der Tat auch nicht unbedeutend, musste doch einiges vorbereitet werden. Andererseits durfte es auch nicht zu lange hinausgeschoben werden, denn die Bürger sollten schon recht bald von der Regierungsarbeit profitieren.

Der Würfelmann griff erneut in seine Tasche und warf einen zweiten Würfel, es war ein grüner, ebenfalls mit roten Punkten, in den Becher und gab ihm zum Schütteln seiner Kollegin, die heute ein eng anliegendes moosgrünes Kleid trug, in dessen Seiten zwei lange schmale aalartige schwarze Streifen eingearbeitet waren, die, aus der Ferne betrachtet, raffiniert geschnittene Schlitze zu sein schienen. Sie war nicht sonderlich vertraut mit dem Würfeln, denn in ihrer Fraktion wurde nichts dem Zufall überlassen, da war alles in klare Statuten gegossen. Nun, alles stimmte nicht so ganz, denn dass das 9-Euro-Ticket ein relevantes Entscheidungsfeld werden würde, ahnte beim letzten Parteitag niemand. Mit Unterstützung ihres Sitznachbarn, der ihr beim Schütteln tatkräftige Hilfe leistete, donnerte auch sie den Becher, dem schon ordentlich schwindelig geworden war, auf den Tisch, hob ihn hoch und schrie: »2 mal 3! 2 mal 3 ist 6 und 6 ist Juni.«

Der Minister sah es mit Wohlwollen und ging zum Mittagessen in die Kantine oder, falls dort nichts Schmackhaftes angeboten werden sollte, in sein kleines Lieblingsrestaurant, nicht weit entfernt, am Ufer des Flusses.

Damit hatte die Arbeitsgruppe ihren Auftrag erfüllt und wurde aufgelöst. Der Vorschlag aus diesem kreativen Gremium wurde den Experten übergeben, die der Gesetzessprache mächtig waren, um daraus einen Text zu formulieren, der dem Bundestag zur Abstimmung vorgelegt werden musste. Wiederum eine andere Gruppe von Experten grübelte jetzt darüber, wer das Ganze bezahlen sollte. Man einigte sich auf eine Aufteilung der Kosten. Der Bund sollte einen Teil übernehmen, die Länder den anderen. So ist es in den Behörden, den Bürgern wird es egal sein, sie sind letztlich doch die Zahlenden über ihre Steuern und Abgaben, für sie ist es nicht von

Belang, ob ihr Geld in der Verfügungsgewalt der Landesfinanzminister oder der des Bundesfinanzministers liegt.

Die ursprüngliche Idee, für die Pendler, die jeden Tag mit teuer zu betankenden Autos zur Arbeit fuhren, den öffentlichen Nahverkehr für diese Fahrten attraktiv zu machen, war längst in Vergessenheit geraten. Es wurde ein Rundum-Wohlfahrts-Paket für alle, insbesondere für diejenigen, die Zeit hatten.

Achtung: Satire (Ende)!

Kurz vor dem 1. Juni, dem geplanten Beginn der Gültigkeit, war die Verabschiedung im Bundestag vorgesehen. Schließlich wurde das Gesetz auf die Tagesordnung des 19. Mai 2022 gesetzt, einem Tag voller Beratungen, die sich vom frühen Vormittag bis gegen Mitternacht hinzogen. Irgendwann zwischen 21 und 22 Uhr begann dann die Debatte über das Energieeinsparungsgesetz und das 9-Euro-Ticket war ein Teil davon. Die Aussprache im Plenarsaal verlief eher träge und von den wenigen anwesenden Abgeordneten ergriffen nur diejenigen das Wort, die sonst fast nie am Rednerpult zu finden waren. Die kaum fünfzig Parlamentarier waren von ihren Fraktionschefs so ausgewählt worden, dass die Verabschiedung nie gefährdet war. Diese kleine Schar von Hinterbänklern machte dem Volk das großartigste Geschenk seit dem Bestehen der Republik. Selbst diejenigen, die an einzelnen Punkten des Gesetzes Kritik vorbrachten, stimmten letztlich zu, um das Große und Ganze nicht zu gefährden, wie sie betonten. Ein Abgeordneter war sich sicher, dass die jungen Leute im Sommer bestimmt viel Spaß mit dem Schnäppchen-Ticket haben würden, ein anderer gratulierte der älteren Generation und freute sich darüber, dass Rentnerinnen und Rentner wieder ihre Enkelkinder besuchen könnten und das nahezu kostenlos. Ich verfolgte die Debatte online im Livestream des Bundestags. Das Abstimmungsergebnis hatte ich natürlich erwartet, sodass meine Gedanken bereits um die gesellschaftliche Relevanz des Vorhabens kreisten. Als Erstes kam mir in den Sinn, dass es noch vor wenigen Wochen die Coronaimpfung war, die es den Enkeln ermöglichte, zu den Großeltern zu fahren, und jetzt, der Kreis schloss sich, war es das 9-Euro-Ticket, das den Omas und Opas den Gegenbesuch gestatten sollte.

Im Hintergrund wurde in den letzten Tagen vor der entscheidenden Sitzung des Bundesrates das Problem der Finanzierung heftig diskutiert. Weil ein nicht geringer Anteil der Kosten von den Ländern übernommen werden sollte, war deren Zustimmung im Bundesrat erforderlich. Zwei Länder aus der Südhälfte der Republik drohten offen mit Ablehnung, wenn ihr Kostenanteil nicht signifikant reduziert werden würde. Es blieb unbekannt, ob es zu wirklich ernsthaften Verhandlungen darüber kam, jedenfalls war keine Änderung in den Gesetzestext eingearbeitet worden, als die Sitzung der Ländervertretung am Freitag, dem 20. Mai 2022, um 9 Uhr begann.

Auf der Tagesordnung stand eine große Zahl von Gesetzen, über die befunden werden musste, die meisten wurden ohne Redebeiträge durchgewinkt. Doch zum 9-Euro-Ticket gab es tatsächlich zwei Wortmeldungen, eine vom hessischen Ministerpräsidenten, eine von der Landeschefin aus Mecklenburg-Vorpommern. Um es kurz zu machen, trotz einiger Bedenken wollte man dem Gesamtpaket nicht im Wege stehen. Ja, es kam Kritik an der Befristung, es wurden Sorgen geäußert, dass sich nach Ablauf der drei Monate tiefer Frust im Volk breitmachen würde, da man dann wieder die normalen oder sogar noch höhere Ticketpreise zu zahlen hätte. Es fehle ein Gesamtkonzept, um den öffentlichen Nahverkehr dauerhaft so attraktiv umzuformen, dass die vorübergehenden Umsteiger auch langfristig dabeibleiben würden, das war der Kern der Bedenken, aber um ein Zeichen des Entgegenkommens zu setzten, nicht zuletzt, weil man bereits die enorme Erwartung, um nicht zu sagen Vorfreude, bei den Bürgern wahrgenommen hatte, wollte man diese nicht enttäuschen. Also stimmten alle mit »Ja!«

Ohnehin herrschte eine entspannte, ja geradezu heitere Atmosphäre im Sitzungssaal, wie ich zu beobachten glaubte, als ich erstmalig in meinem nicht mehr jungen Leben eine Sitzung des Bundesrates im Livestream verfolgte. Ich wartete auf das »Ja«, denn schließlich wollte ich einer der Millionen Nutznießer, mit denen man kalkulierte, werden. Die Sitzung wurde vom hessischen Ministerpräsidenten eröffnet. Ein Mann, der nicht immer zu den fröhlich dreinschauenden Zeitgenossen gehörte, war heute sehr entspannt, staatsmännisch und gütig. Oft zog ein Lächeln über sein Gesicht, ein gnadenvolles, ein entspanntes Lächeln. Nach mehr als einem Jahrzehnt im Amt werde er am 31. Mai als Ministerpräsident Hessens zurücktreten und somit sei er heute zum letzten Mal in diesem hohen Hause, sagte er. Er blickte daher auf die Jahre seiner Amtszeit zurück, erinnerte daran, dass er viele Kolleginnen und Kollegen habe kommen und gehen sehen, betonte, dass er stets darum gerungen habe, das Beste für das Land zu erreichen, und, so sagte er des Öfteren, die Fähigkeit, zu Kompromissen kommen zu wollen, habe die Arbeitshaltung aller im Hause geprägt, das habe er stets zu schätzen gewusst. Sein Abschiedsgeschenk war sein »Ja!«, und alle taten es ihm gleich. Das war kein Tag, um Volker zu enttäuschen.

Der ›Liebe Volker‹ wurde von seiner Kollegin aus Nordostdeutschland mit Dank überschüttet. Sie habe sich vieles von ihm aneignen können, auch wenn sie in der Sache oft gestritten hätten.

»Vielen Dank für die jahrelange vertrauensvolle Zusammenarbeit. Lieber Volker, ich habe viel von Dir gelernt. Besonders habe ich zu schätzen gewusst, dass Du anderen immer zuhörtest, auch wenn Du deren Meinung nicht teiltest, weil Du nie ausgeschlossen hast, dass Dein Gegenüber doch recht haben könnte. Lieber Volker, bleib gesund und behalte uns in guter Erinnerung.«

Schließlich ging der Sitzungsleiter zum Platz des ausscheidenden Ministerpräsidenten und überreichte ihm einen großen Strauß bunter Frühlingsblumen und einen roten Umschlag. Das musste sein, war er doch Angehöriger der einzig verbliebenen ›Roten Partei‹, die in einem Bundesland den Regierungschef stellte. Neugierig öffnete der Herr Noch-Ministerpräsident das Kuvert und zog zwei Tickets heraus, zwei 9-Euro-Tickets, eines für sich und eines für seine Frau. Alle Kolleginnen und Kollegen hatten darauf unterschrieben und er bedankte sich mit einem verschmitzten Lächeln und gab der Hoffnung Ausdruck, dass die Fahrkartenkontrolleure die Tickets trotz der vielen Namen nicht für ungültig erklären würden.

Countdown

Das Coronavirus hatte mehr als zwei Jahre lang die Überschriften in allen Medien dominiert, bis es im Februar vom Krieg verdrängt wurde. Dieser war von einem Tag auf den anderen unangefochten die Nummer eins des medialen Interesses geworden, doch im Mai katapultierte sich ein neues Thema von nationaler Tragweite in die Schlagzeilen. Es war nach wenigen Tagen zur klaren Nummer zwei aufgestiegen, mit der Tendenz, näher an den Krieg heranzurücken. Dieser nahm nicht den Verlauf, den sich die Verfasser der Hauptschlagzeilen erhofften. Wenn eine Angelegenheit nicht ständig mit neuen Aspekten beleuchtet werden kann, wenn es keine Entwicklung gibt, dann verlieren die Medien schlagartig das Interesse, weil auch die Leser weniger oft zu Artikeln darüber greifen. Weniger Klicks, weniger Werbeeinnahmen, weniger Bereitschaft, ein Thema hochzuhalten. So kam es, dass eine Fahrkarte immer mehr Raum in Print- und Online-Medien, ja sogar im Fernsehen, fand und diesen kontinuierlich ausbauen konnte. Ein Ticket, ein kleines Stück Papier, ein QR-Code, festigte in den folgenden Wochen Platz zwei.

Im Mai begannen die Massenmedien in zunehmender Häufigkeit über das 9-Euro-Ticket zu informieren. Egal, ob ›Bautzener Tageblatt‹ oder ›Spiegel Online‹, ›Flensburger Nachrichten‹ oder die ›Süddeutsche‹, ›Wetzlarer Kreisblatt‹ oder ›Die Zeit‹, es wimmelte nur so von Empfehlungen und Erklärungen und es gab kein Medium, dass sich nicht daran beteiligte. Aus Informationen wurden Ratschläge, Tipps und auch Warnungen. Die Leser konnten erfahren, wie man mit den wenigsten Umstiegen von Lindau nach Hamburg fahren könne, welches die schnellste Verbindung zwischen Köln und Rügen sei, wo es sich lohne, einen Zwischenstopp einzulegen. Ich fand das nicht nur überflüssig, sondern sogar hinderlich, jetzt sollte doch die Zeit gekommen sein, den eigenen Entdeckerdrang auszuleben. Waren die Menschen nicht in der Lage, selbst ein paar Ziele für sich herauszusuchen? Auch sachliche Informationen, die freilich sehr hilfreich waren, fehlten nicht. Welche Zugkategorien konnte man nutzen, welche waren ausgeschlossen? Dürfen Fahrräder, Hunde, Katzen, Ziegen, Hühner mitgenommen werden? Benötigen Kinder einen eigenen Fahrschein? Wo und ab wann kann man das Ticket kaufen? Muss man für jeden der drei Monate eine separate Fahrkarte erwerben? Was passiert, wenn man bereits eine Monatskarte in seinem Verkehrsverbund hat? Und so weiter und so fort. Selten wurden so einfach zu beantwortende Fragen in einer solchen Häufigkeit von so vielen Medien gleichzeitig thematisiert. Oft korrekt, aber mitunter fehlerhaft, was zu einem korrigierten Artikel am nächsten Tag führte. Es wäre doch völlig ausreichend gewesen, auf der Homepage der Deutschen Bahn nachzuschauen, dort war alles ganz präzise beschrieben. Mir fiel auf, dass sich nahezu alles um die Züge der Deutschen Bahn drehte, hingegen nicht um die anderen Verkehrsmittel wie S-Bahn oder Bus, mit denen man zur Arbeitsstelle kommen konnte, überhaupt wurden jetzt die Regionalverkehrszüge für Fernreisen angepriesen. Besonders der gute alte Autobus wurde komplett vergessen, er spielte in der öffentlichen Berichterstattung keine Rolle. Mag sein, dass sein Schattendasein sogar berechtigt war, stieß er doch weiterhin sehr viel CO_2 aus, im Gegensatz zur »Deutsche Bahn – Das ist grün«, die mit Ökostrom fuhr. Nicht zuletzt lag es daran, dass es viel zu wenig emissionsfreie Busse in Lande gibt. Der Bus würde nur dort zum Einsatz kommen, wo keine Schienenverbindungen vorhanden waren.

Neben den Medien traten auch die Bahnexperten in den sozialen Netzwerken in Erscheinung. Sie sahen ihre Aufgabe darin, den Menschen die schönsten Strecken zur Kenntnis zu bringen, idealerweise solche, die sie selbst zu ihren Favoriten zählten. Das war in der Tat oft detaillierter und hilfreicher, als die sich wiederholenden Tipps in den Massenmedien. Parallel dazu stapften die Warner auf die Bühne, die Maler von Horrorszenarien auf imaginären Leinwänden. Die Züge werden hoffnungslos überfüllt sein! Das Zugpersonal werde das aufziehende Chaos niemals bewältigen können! Es gebe viel zu wenig Züge! Die Züge seien viel zu kurz! Verspätungen werden der Normalzustand sein (waren sie das nicht schon heute?)!

Anschlüsse werden verpasst! An vielen Orten werden die Menschenmassen zum Kollaps des gesamten Vorhabens führen! Restaurants werden überlaufen sein, es gebe nicht genügend Plätze, vom Personal ganz zu schweigen. Die Preise in der Gastronomie werden steigen. Kurzum: Das Chaos in Reinform war vorprogrammiert. Das sorgte für Verwirrung und trug zur Bildung extremer Positionen und zur Spaltung bei. Eine astreine Gelegenheit, unser Land abseits der Hauptverkehrsrouten der ICEs zu entdecken, war das Credo der einen Fraktion, nur nicht in einen Zug steigen, zu Hause bleiben oder weiterhin das Auto nehmen, war die Überzeugung der anderen Fraktion. Eine kleine Minderheit wollte es nur einmal ausprobieren, wollte eigene Erfahrungen damit machen und eine noch kleinere Personengruppe wusste immer noch nicht, was das 9-Euro-Ticket war.

Von den Medien weitestgehend unbeachtet und daher unkommentiert blieb, dass der Erwerb des Tickets nicht auf in Deutschland lebende Menschen beschränkt war. Jeder Mann und jede Frau konnte es kaufen, egal wo er oder sie wohnte. Folglich schien es nicht unwahrscheinlich, Franzosen im Schwarzwald, Schweizer auf der Schwäbischen Alp, Österreicher an den Oberbayerischen Seen, Tschechen an Donau und Pegnitz, Polen in der Uckermark und Potsdam, Dänen an den Plöner Seen, Niederländer in den Ruhrgebietsmetropolen und Belgier mit Luxemburgern an der Mosel zu Gesicht zu bekommen.

Stichtag 23. Mai 2022

Am Montag, dem 23. Mai, startete die Deutsche Bahn mit dem Verkauf des Wunder-Tickets, einige Verkehrsverbünde hatten schon ein paar Tage vorher ihre Verkaufsportale dafür freigeschaltet, doch der große Run begann am Morgen dieses Tages. Gleichsam Wasserstandsmeldungen konnte man lesen, dass in Hamburg innerhalb eines Tages 56.000 Tickets verkauft wurden, in Berlin 23.000 Tickets innerhalb von nur 12 Stunden. Es war zu erwarten, dass die wohlbekannten täglichen ›Corona-Inzidenz-Statistiken‹ in kürzester Zeit von ›9-Euro-Ticket Inzidenzen‹ ersetzt werden. Wohin mochte das führen? Propheten bestimmten die Schlagzeilen. Ganz sicher 30 Millionen, ach was, ich rechne mit 40 Millionen, oder mehr, trieb der dritte Hellseher die Zahl noch weiter nach oben.

Egal, was sich da zusammenbrauen mochte, Maya und ich wollten dabei sein, nicht nur gelegentlich, nicht allein in unserer Umgebung, nein, wir planten, das ganze Land im Schneckentempo zu bereisen. Der Weg sollte das Ziel sein. Wir waren beide Rentner, wir hatten Zeit.

Es bedurfte nicht viel, um einen groben Plan zu entwerfen. Der DB-Navigator der Deutschen Bahn, Google Maps und die Streckenpläne der Nahverkehrs-Verbände reichten als Hilfsmittel dafür völlig aus. Die Wochenenden und Feiertage wollten wir meiden, möglichst auch die Freitage, denn an diesen Tagen drohte in der Tat Über-Überfüllung der Züge. So blieben die Montage bis Donnerstage für unsere Kurzreisen. Dort, wo wir Übernachtungen einplanten, buchte ich kurzfristig stornierbare Hotels, um flexibel auf Reise- oder Wetterchaos reagieren zu können, wenngleich ein Regentag auf keinen Fall zur Änderung des Planes führen sollte. Es machte besondere Freude, die Hotels unmittelbar in den Stadtzentren zu reservieren, die meist auch immer sehr nahe an den Bahnhöfen zu finden waren. So konnten wir das Problem der Parkplatzsuche in den engen Innenstädten, das mit einer Autofahrt jedes Mal verbunden war, schlicht ignorieren.

Mit dem 9-Euro-Ticket war jedes Ziel in Deutschland erreichbar, bei weit entfernten Orten allerdings nur unter Inkaufnahme sehr langer Reisezeiten. Dafür gab es die einfache Lösung, gelegentlich eine Fahrt mit dem ICE einzubauen. Passend zum Gültigkeitszeitraum des 9-Euro-Tickets kaufte ich zwei ›Probe BahnCard 25‹ für je 17,90 Euro. Mit ein wenig Geschick ließen sich damit wahre ICE-Schnäppchenpreise, im Bahnjargon Super-Sparpreis genannt, finden, die ich frühzeitig buchte, denn je näher der Buchungstag am Reisetag lag, umso höher stiegen die Ticketpreise. In den Medien wurde diese Möglichkeit nicht vorgestellt, waren die Reporter zu exklusiv auf das 9-Euro-Ticket fokussiert?

12-Wochen, 12-Reisen, das war unser Programm, das Strecken und Orte enthielt, die wir schon lange nicht mehr besucht hatten, wo wir noch nie waren oder worauf wir durch die Medien angeregt wurden. Zusätzlich luden wir den Zufall ein, die Planung kreativ mitzugestalten. Wir hängten eine Deutschlandkarte an die Wand und jeder hatte drei Darts-Pfeile, um klare Einschläge auf der Karte zu hinterlassen. Nach einem eigens dafür vereinbarten Algorithmus nahmen drei unserer Reisen dadurch Kontur an. Ende Mai waren wir vorbereitet, um dem Abenteuer seinen Lauf zu lassen. Schließlich besorgten wir uns je ein 9-Euro-Ticket, zunächst für den Juni. Warum war es eigentlich nicht möglich, gleich ein Dreier-Paket zu erwerben? Gut, das hätte den Ticketkauf nur minimal vereinfacht. Tickets für Juli und August waren ja in Windeseile online zu erstehen, also kein Umstand, über den Klagen angebracht waren. Seid gespannt auf unsere Erzählungen.

Countdown
23. Mai 2022
WirtschaftsWoche: »Wo das 9-Euro-Monatsticket gültig ist und wer dafür bezahlt.«
BR24: »9-Euro-Ticket: Verkehrsforscher rechnet nicht mit Chaos.«

24. Mai 2022
Sat.1: »Chaos durch das 9-Euro-Ticket der Bahn?«
Berliner Zeitung: »Alternative zum 9-Euro-Ticket: Direkt von Berlin mit dem Zug nach Sylt.«

25. Mai 2022
ADAC: »9-Euro-Ticket: Alles, was Sie wissen müssen.«
Stern: »Gigantisches Realexperiment, Forscher wollen herausfinden, was das 9-Euro-Ticket wirklich bringt.«

26. Mai 2022
ZEIT ONLINE: »Oldenburg: Auch Schüler können mit dem 9-Euro-Ticket sparen.«
FOCUS: »Achtung vor Bußgeldern! 9-Euro-Ticket gilt ab Mittwoch – was Sie unbedingt beachten müssen.«

27. Mai 2022

Ntv: »9-Euro-Ticket ein Chaos-Ticket? EVG: Zug- und Bahnsteig-Räumungen denkbar.«

HNA: »9-Euro-Ticket: In einer Stadt ist die Fahrkarte kostenlos.«

Badische Zeitung: »Baden-Württemberg plant zusätzliche Züge und Sitzplätze bei 9-Euro-Ticket.«

28. Mai 2022

Frankfurter Allgemeine: »Das 9-Euro-Ticket kommt, der Internet Explorer geht.«

taz: »Alle reden vom 9-Euro-Ticket. Wir nicht.«

Welt: »Neun-Euro-Ticket. Pfingsten drohen überfüllte Züge und Räumungen.«

29. Mai 2022

Heidelberg24: »9-Euro-Ticket: Umfrage überrascht – ein Drittel will Angebot nicht nutzen.«

CHIP: »Die längsten Regionalexpress-Linien Deutschlands: So weit kommen Sie mit dem 9-Euro-Ticket.«

GIGA: »Kurz vor 9-Euro-Ticket: Deutsche Bahn steht vor einem dicken Problem.«

30. Mai 2022

Hamburger Abendblatt: »9-Euro-Ticket. Sylt bereitet sich auf zusätzliche Besucher vor.«

WAZ: »Festivals und 9-Euro-Ticket: Neues für Reisende im Juni.«

31. Mai 2022

Obermain-Tagblatt: »9-Euro-Ticket: Volle Fahrt voraus im Nahverkehr.«

SPIEGEL: »9-Euro-Ticket, wo es in Bahnen und Bussen ab Mittwoch besonders eng wird.«

Probefahrt zu Bischöfen und Kaisern
(1. Juni)

Ich verließ das Haus um 8:00 Uhr, auf dem Handy im DB-Navigator, der App der Deutschen Bahn, war mein ›Neuner‹ gespeichert und in meinem Geldbeutel steckte, auf die Größe einer Kreditkarte gefaltet, als Sicherungskopie eine ausgedruckte Version. Ich fand den Begriff 9-Euro-Ticket ziemlich formal und schwerfällig und nannte es von nun an nur noch das ›Neuner‹. Dessen Gültigkeit hatte vor acht Stunden begonnen, ein noch junges Leben war gerade erst geboren. Nach sieben Minuten Fußweg erreichte ich meine Bahnstation, die aus drei Gleisen für die S-Bahn und zwei Haltebuchten für Busse bestand, weder über ein Bahnhofsgebäude noch eine Überdachung der Bahnsteige verfügte und dennoch die Bezeichnung ›Bahnhof‹ trug. Gibt es Kriterien dafür, wann ein Ort mit Gelegenheit, in einen Zug ein- oder auszusteigen ›Bahnhof‹ genannt werden durfte? Irgendwo im dicken Regelwerk der deutschen Bürokratie war das sicher akribisch definiert. In meiner kleinen Stadt gibt es noch zwei weitere Stellen, an denen die S-Bahn hielt und von denen man Richtung Norden Weinheim, Richtung Süden Heidelberg erreichen konnte, damit also Anschluss an das große Netz der Deutschen Bahn hatte. Diese beiden anderen Orte hießen im Fahrplan ›Haltestelle‹ oder ›Haltepunkt‹. Um der Notwendigkeit der Differenzierung aus dem Wege zu gehen, sprach man in der Ansage in den S-Bahnen nur von ›Halt‹, »Nächster Halt …«
  Mein heutiges Ziel, das erste überhaupt, war Speyer. Ich war oft mit dem Auto dort, ungefähr 80 Kilometer hin und zurück. Eine Fahrt dauerte ohne Stau 40 Minuten. Ich überschlug rasch die Kosten für die Autofahrt, 4 Liter Diesel, 2 Euro pro Liter, also 8 Euro. Die Parkgebühr kam hinzu, für vier Stunden insgesamt 6 Euro, was noch ein Schnäppchen im Vergleich zu großen Städten war. Schon allein mit dieser kurzen Probefahrt war der Preis meines ›Neuners‹

mehr als wett gemacht. Da ich in Heidelberg umsteigen musste, war ich auf eine planmäßige Fahrzeit von 80 Minuten eingerichtet, also das Doppelte einer Autofahrt. Ein reguläres Bahnticket hätte vor diesem Sommer etwa 23 Euro gekostet, hin und zurück. Zusammengefasst: Die Zugreisen würden jedes Mal deutlich länger dauern, als die Autofahrt, aber die Kostenersparnis war enorm. Deshalb werde ich bei allen anderen Fahrten diese Kalkulation nicht mehr durchführen, die Ergebnisse würden stets die gleichen und somit für niemand überraschend sein.

Speyer also, ich dachte nach und kam zu dem Schluss, dass ich noch nie am Bahnhof in Speyer war, ich wusste nicht einmal genau, wo sich dieser in der Stadt am Rhein befand.

Die S 5 kam pünktlich, es gab sogar freie Plätze, jetzt um 8:10 Uhr. Das ›Neuner‹ hatte also zumindest heute nicht zu übervollen Zügen geführt, wie zahlreiche Orakel in den letzten Tagen vorhergesagt hatten. Während ich Richtung Heidelberg fuhr, diese Strecke kannte ich nun wirklich zur Genüge, schweiften meine Gedanken zu den Schienen der Welt, auf denen ich schon unterwegs war, zu den Bahnhöfen rund um den Globus, an denen meine Reisen begonnen oder geendet hatten. Ich kannte die Bahnhöfe von Vancouver und Caracas, von Glasgow, Oslo, Danzig, Mailand und Lissabon, von Kalkutta und Colombo, Nairobi und Daressalam, Moskau, Kiew, Samarkand, Osaka, Shanghai, Kuala Lumpur und Sydney. Ich kannte Hunderte Bahnhöfe mehr, aber den von Speyer kannte ich nicht. Heute sollte sich das ändern. Meine S-Bahn erreichte pünktlich um 8:36 Uhr den Hauptbahnhof in Heidelberg. Auf der kurzen Reise konnte man Richtung Osten den Fernmeldeturm ›Weißer Stein‹, die Ruinen der ›Schauenburg‹, Weinberge und während der Fahrt über den Neckar, ebenfalls in östlicher Richtung, die ›Alte Brücke‹ und das ›Schloss Heidelberg‹ sehen. Erst heute fiel mir auf, dass alles Sehenswerte im Osten lag, nun ja, das hatte wohl keine Bedeutung. Die S 5 hielt auf einem eigenen Gleis unmittelbar vor dem Fernbahnhof und es waren nur drei Minuten, bis ich dort den Bahnsteig 3 erreichte, wo ich auf die S 3 Richtung Germersheim wartete. Heidelberg würde sicher eines der beliebtesten Ziele für Reisende aus allen Teilen des Landes werden, vor allem wegen seines Schlosses, dem Neckar, auf den man vom

Philosophenweg einen wunderbaren Blick hatte und der Vielzahl von Kneipen, Restaurants und Cafés in der Fußgängerzone und deren Seitengassen. Die S 3 kam pünktlich an und fuhr auch planmäßig weiter, zunächst Richtung Westen nach Mannheim und dann über den Rhein nach Ludwigshafen. Diese beiden Städte würden wohl eher selten besucht werden, obwohl man bei einer Durchfahrt gut daran tat, einen kurzen Stopp in der Quadratestadt Mannheim einzulegen, durch das Universitätsgelände zu den Rheinterrassen und anschließend entlang des Rheins, auf dem Fluss-Kreuzfahrtschiffe und Rheinfrachtschiffe zu bestaunen waren, zurück zum Bahnhof zu spazieren. Von dort hatte man auch einen schönen Blick auf Ludwigshafen.

Nach weiteren 13 Zwischenstopps erreichte die S-Bahn den Hauptbahnhof in Speyer pünktlich um 9:32 Uhr. Als wir Schifferstadt passierten, dachte ich an den ›Kran von Schifferstadt‹. Wohl die wenigsten würden damit etwas anfangen können, die älteren Sportfans und alle, die dem Ringen verbunden waren, aber sicher schon. Ich erinnerte mich an Wilfried Dietrich, den legendären Ringer, der diesen Beinamen trug. Dietrich gehörte zu den ganz schweren Jungs, war Weltmeister und Olympiasieger und wurde durch einen Kampf bei den Olympischen Spielen in München im Jahr 1972 zur Legende. Dort traf er auf einen amerikanischen Kontrahenten namens Chris Taylor, der über 185 Kilogramm wog und den er mit einem genialen Wurf auf die Matte brachte. Dietrich drückte den schwerfälligen Fleischklotz eng an seine Brust, klammerte sich fest um dessen Rücken, streckte seinen Oberkörper rückwärts, immer weiter nach hinten, dann nach unten, sodass dieser bereits waagerecht in der Luft lag, während seine Beine weiterhin stabil und senkrecht auf dem Boden standen. Taylor lag jetzt, mit den Beinen in der Luft herum strampelnd, auf Dietrichs Bauch und Brust, Dietrich berührte mit seinem Kopf schon den Boden, als er Taylor in hohem Bogen über sich hinwegschleuderte. Während Taylors Beine senkrecht nach oben zeigten, waren sein Kopf und seine Schultern bereits auf die Matte gedonnert, Dietrich drehte sich blitzschnell, warf sich auf Taylor und es gelang ihm, dessen Schultern auf der Matte zu fixieren. Er hatte gewonnen, das Publikum tobte. Mit nur 58 Jahren starb der ›Kran von

Schifferstadt‹ an einem Herzinfarkt. Sein Grab befindet sich auf einem Friedhof in diesem Ort mit 20.000 Einwohnern in der vorderen Pfalz.

Ich hatte genügend Zeit zum vereinbarten Treffpunkt unweit des berühmten Doms zu Speyer, in dessen Nähe ich mit drei Freunden zum Frühstück verabredet war, zu laufen, doch ich wollte die Gelegenheit nicht ungenutzt lassen, bereits heute auch Buserfahrungen zu sammeln. Die Haltestelle befand sich unmittelbar rechts vom Ausgang des Bahnhofs, sodass ich um 9:37 Uhr in den Bus 564 einstieg und diesen bereits fünf Minuten später wieder verließ. Schnurstracks ging ich die paar Meter zum Café, wo ich ein wenig warten musste, bis die anderen eintrafen. Wider aller Befürchtungen war ich pünktlich angekommen. Auch Rolf hatte vor ein paar Tagen ein ›Neuner‹ erworben, doch er wollte seine Jungfernfahrt damit erst zu einem späteren Zeitpunkt unternehmen, Günter, ebenfalls bereits Besitzer eines ›Neuners‹, hatte zwar geplant, mit dem Zug anzureisen, vertrödelte aber beim Lesen der Tageszeitung die Zeit, erreichte den Bahnhof zu spät, musste demzufolge umkehren und doch mit dem Auto fahren, Wilfried nahm sein Fahrrad, ein ›Neuner‹ hatte er sowieso nicht, und ob er jemals eines haben würde, stand in den Sternen.

Wie nicht anders zu erwarten war das 9-Euro-Ticket unser erstes Gesprächsthema, eingebettet in eine Diskussion der Lage der Energiekosten und der Inflation ganz generell. Weltpolitische Themen wurden nicht ausgelassen und wir blickten auch auf das Finale der Fußball Champions League zurück. Lag es am herrlichen Frühsommerwetter, dass kein Wort über irgendwelche Krankheiten fiel? Unsere Diskussionen waren durchaus kontrovers, über das Preis-Leistungs-Verhältnis des Frühstücks waren wir uns aber alle einig und voll des Lobes. Wir wurden von einem jungen Mann, wohl Anfang zwanzig und sicher ein Student, der hier jobbte, bedient. Das wäre normalerweise nicht einer Erwähnung wert, doch er fiel uns dadurch auf, dass er ausgesprochen aufmerksam und charmant war, seine Kunden überaus freundlich und rasch bediente, Tische und Stühle bei größeren Gruppen in Windeseile umgruppierte und, das war mittlerweile eine eher selten anzutreffende Fähigkeit, beim

Zahlen blitzschnell und völlig korrekt im Kopf addieren konnte. Deshalb wollte ich es hier erwähnt haben.

Vor der Rückfahrt schlenderten wir zum Dom und ans Rheinufer mit seinen Spazier- und Radwegen, den Biergärten und Liegewiesen und den Anlegern der Rhein-Passagierschiffe. Speyer würde sicher auch oft ein Ziel in den nächsten drei Monaten werden, daran bestand kein Zweifel. Wer für einen ganzen Tag hierbleiben wollte, sollte auf keinen Fall das Technikmuseum auslassen. Für die Rückfahrt wählte ich einen Zug über Weinheim. Dieser war am frühen Nachmittag, es war kurz nach 14 Uhr, noch leerer als der auf der Hinfahrt. Der erste Tag mit dem ›Neuner‹ war äußerst angenehm verlaufen, es gab keinen Grund, für die nächste Reise mit etwas anderem zu rechnen.

Grie Soss und Spundekäs

(2. Juni)

Als bei der gestrigen Probefahrt nichts von Chaos oder ungewöhnlichen Problemen zu spüren war, brachen wir heute zu unserer ersten Tagestour mit dem ›Neuner‹ auf. Ziel waren die Landeshauptstädte Wiesbaden und Mainz, beiden nur wenige Kilometer voneinander entfernt, nördlich und südlich des Rheins gelegen. Es war keine weite Fahrt, sodass uns in beiden Städten ausreichend Zeit zur Verfügung stand, um die bekanntesten Sehenswürdigkeiten zu bestaunen und die lokale Küche zu probieren. Über Weinheim und Darmstadt sollten wir nach zweimaligem Umsteigen und ungefähr 1¾ Stunden Reisezeit die Hauptstadt des Bundeslandes Hessen erreichen. Es wurden schließlich drei Stunden, bis wir in Wiesbaden ankamen. Während der kurzen Wartezeit am Gleis 2 in Weinheim passierte ein schier endlos langer Güterzug, gezogen von einer schweren Diesellok den Bahnhof Richtung Süden, er transportierte schwarze Kohle. Was mochte dieser Anblick wohl in den Köpfen der Grünen auslösen, die hier sicher einen Teil der Wartenden ausmachten? Zwei Energiesünder vereint in einer schwarzen Schlange. Hier trat der Konflikt buchstäblich ins reale Leben, hatten doch ihre Parteispitze und ihre Bundesminister erst kürzlich entschieden, dass Kohle, der aktuellen Lage geschuldet, bei Energieknappheit wieder als Energiequelle genutzt werden könne, wenn auch nur vorübergehend. Kohle, nie mehr; Öl, nur noch kurze Zeit; Atomstrom, auf gar keinen Fall. Die Grünen werden ihre Wunschträume zerplatzen sehen, da war ich mir sicher.

Obwohl der RE 60 in Weinheim pünktlich losfuhr, schaffte er es auf der kurzen Strecke bis Darmstadt, es waren kaum 40 Kilometer, 35 Minuten Verspätung anzusammeln. Die Fahrt führte entlang der hessischen Bergstraße. Ständiger Begleiter waren die sanften Hänge des kleinen, aber feinen Weinanbaugebietes. Bald hatten wir

Heppenheim erreicht, eine Kreisstadt mit sehr sehenswerten Fachwerkhäusern rund um den Marktplatz, einer imposanten Kirche und der 1100 Jahre alten Starkenburg, zu der man nach einem steilen Aufstieg in 45 Minuten gelangen kann. Jährlich Ende Juni findet hier der große Weinmarkt statt, ein 10-tägiges Weinfest, für dessen Besuch in diesem Jahr das ›Neuner‹ bestens geeignet war, konnten die Gäste, die normalerweise mit dem Auto kommen würden, heuer reichlich dem Heppenheimer Stemmler und seinen Artgenossen zusprechen. Auch die Festspiele, die zwischen Mitte Juli und Ende August auf dem Plan standen, würden in diesem Jahr mehr mit dem Zug ankommende Besucher anlocken, als sonst üblich. Schließlich denkt der Motorsportfan an einen berühmten Sohn der Stadt, der vor zehn Jahren Formel 1 Weltmeister wurde. Später hatte er seinen Wohnsitz in ein anderes Paradies verlegt, das den Beinamen Steuerparadies trägt, weshalb der Name dieses Heppenheimers nicht erwähnt werden soll.

Bis hierher waren ungefähr 80 % der Sitzplätze belegt, jetzt aber war kein einziger mehr frei, zahlreiche Fahrgäste standen noch dazu dicht gedrängt in den Gängen, was die teils frischen, teils Tage alten Ausdünstungen einiger Anwesender mehr und mehr den Geruch der Luft im Waggon bestimmen ließ. Da Mayas Nase besonders begabt war, auch nur feinste Duftnuancen wahrzunehmen, zog sie die Maske, die ohnehin getragen werden musste, noch fester über ihr Gesicht. Kurz nach Heppenheim tönte im militärischen Ton vom unteren Gang her in die obere Etage:

»Fahrkartenkontrolle!«

Blitzschnell verteilten sich drei Kontrolleure in alle Richtungen, auf ihrer Dienstkleidung stand ›DB Sicherheit‹, es waren also keine normalen Zugbegleiter. Offenbar gab es auf dieser Strecke Anlass, neben fehlenden Fahrkarten auch andere Verstöße einzukalkulieren. Zwei junge Männer hatten vergessen, ihre Namen auf dem 9-Euro-Ticket einzutragen, sonst schien alles in Ordnung zu sein.

Als Grund der bisherigen Verzögerung wurde die Verspätung eines vorausfahrenden Zuges durchgesagt. Na klar, so entsteht eine Kette von Verspätungen, die bis zum Abend immer weiter anwächst. Ein paar Minuten danach war Bensheim erreicht, dessen Weinmarkt erst im September stattfinden würde und damit bedauerlicherweise erst nach dem Ende des ›Neuner‹ Gültigkeitszeitraumes. Rechter Hand lagen die Ruine des Auerbacher Schlosses und der 517 Meter hohe Melibokus, die größte Erhebung an der Bergstraße.

Im Zug war es ruhig, die meisten waren mit ihrem Handy beschäftigt, nur einer, ein Mann in den 60ern, mit wenig auf dem Haupt, dafür mehr im Bauch, führte drei oder vier Telefonate mit irgendjemandem aus der Verwandtschaft. Es ging, nicht überraschend, ums Essen, wofür er sehr detaillierte Anweisungen gab, insbesondere für die Zubereitung des Kartoffelsalates.

In Darmstadt mussten wir umsteigen, es ging jetzt nordwestlich über Groß-Gerau nach Wiesbaden. Der geplante Anschlusszug dorthin war bereits abgefahren, sodass wir ein wenig warten mussten, um die nächste RB 75, deren planmäßige Abfahrt um 10:12 Uhr sein sollte, zu nehmen, die sich allerdings, keine Überraschung, ebenfalls verspätete. Schließlich konnten wir um 10:25 Uhr weiterfahren. Dieses Mal wurde folgender Grund durchgesagt:

»Der vor uns liegende Gleisabschnitt ist noch nicht frei.«

Das Gleiche wiederholte sich in Groß-Gerau. Die RB 75 war leer, kaum jeder 5. Sitz war belegt. Sie fuhr durch flaches Land, auf dem sich großflächige Erdbeer- und Spargelfelder befanden, manche noch mit Folie abgedeckt, während an anderen die Sprosse bereits bis zu zwei Meter hohe, stark verzweigte Stauden gebildet hatten. Arbeiter waren nicht zu sehen, die Erntezeit ist am frühen Morgen, war also zu dieser Tageszeit für heute längst abgeschlossen. In den Medien wurde berichtet, dass die Bauern mit dem Absatz überhaupt nicht zufrieden waren, weil die Kunden wegblieben, was angesichts der im Vergleich zum Vorjahr höheren Preise kaum verwunderte, hatten doch immer mehr Menschen durch die Ausgaben für die deutlich teurer gewordenen Grundnahrungsmittel nicht mehr genug übrig, um auch noch Spargel einzukaufen. Gibt es einen Grund für die hohen Preise, fragte Maya und ich antwortete, dass ich keinen sehe. Die Löhne waren die Gleichen wie im Vorjahr, ebenso die Kosten des Anbaus inklusive Bewässerung und Beheizung. Spargel mochten wir beide ohnehin nicht und Erdbeeren gab es auf dem in der Nähe unseres Wohnortes liegenden Obsthof in guter Qualität zu einem fairen Preis.

Raps und Weizenfelder waren zu sehen. Das Gelb des Rapses war weitestgehend schon verblüht, die Weizenhalme hingegen noch niedrig und grün. Ob die in Deutschland angebaute Weizenmenge in diesem Jahr ausreichen würde, die Preise von Mehl und Weizenbier auf dem Niveau des Vorjahres zu halten? Sowohl die RE- als auch die RB-Züge verfügten durchgehend über Wi-Fi, Steckdosen waren ebenfalls oft vorhanden. Beides war hilfreich, um bei den andauernden Verspätungen im DB-Navigator nach alternativen Zügen suchen zu können. RB 75 hatte die Zusatzbezeichnung HLB, Hessische Landesbahn GmbH, ein regionales Verkehrsunternehmen, dessen Eigentümer das Land Hessen ist und das einen Teil des Schienenverkehrs der Deutschen Bahn betreibt. Auch in anderen Bundesländern gibt es zahlreiche Unternehmen dieser Art, weshalb man im Fahrplan neben RB oder RE oft zusätzlich noch das Kürzel der jeweiligen Betreibergesellschaft sieht. Aber keine Sorge, das 9-Euro-Ticket galt auch hier. Die HLB-Züge waren außen gelb und rot, innen hatten die sauberen Sitze angenehme rot-ockerfarbene Bezüge. Vor Mainz überquerten wir den imposanten Rhein ein erstes Mal, nach Mainz Hauptbahnhof erneut. Schließlich erreichten wir Wiesbaden um 11:05 Uhr, insgesamt 70 Minuten später als geplant.

Nach unserer Ankunft stiegen wir in den Bus 1, der gleich vor dem Bahnhof abfuhr und kamen bald in Nerotal an, wo sich die Talstation der Nerobergbahn befand. Das Ticket für eine Berg- und Talfahrt kostete nur 5 Euro pro Person. Die Fahrerin hatte ihren Arbeitsplatz, der ein Stehplatz war, vorne links. Sie schien eine sehr entspannte Arbeitsstelle gefunden zu haben, immer an der frischen Luft, netten Kontakt mit gut gelaunten Kunden und ein kleiner Kreis von Kollegen, die sich hier ebenfalls wohlfühlten. Das erfuhr ich von ihr in einem kurzen Plausch vor der Abfahrt. Wenige Minuten später konnten die etwa zehn Fahrgäste den Wagen verlassen, wir hatten den Neroberg erklommen. Von hier oben bot sich ein herrlicher Blick über die vornehme Stadt.

Wir ließen uns auf der Wiese nieder und nahmen einen kleinen Snack zu uns. Dabei hatten wir direkten Blick auf den 1851 erbauten Neroberg Tempel, auf dessen Fliesen ein elegant gekleidetes Paar sich im Tanzen übte. Die beiden bewegten sich zu leisen

Klängen, als wollten sie niemanden stören. Wenn das hier Chinesen wären, würden wir das völlige Gegenteil erleben, Maya und ich kannten die Tanzlust der Chinesen zur Genüge, die Musik dazu konnte gar nicht laut genug sein. Die Schritte des Paares waren sehr präzise, langsam und konzentriert gesetzt, sie achteten auf das korrekte Aufsetzen der Schuhspitze, des Absatzes, das Ausschlagen der Beine und das Drehen des ganzen Körpers. Auch die Haltung der Arme und Hände waren in der Gesamtchoreografie zur Perfektion einbezogen. Ihre Gesichter wirkten diszipliniert, doch nicht verspannt, ein Hauch von Lächeln lag darauf, ohne dass es die Überhand gewann. Vor dem Tempel lagen rote Blätter von Papierblumen, Konfetti förmige Blattschnipsel und in der Sonne glitzernde Plastiksteine verstreut. Ein deutliches Zeichen für ein erst kürzlich hier gegebenes Ja-Wort, die Hochzeitsfeier hatte wohl im etwas weiter unten gelegenen Restaurant stattgefunden.

Es dauerte keine fünf Minuten bis zur russisch-orthodoxen Kirche, die, was selten war, in voller Pracht, ohne Gerüst, mit drei goldenen Kuppeln im gleißenden Sonnenlicht stand. Vor dem Gotteshaus warteten einige Frauen. Russinnen, was an ihrer Sprache und Kleidung zweifelsfrei zu erkennen war. Drinnen fand eine Zeremonie statt, offensichtlich eine Trauerfeier. Vier Priester, einer davon mag ein Erzpriester gewesen sein, zelebrierten die Feier, auch im Innenraum befanden sich nahezu ausnahmslos Frauen, alle trugen Kleid und Kopftuch. Ihr pastoraler Gesang in sich stets wiederholenden Schleifen war ohne Pause und Ende. Er dauerte noch an, als die ganze Schar die Kirche verließ und den Weg zum weiter unten gelegenen russischen Friedhof einschlug. Wegen der Beisetzung verzichteten wir darauf, den Gottesacker zu besichtigen. Auf dem Weg zurück zur Zahnradbahn sprachen wir darüber, wie die Menschen mit russischer Abstammung, die sich hier trafen, mit dem Krieg umgingen und wie sie hier von ihren Mitmenschen behandelt würden. Sie hatten nichts mit den Kämpfen zu tun, wurden aber schon allein deshalb, weil russisches Blut in ihren Adern floss, oft gemieden oder ausgegrenzt. Es blieb nur zu hoffen, dass sich nicht viele daran beteiligen würden.

Auf dem Weg stießen wir auf einen im Wald angelegten großen Klettergarten, in dem eine Jugendgruppe teils souverän, lachend und Anweisungen gebend, teils ängstlich und mit den Beinen zitternd den Parcours zu meistern versuchte. Schon von unten sah es abenteuerlich aus, wie mag sich das erst in zehn Metern Höhe angefühlt haben? Als der Klettergarten außer Sichtweite lag, waren die Schreie aus Angst oder Begeisterung immer noch deutlich zu hören. Es hätte auch eine Affenhorde sein können.

Nachdem wir wieder unten angekommen waren, spazierten wir längs der Nerotalstraße bis zur nächsten Busstation, entlang von prächtigen Villen, von denen einige schon vor 170 Jahren gebaut worden waren. Manche gaben Zeugnis davon, dass die finanziellen Mittel der Eigentümer zur Aufrechterhaltung ihrer Pracht nicht immer ausreichend vorhanden waren.

Mit dem Bus 1 ging es zurück in die Innenstadt zur Webergasse, unweit davon gab es einen Laden, der sich rühmte, die weltweit größte Kuckucksuhr zu besitzen. Ja, die Uhr wirkte schon mächtig, aber die Vermutung lag nahe, dass es irgendwo auf der Erde, eventuell in China, eine noch Größere geben musste.

»Warum hängt die größte Kuckucksuhr nicht irgendwo im Schwarzwald?«, fragte Maya, die wusste, dass sich dort die Heimat dieser einzigartigen Chronometer befand. Sie schaute im Internet nach und schon präsentierte sie selbst das Ergebnis: »Die größte Kuckucksuhr ist 3,30 Meter hoch und steht in Schonach. Also doch nicht China, noch nicht.«

Egal, wir warfen einen Blick in den Laden, der neben Kuckucksuhren aller Größen auch Bierkrüge aus Bayern sowie Weihnachtspyramiden aus dem Erzgebirge verkaufte. Unser Spaziergang ging weiter zum Staatstheater mit seinem imposanten Säulengang und dann hinein ins Kurhaus, in dem alles im Innenraum eindrucksvoll war. Die Kuppel, die Statuen, die Wandmalereien, die Glas-Mosaik-Fenster, der Fliesenboden. Es war die Schönheit schlechthin. Durch die hintere Tür erreichten wir den Kurpark mit einem kleinen Weiher nebst Springbrunnen, nur wenige Menschen schlenderten durch das Grün. Im Stadtzentrum ragte die Marktkirche im wahrsten Sinne des Wortes heraus. Ein braunroter Backsteinbau, was in dieser Region Deutschlands äußerst selten zu finden war. Der Innenraum wurde von drei schlanken, sehr hohen Kirchenschiffen gebildet. Fenster aus buntem Glas ließen ein majestätisch klares Licht in den Raum eindringen. Unmittelbar gegenüber der Kirche befand sich das Gebäude des hessischen Landtags. Schließlich fanden wir ein Restaurant in der Grabenstraße, in dem wir Frankfurter Grüne Soße, hier ›Grie Soss‹ genannt, mit gekochten Eiern und Salzkartoffeln aßen. Die Frankfurter hatten kein Problem damit, ihr traditionelles Gericht auch außerhalb der Stadt anbieten zu lassen, sie hatten auch kein Problem damit, dass das viel kleinere Wiesbaden hessische Landeshauptstadt geworden war, ihr Problem war weit größer, wenngleich lange her und nur noch den Ältesten bewusst, Frankfurt wollte Hauptstadt der Bundesrepublik Deutschland werden, doch Konrad Adenauer hatte das verhindert und machte Bonn zum Regierungssitz.

Mit dem Bus 8 erreichten wir nach wenigen Minuten den Hauptbahnhof, nahmen die S 9 Richtung Frankfurt und stiegen in Mainz-Kastell in den Bus 58 um, der uns zum Landtag von Rheinland-Pfalz brachte. Zwei Landtage so dicht beieinander gibt es sonst nirgendwo in Deutschland. Es war nur ein kurzer Fußweg zur Rheinpromenade, auf der gerade die Stände für das Mainuferfest am Pfingstwochenende aufgebaut wurden. Obwohl Regen vorhergesagt war, machten sich die Budenbetreiber keine Sorgen, denn echte ›Määnzer‹ trinken ihre Schoppen bei jedem Wetter und der ›Ribbelkuche mit Äppelbrei‹ wird gegessen, egal ob's stürmt oder schneit.

Weiter am Rhein entlang erreichten wir den ›Mainz Strand‹, wo man kostenlos in Liegestühlen oder Hängematten Körper und Seele baumeln lassen konnte, es waren genügend Stände aufgebaut, an denen es Getränke und Snacks zu kaufen gab, sodass wir diesen mediterran anmuteten Sandplatz wählten, um einen kühlen Äppelwoi zu verkösten, der freilich in Frankfurt am Main abgefüllt worden war.

Es ging weiter in die Altstadt, die vom Dom überragt wird. Der Innenraum ist weit weniger filigran gearbeitet als die Marktkirche auf der anderen Seite des Rheins, dafür ist seine schiere monumentale Größe beeindruckend. An den Dom grenzt ein Garten mit einem Kreuzgang, in dem zahlreiche Kirchenfürsten ihre Grabstätte gefunden hatten. Vor den wunderbar bemalten Fachwerkhäusern am Markt schmeckte der Erdbeerkuchen besonders lecker. Schließlich schlenderten wir weiter zum Gutenbergdenkmal. Dieser Herr hat die Buchdruckkunst erfunden, irgendwann Mitte des 15. Jahrhunderts, das war eine echte Revolution, belehrte ich meine Frau. Maya entgegnete, dass die Deutschen das wohl glaubten, tatsächlich sei diese Kunst aber bereits 400 Jahre früher in China hervorgebracht worden. Der filigran gestaltete Fastnachtsbrunnen, umgeben von Bronzestatuen, die Garde-Trommler und Garde-Pfeiffer darstellten, steht am Rande des Schillerplatzes. Etwas Vergleichbares gibt es in Deutschland nicht und in China schon gar nicht, da waren wir uns einig. Über eine lange Treppe erreichten wir die oben gelegene Kupferbergterrasse, die durch die Kupferberg-Sektkellerei zu ihrem Namen kam. Im Anwesen der Kellerei war jetzt auch eine Brauerei angesiedelt, in deren Biergarten wir uns eine Pizza, eine eher ungewöhnliche Speise für Biergärten, schmecken ließen. Eine Portion ›Spundekäs‹ rundete die Mahlzeit ab, die von einigen hier gebrauten erfrischenden Bieren begleitet wurde und mit einem feinen Bierkräuterlikör ihren Abschluss fand. Für 32 Euro war das alles unerwartet günstig. Übrigens wollte man hier kein Bargeld annehmen, tut uns leid, wir akzeptieren nur Kreditkarten, was auch kein Problem war. Ich fragte mich allerdings, was ›Eulchen‹ wohl gemacht hätte, wenn seine Kreditkartenmaschinen, so wie an vielen anderen Orten in diesen Tagen, nicht funktioniert hätten?

Es waren nur 600 Meter bis zum Mainzer Hauptbahnhof, was zu Fuß schnell gegangen war. Unser Zug nach Mannheim, die S 6, sollte um 17:51 Uhr abfahren, startete aber zehn Minuten später. Es war eine elegante Bahn, ganz in Weiß lackiert, vorn am Triebwagen ein großes weißes S in einem grauen Kreis, die Türen in Gelb mit einem grauen Rahmen. Die Sitzplätze waren maximal zu 50 % belegt. Es ging über Nierstein, wo der ›Niersteiner Gutes Domtal‹, ein spritziger Rheinhessen-Wein, wächst, Oppenheim, wo man den ›Oppenheimer Krötenbrunnen‹ sicher nicht wegen seines Namens verköstigt, nach Süden. Kurz vor Worms waren im Osten die vier Kühltürme des Kernkraftwerks Biblis auf der hessischen Seite des Rheins zu sehen. Es war das zweit ertragreichste Kernkraftwerk in Deutschland, bevor es stillgelegt und in Teilen bereits abgetragen wurde. Ob es wohl im Notfall der kommenden Energieknappheit, die momentan nicht auszuschließen war, kurzfristig wieder in Betrieb genommen werden könnte? In Worms hielt die S-Bahn für längere Zeit. Die Lautsprecherdurchsage im Zug erklärte als Grund, dass zwei Überholungen abgewartet werden müssen, was bei langsamen Zügen nicht selten vorkam.

»Raucher können ruhig auf den Bahnsteig gehen und sich eine anstecken, wir werden Sie rechtzeitig auffordern, wieder einzusteigen.«

Worms ist bekannt durch seinen schönen Dom, den kleinsten der drei Kaiserdome am Rhein, sowie durch die Nibelungenfestspiele auf einer Freilichtbühne vor dem Dom, die meist im Sommer stattfinden. Der Sage nach hatte Siegfried, der unverwundbar war, weil er einen Lindwurm getötet hatte, in Worms erfahren, dass Kriemhild von einem Drachen entführt worden war. Er machte sich auf, sie zu befreien, besiegte den Riesen, der Kriemhild bewachte, tötete den Drachen und befreite die Prinzessin, woraufhin er mit ihr im Worms Hochzeit feierte.

Schließlich ging es weiter, der nächste Halt war in Ludwigshafen-Oggersheim. Sicher kein Ort, der eine Besichtigung oder auch nur eine Erwähnung wert war, wäre da nicht Helmut Kohl gewesen. Er war von 1982 bis 1998 Bundeskanzler und lebte in Oggersheim. Als ›Kanzler der Einheit‹ ging er in die Geschichte ein, er war es, der die deutsche Wiedervereinigung managen musste. Ob er diese Aufgabe gut oder schlecht gemacht hatte, sollten die Historiker beurteilen, jedenfalls musste man ihm zugestehen, dass er von keinem anderen ähnlich gelagerten Ereignis auf dem Globus hätte lernen können und so war ich der Auffassung, dass es ein Glück war, zu dieser Zeit Kohl als Kanzler gehabt zu haben und nicht seine Nachfolgerin.

»Kennst Du Kohl?«

»Wen?«

»Helmut Kohl, ehemaliger deutscher Bundeskanzler?

»Warte mal, ja hier steht es, Baidu sagt, er aß gerne Saumagen, was ist das?«

In der Tat war der Saumagen seine Lieblingsspeise, überhaupt war er aufrichtig heimatverbunden, liebte die Pfalz und führte gar manchen Staatsgast nach Deidesheim, wo sie in entspannter Runde bei Wein und Saumagen das Geschehen der Welt mit beeinflussten und steuerten. Was ist der Saumagen? Nun, es handelt sich um mageres Schweinefleisch, Brät von der Bratwurst und Kartoffeln, Zwiebel, Eier, Majoran und Gewürze. Das alles wird in einen Schweinemagen gefüllt und gegart. In dicke Scheiben geschnitten kommt er auf den Teller, umgeben von Sauerkraut und kräftigem Bauernbrot. Ein kühler Weißwein dazu und schon erfreuen sich Zunge und Herz. Maya erinnerte sich, dass sie das bereits ein oder zweimal gegessen hatte.

Kurz nach Oggersheim wurden die Fahrkarten kontrolliert, dieses Mal von einer Schaffnerin und nicht vom Sicherheitsdienst. Schließlich kam die S 6 mit 15 Minuten Verspätung um 19:31 Uhr in Mannheim an. Die Durchsagen im dortigen Hauptbahnhof überschlugen sich geradezu mit Meldungen über Verspätungen, die nahezu alle Züge, ganz gleich ob Regionalbahn oder ICE, betrafen. Manche Züge waren 15 Minuten, andere bis zu 60 Minuten verspätet. Die Gründe waren mannigfaltig und reichten von Verspätungen vorausfahrender Züge über defekte Weichen bis zu Problemen mit der Lok. Wegen der deutlichen Verspätung der S-Bahn aus Mainz glaubten wir, uns auf eine längere Wartezeit auf den Zug nach Weinheim einstellen zu müssen. Da aber auch der RE 60 verspätet war, schafften wir es, im letzten Moment in diesen zu springen, kurz bevor er um 19:35 Uhr losfuhr. Dieser Zug war wieder wegen eines Defektes an dessen vorausfahrendem Zug zu spät. Als vor Ladenburg erneut ein unplanmäßiger Halt eintrat, begründet mit der eingeschränkten Verfügbarkeit der Gleise, schien auch die S 5 in Weinheim nicht mehr erreichbar, doch dauerte der Stopp nur eine Minute und so kamen wir Punkt 20 Uhr in Weinheim an. Dort nahmen wir die nächste Straßenbahn nach Schriesheim. Wir waren etwas müde und nicht nur deswegen, sondern wegen des penetranten Geruches einiger Mitreisender, der wohl einerseits durch das Hin und Her Gerenne auf den Bahnsteigen oder in den Zügen, andererseits durch den Komplettausfall des Duschens zu Hause zustande gekommen war, brachte eine erfrischende Dusche wieder Leben in den ermatteten Körper. Auf dieser Tour hatten die permanenten Verspätungen keinen großen Einfluss, gab es doch kurzfristig immer Alternativen, wenn auch mit Wartezeiten verbunden. Wie würde das wohl bei den kommenden Reisen werden?

Dreierlei: Saar – Mosel – Rhein

(8. - 9. Juni)

Am 8. Juni begann unsere erste Zwei-Tages-Tour, eine Reise entlang der drei Flüsse Saar, Mosel und Rhein. Ob unsere S-Bahn, die S 6 von Ladenburg nach Mannheim pünktlich abfuhr, war schwer zu sagen, zeigten doch zwei Bahnhofsuhren, die Rücken an Rücken montiert waren, unterschiedliche Zeiten an. Hatten sie etwa abweichende Funksignale als Zeitquelle oder war es nur eine technische Spielerei des Uhrmachers in den Diensten der Deutschen Bahn? War die nach Norden zeigende Uhr richtig eingestellt, so hatten wir fünf Minuten Verspätung, war die nach Süden gerichtete die korrekte, dann fuhr der Zug pünktlich ab. Letztlich war es ohne Belang, weil in Mannheim ohnehin eine 20-minütige Pause auf uns wartete. Die Sitzplätze waren nur zur Hälfte belegt. Gleich nach der Abfahrt waren zwei Durchsagen in strengem Ton zu hören.

Die Erste:»Wer keine Maske trägt, muss den Zug am nächsten Bahnhof verlassen.«

Die Zweite:»In diesem Zug gilt immer noch die 3G-Regel, bitte halten Sie die entsprechenden Nachweise bereit.«

Nun, da waren wohl im Computer die Aufzeichnungen nicht aktualisiert worden, war doch die 3G-Regel längst außer Kraft gesetzt worden. Die Durchsagen auf den Bahnsteigen im Mannheimer Hauptbahnhof überschlugen sich erneut mit Meldungen, die Verspätungen von 20, 30 oder gar 45 Minuten bekannt gaben. Auch unser Zug war verspätet, wen überraschte es. Penibel wie immer nannte der Ansager den Grund:

»RE 1 nach Koblenz, planmäßige Abfahrt 08:39 Uhr, verspätet sich um voraussichtlich zehn Minuten. Grund dafür sind die Verspätungen zweier S-Bahnen.«

Da wir heute ohnehin keinen weiteren Umstieg geplant hatten, war es egal, dass es nicht bei zehn Minuten blieb. Von Mannheim ging es über den Rhein nach Westen, zunächst durch Gemüsefelder und schließlich mitten durch das Weinanbaugebiet Pfalz bis Neustadt an der Weinstraße. Der Zug war gut besetzt, doch gab es an jeder Station immer genügend freie Plätze, sodass niemand stehen musste. Bei der Fahrkartenkontrolle begann ich ein kurzes Gespräch mit dem Schaffner, einem Herrn Kleber, wie auf dem Namensschild, das nicht alle Zugbegleiter trugen, abzulesen war.

»Haben jetzt eigentlich immer alle Leute einen gültigen Fahrschein?«

»Wenn es so wäre, bräuchten wir nicht zu kontrollieren.«

»Weil diese Leute noch nichts vom 9-Euro-Ticket gehört haben?«

»Nein, weil es immer wieder Leute gibt, die grundsätzlich nicht zahlen wollen.«

»Ah, Django zahlt heute nicht. Und dann?«

»Na, das Übliche. Personendaten aufnehmen, 60 Euro einkassieren und die Herren am nächsten Bahnhof aus dem Zug begleiten.«

»Immer nur Herren?«

»Herren würde ich diese Leute nicht nennen, aber Frauen sind selten darunter.«

Nördlich und südlich von Neustadt reihen sich die Weindörfer wie an einer Kette entlang der Weinstraße, an jedem Wochenende finden in einem oder mehreren Orten Weinfeste statt, die hier oft den Namen Weinkerwe tragen. Dann sitzen die Menschen eng beieinander, leeren die Dubbe-Gläser oder Schoppen-Gläser, Bratwürste, Leberknödel oder Saumagen sorgen dafür, dass der Wein in eine deftige Grundlage fällt, die Leute haken sich unter, schunkeln bei Blasmusik, die Weinhoheiten, ihrerseits Königinnen mit ihren Prinzessinnen, die auch aus vielen Nachbarorten anreisen, gehen von Tisch zu Tisch, schenken kräftig ein und gar mancher Gast sucht ihre Nähe für einen charmanten Schnappschuss.

Der Zug erreichte jetzt den Pfälzer Wald, das größte zusammenhängende Waldgebiet Deutschlands, durchzogen von dunklen geheimnisvollen Wanderwegen und manche urige Hütte lädt ein, am Ende der Wanderung eine Stärkung zu sich zu nehmen. Der nächste Stopp war im ersten Ort nach dem dunklen Wald, in Kaiserslautern. Die Stadt lebt vorwiegend von und für ihren FCK, dem

Fußballclub, der gerade wieder in die 2. Bundesliga aufgestiegen ist. Die ›Roten Teufel‹ spielen auf dem ›Betzenberg‹, wo es für gegnerische Mannschaften und Fans oft nichts zu lachen gibt. Im Mai 1998 war dem FCK etwas Einmaliges gelungen, er war als Aufsteiger in die Bundesligasaison gegangen und am Ende der Saison Deutscher Meister unter dem Trainer Otto Rehhagel geworden. Ich erinnerte mich sehr genau an diesen Tag, war ich doch am Sonntag nach dem Titelgewinn nach Kaiserslautern gefahren, um selbst mitzuerleben, wie eine ganze Stadt in Trance lag und ihre Helden feierte. Fußball kann die Seelen Zehntausender heilen, aber ebenso schnell auch wieder in tiefe Depressionen stürzen. Offiziell heißt der ›Betzenberg‹ jetzt ›Fritz-Walter-Stadion‹, benannt nach dem Sohn der Stadt, der als ›Großer Fritz‹ 1954 die deutsche Nationalmannschaft sensationell zur Fußball-Weltmeisterschaft geführt hatte.

Der nächste Halt war in Landstuhl, ein Ort, von dem kaum jemand sprechen würde, läge er nicht in unmittelbarer Nähe der Ramstein Air Base, dem Hauptquartier der US Air Force in Europa, das Dreh- und Angelpunkt zahlreicher US-amerikanischer Militäreinsätze und Kriege war und auch heute wieder ist. Drei Frachtmaschinen waren kurz hintereinander Richtung Westen gestartet, aber ihr Ziel lag zweifelsohne im Osten. Ich war mir sicher, dass sich in den Laderäumen der Maschinen militärisches Material befand, das in die Ukraine geflogen wurde. Unklar bleibt bis heute, ob hier auf deutschem Boden, aber unter amerikanischer hoheitlicher Verwaltung, immer noch Atomwaffen lagern. Maya war sehr überrascht, dass mehr als 30 Jahre nach der Wiedervereinigung weiterhin so viele amerikanische Soldaten in Deutschland stationiert sind.

»Ihr seid also immer noch kein souveräner Staat«, war ihre präzise Beschreibung des Status quo.

»Ja, das muss man wohl so sagen, nicht zuletzt, weil das, was auf diesem Stützpunkt passiert, nicht der deutschen, sondern der amerikanischen Rechtsprechung unterliegt.«

Wir wollten dieses Kapitel deutscher Nachkriegsgeschichte nicht weiter vertiefen, es war nicht dazu geeignet, Spaß zu haben.

Auf der parallel zur Bahntrasse verlaufenden Autobahn standen Fahrzeuge in einem kilometerlangen Stau, eine tägliche Erscheinung auf dieser Strecke und nicht nur hier. Was läuft da falsch?

Gründe für die täglichen Staus gibt es viele, von Unfällen über hohem Verkehrsaufkommen bis zum miserablen Management der Baustellen, die oft kilometerlang sind, ohne auch nur einen Arbeiter oder eine einzige Maschine in Bewegung sehen zu können. Das ist nicht die Ausnahme, sondern die Regel. Da relativierte sich eine um wenige Minuten verspätete Bahnfahrt rasch.

Es ging weiter ins Saarland, links und rechts der Strecke gab es nichts Bemerkenswertes zu entdecken. Im Zug blieb es sehr ruhig, nur die Signaltöne eingehender Nachrichten auf den Mobiltelefonen einiger Reisender unterbrachen die Stille. Schräg gegenüber von uns saß ein gut gelaunter Mann in den Fünfzigern. Er trug ein hellblaues T-Shirt, knielange mittelblaue Jeans und graue Socken, die in braunen Sandalen steckten. Ihn überkam der Hunger und so zog er eine Butterbrezel aus seiner Tasche. Nein, er nahm zum Essen die Maske nicht ab, er drückte sie mit der Rechten einfach nach oben, bis die Augen bedeckt und der Mund frei waren, biss kräftig in die Brezel, die er in der Linken hielt, schob die Maske wieder über Nase und Lippen und begann genüsslich zu kauen. Diese Prozedur wiederholte er für den nächsten Bissen, wobei sich die obere Hälfte der Brezel etwas verschoben hatte, sodass sich jetzt ein Teil der Butter an seinen Fingern befand, die er ohne bewusstes Handeln an der Maske abwischte, woraufhin die Butter nun teils auf der Brezel, teils an der Hand und teils auf der Maske verteilt war. Aber das schien ihn nicht sehr zu stören, er hatte wohl Praxiserfahrungen mit dem Essen, was sein Bauch bewies.

Über Saarbrücken, der Hauptstadt des Saarlandes, ging es nach Völklingen, einst ein wichtiger Standort für die Stahl- und Eisenindustrie, die Arbeitsplätze und Wohlstand im Überfluss gesichert hatte. Das ist lange vorbei, trotzdem ist die Stadt ein interessantes Ausflugsziel geworden, gibt es doch hier die einmalige Gelegenheit, ein komplett erhaltenes Eisenwerk zu besichtigen. In jüngster Zeit kommen auch Kunstfreunde auf ihre Kosten durch die Urban Art Biennale, die auf dem Gelände der Völklinger Hütte alle zwei Jahre, so auch 2022, stattfindet. Ich machte ein paar Notizen und nahm diesen Ort als Kandidat für einen Besuch für die weitere Planung mit dem ›Neuner‹ auf.

Schließlich trafen wir nach zwei Stunden und zwanzig Minuten ziemlich pünktlich in Mettlach ein, unsere heutige Endstation. Manche kommen hierher, um Porzellan einzukaufen, doch wir gingen gleich zur neben dem kleinen Bahnhof gelegenen Bushaltestelle, um von dort in wenigen Minuten den Ort Orscholz zu erreichen. Mit uns warteten zwei Damen aus Kaiserslautern auf den Bus 250, wir plauderten ein wenig über das schöne Saarland und Rheinland-Pfalz und dass es dort genügend Ziele für einen 9-Euro-Tag gibt. Oben angekommen machten wir eine kurze Rast, um uns für die anstehende Wanderung zu stärken. Nach 100 Metern war der Eingang zum erst vor wenigen Jahren fertiggestellten Baumwipfelpfad erreicht, ein zwischen 10 und 20 Metern hoher und etwa einen Kilometer langer Holzsteg, der in Höhe der Baumkronen durch den Wald zu einer Aussichtsplattform führte. Auf dem Weg waren Informationstafeln über die hiesige Natur und Tierwelt angebracht. Schließlich ging es in sechs Windungen auf breiten Holzplanken zur Aussichtsplattform hinauf, die hoch oberhalb der Baumspitzen lag. Von dort hatte man einen unvergleichlichen Blick auf die Saar, ihre Schleife, die von der Natur zur Perfektion geformt worden war und den Wald, man sah nur Grün, grüne Bäume und durch das Blätterwerk dunkelgrün schimmerndes Wasser, weitere Farben gab es nicht, wenn man vom Himmel absah, dessen dunkelgraue Wolken just in diesem Moment ihre Pforten öffneten.

Für die nächsten drei Stunden regnete es. In der Mitte der Halbinsel, die steil zwischen den zwei Teilen der Saar-Schleife lag, waren die Ruinen der Burg Montclair zu erkennen. Ein Lastkahn kam von Süden, der Steuermann musste sehr geschickt sein, um sein langes Fahrzeug sicher um die Haarnadelkurve zu manövrieren. Auf diesem Teil des Flusses ist Gegenverkehr strikt untersagt, die Kapitäne informieren sich rechtzeitig, bevor sie hier ankommen. Wir stiegen von der Plattform hinunter und waren nun auf dem alten Wanderweg, der zum Aussichtspunkt Cloef führte, er war direkt unterhalb der mächtigen Baumwipfel-Plattform gelegen und hatte eine politische Bedeutung, an die sich freilich immer weniger Menschen erinnerten. Oscar Lafontaine, damals Vorsitzender der SPD, und Gerhard Schröder, der zu dieser Zeit niedersächsischer Ministerpräsident war und ein Jahr später, 1998, Bundeskanzler wurde, hatten sich hier mit ihren damaligen Gattinnen getroffen und zur versammelten Presse, die eigens dafür heraufgebeten worden war, gesagt:

»Zwischen uns passt kein Blatt Papier.«

So beschworen die beiden ihre tiefe Verbundenheit und Einigkeit und alle Welt, zumindest diejenige, die der SPD zugeneigt war, sollte es erfahren. Dieser Freundschaftsschwur, der freilich nicht nach Indianermanier durch den Austausch des eigenen Blutes mit dem des Bruders getätigt wurde, hielt nicht lange, bald zerstritten sich die beiden über die politische Ausrichtung der Partei und nur zwei Jahre später kam es zum offenen Bruch zwischen Schröder und Lafontaine. Die Saar-Schleife hatte dadurch aber keinen Schaden genommen.

Nach kurzer Suche fand Maya den Wanderweg, der über 3½ Kilometer hinunter zur Saar führte. Im nach der Saar-Schleife benannten Gasthaus saß eine Rentnergesellschaft, die einen Geburtstag feierte und sich in ihrem Gespräch recht verärgert über ›Die da Oben‹ in Berlin äußerte. Sonst waren keine weiteren Gäste anwesend, das Wetter lud heute nicht viele ein, hierherzukommen. Während wir auf das Essen warteten, streiften meine Augen durch den Gastraum, der gut und gerne seit den Sechziger-Jahren des letzten Jahrhunderts nicht mehr verändert worden war. Ein alter Holzofen, Stühle mit Plüsch-Bezug und ein Sofa, das dem im Wohnzimmer meines Elternhauses zur Zeit meiner Kindheit sehr ähnlich war. Oberhalb der Tische führte eine Ablage für Bücher und vielen anderen Utensilien rund um den gesamten Raum und ich entdeckte die sechs Bände des ›Wissen des 20. Jahrhunderts‹, das war mein Google, mein Lexikon während meiner Schulzeit. Ich nahm zwei Bände heraus und blätterte darin. Scholz, Kosovo, Covid-19 und viele andere, heute alltägliche Stichworte waren darin nicht enthalten, dafür aber Rhodesien, Jugoslawien, Deutsch-Südwestafrika. Hätte man diese Ausgabe ständig aktualisiert, aus wie vielen Bänden würde sie heute bestehen? Zwanzig, vierzig, sechsundsechzig? Ich probierte ein Glas Saar-Riesling und war überrascht ob seines angenehm frischen Geschmacks. Nachdem wir gestärkt waren, gingen wir die paar Meter zur Fähre. Am Anleger war eine Glocke angebracht, die Maya kräftig anschlug und schon kam der Fährmann aus seinem gegenüber der Anlegestelle liegenden Holzhäuschen und brachte uns für 2 Euro pro Person auf die andere Seite. Dort warteten bereits zwei Wanderer, die er auf der Rückfahrt mitnahm. Auch auf dieser Seite gab es eine Glocke, freilich etwas größer und man musste den Klöppel kräftiger anschlagen, doch der Fährmann bestätigte, dass er noch immer jeden Glockenruf gehört hatte, selbst wenn sein Fernseher lief.

Wir gingen jetzt entlang des Flusses bis zum Scheitelpunkt der Schleife, dann direkt in den Wald zur Ruine der Burg Montclair, der Weg stieg stetig, aber nicht sehr steil, sodass wir entspannt, aber trotz des Regenschirms durchnässt oben ankamen und die Ruine für ebenfalls 2 Euro besichtigten. Die Burg ist schmal und hoch, über steile Treppen gelangten wir zu auf drei Ebenen angebrachten Aussichtsplattformen, von denen auch die gegenüberliegende Konstruktion des Baumwipfelpfads gut zu sehen war. Nach weiteren 3½ Kilometern erreichten wir schließlich Mettlach und waren überrascht von der am Rand des kleinen Ortes stehenden unerwartet großen und prächtigen Wallfahrtskirche. Das Ortszentrum wird von Porzellan Outlet-Geschäften geprägt, was nicht verwundert, ist Mettlach doch die Heimat des Unternehmens Villeroy & Boch, das seinen Hauptsitz in den ehemaligen Klostergebäuden der Abtei Mettlach hat. Unweit davon befindet sich die Abtei-Brauerei. Unter dem großen Dach saßen wir am Abend im Freien, um saarländische Spezialitäten und die dort gebrauten Biere, ein Helles, ein Dunkles und ein Weizen zu verköstigen. Zum Saarländischen Dreierlei gehörte ein ›Gefillder‹, ein Kartoffelknödel mit Leberwurstfüllung, ein ›Hoorische‹, ein länglich geformtes Teil aus Kartoffelklöße-Teig, gefüllt mit Blut- und Bratwurst sowie ein Leberknödel. Darüber floss eine würzige Speckrahmsoße, garniert war das Gericht mit einer Portion Sauerkraut. Zum guten Schluss genoss ich ein Glas ›Jacob von Montclair‹, einen Whiskey Single Malt aus eigener Herstellung. Mein Toast ging an die Bundesregierung. Am Ende des Tages zeigte der Zähler 16.000 Schritte. Trotz des ›Neuners‹ waren wir tatsächlich viel gelaufen, wegen des ›Neuners‹ hatten wir viel gesehen.

Gut gestärkt vom Frühstück gingen wir am nächsten Morgen zum Bahnhof, entlang des riesigen Areals von Villeroy & Boch, in dem gerade größere Renovierungsarbeiten stattfanden. Hinter den Gleisen gab es eine Vielzahl alter Fabrikanlagen zu sehen, alle mehr oder weniger stark verfallen. Wahrscheinlich fehlt das Geld für den Abriss, für den Wiederaufbau ohnehin, weil sich hier keine neuen Betriebe ansiedeln wollen. Wir nahmen den um ein paar Minuten verspätet auf Gleis 12 abfahrenden RE 1 um exakt 10 Uhr. Erstaunlich für einen so kleinen Ort, doch es befinden sich dort keine 12 Gleise, es gibt nur zwei, die interessanterweise mit 11 und 12 nummeriert sind. Der Grund blieb unbekannt. Der gut gefüllte Zug schlängelte sich in gemächlichem Tempo an der Saar entlang. Es waren viele Schüler in der Bahn, was wohl daran lag, dass es im Saarland und Rheinland-Pfalz eine Woche Pfingstferien gab. Hinter Saarburg ragen die Weinberge steil in die Höhe und man erahnte, wie mühsam der Anbau hier ist. Leider waren die Fenster des Zuges mit unsinnigen Zeichen und Schriften so verschmiert, dass der Blick hinaus kaum möglich war. An einer Scheibe stand: »Zeit zum Surfen«, auf der nächsten befand sich das Wi-Fi Logo. Sicher war der Stolz der Bahn, den Kunden ein digitales Angebot machen zu können, Grund für das Umfunktionieren der Zugfenster. Aus einer unbekannten Ursache endete die Fahrt heute in Trier und alle mussten in einen auf dem gleichen Gleis im vorderen Bereich wartenden Zug umsteigen, um nach Koblenz zu gelangen. Die Zugnummer hatte sich nicht geändert.

Trier hatten wir erst im letzten Jahr besucht, weshalb wir dieses Mal dort keinen Zwischenstopp einlegten, trotzdem muss diese Stadt erwähnt werden, weil sie so viel zu bieten hat. Da sind zum einen die Relikte aus der römischen Vergangenheit, das Amphitheater, die Barbarathermen oder die Porta Nigra, zum anderen natürlich Karl Marx, der hier 1818 geboren wurde. In seinem Geburtshaus befindet sich heute ein sehr sehenswertes Museum, man lernt über sein Leben, seine Werke und die Verbreitung derselben über den gesamten Globus. Gleich hinter Trier, der Zug hatte gerade die Mosel in nördliche Richtung überquert, kontrollierte eine blonde Schaffnerin die Fahrkarten und wollte, das erlebten wir erstmals, sogar einen Lichtbildausweis dazu sehen, da die 9-Euro-Tickets personengebunden waren. Ich nutzte die Gelegenheit, Fragen zu stellen, da die Dame nicht in Eile zu sein schien.

»Wie oft kommt es denn vor, dass jemand keinen gültigen Fahrausweis hat?«

»Erst gestern waren drei Zigeuner hier im Zug, die hatten zwar 9-Euro-Tickets, aber welche für den August.«

»Immerhin«, antwortete ich.

»Weil sie nicht lesen können, hatten sie die falschen Tickets gekauft, das haben sie jedenfalls behauptet.«

»Was machen sie in so einem Fall?«

»Was soll ich machen, es ist nicht mein Job zu verstehen, warum jemand kein gültiges Ticket hat. Ich habe sie am nächsten Bahnhof aus dem Zug geschickt, damit sie dort gültige Fahrkarten kaufen.«

»Und Bußgeld kassiert?«, meine Neugier war groß.

»Hätte ich machen können, aber diesmal habe ich darauf verzichtet.«

»Wie war es denn an Pfingsten hier auf der Strecke?«

Sie katapultierte ihre Antwort in meine Richtung und das Lächeln auf ihren Lippen war urplötzlich verschwunden:

»Ich will über Pfingsten nicht sprechen und auch nicht mehr daran denken, nie mehr, ich will nur, dass an Feiertagen oder Wochenenden endlich mal Leute aus der Regierung in unseren Zügen mitfahren.«

Damit war alles gesagt und sie ging weiter von Reihe zu Reihe und hatte, soweit ich sehen konnte, heute keine Beanstandungen vorzubringen.

Weiter ging die Fahrt im nicht voll besetzten Zug etwas nördlich der Mosel über Schweich und Wittlich, ehe er ab Bullay direkt neben dem Fluss weiterfuhr, ihn kurz verließ, um sich in Cochem wieder ganz nah zu ihm zu gesellen. Der Bahnhof in Bullay trug den Namen ›Umweltbahnhof‹. Ein an sich nichtssagender Begriff. Der Ort hatte sich diesen Beinamen selbst gegeben, weil Bahnen, Busse und ein Park- & Ride Parkplatz unmittelbar nebeneinander lagen. Also war es eher ein umweltfreundlicher Bahnhof. Cochem besticht durch seine wunderschöne kleine Altstadt und die vollständig erhaltene Reichsburg, die kurz vor der Stadt hoch auf einem kegelförmigen Berg errichtet wurde. Entlang der Mosel reihten sich die

Campingplätze, ein Eldorado für Liebhaber dieser Urlaubsform. Dort standen nicht nur einfache Wohnmobile oder Zelte, nein, da waren regelrechte Freiluftvillen hergerichtet worden. Das Camp-Mobil hinten, davor ein großes Zelt, ausgestattet mit mehreren Kunststofffenstern für den direkten Blick auf den Fluss, ein kleines Boot im Wasser, das Fahrrad neben dem Zelt. Ich kam während der Fahrt zu dem Schluss, dass hier die Zahl der Campingplätze die der Orte deutlich überstieg.

Als wir gegen Mittag in Koblenz ankamen, setzte leichter Regen ein, der über zwei Stunden anhielt. Wir gingen mit Schirm am Bahndamm entlang bis zur Herz-Jesu Kirche, dann durch die nicht besonders erwähnenswerte Altstadt zur Mosel. Am Flussufer, kurz vor seiner Mündung in den Rhein, steht ein Denkmal, das an den ehemaligen Ministerpräsidenten von Rheinland-Pfalz, Peter Altmeier, erinnert. Es ist aus großen Quadern gefertigt, die die Form eines schlanken Stuhles haben. Kunst eben, wer mag über Geschmack richten?

Nach wenigen Metern waren wir am Deutschen Eck. Genau hier beendet die Mosel ihren Lauf und ergießt ihre Wasser in den Vater Rhein. In der Mitte dieses Ecks ragt ein monumentales Reiterstandbild, auf einem mächtigen Sockel stehend, in die Höhe, es stellt Kaiser Wilhelm I. dar. Die Steine sind leider schwarz gefärbt, es wäre wohl an der Zeit, eine gründliche Reinigung vorzunehmen, um die natürliche Farbe der Gesteinsstücke wieder herzustellen.

»Warum macht das niemand sauber?«, wollte Maya wissen.

»Wahrscheinlich haben Stadt und Land kein Geld«, war meine lapidare Antwort.

»Und warum hat das hier den Namen ›Eck‹?«, fragte Maya weiter, »dort, wo der Main in den Rhein fließt, sieht es doch genauso aus, und auch die Neckarmündung in den Rhein wird durch ein Eck geformt. Warum sagt man dafür nicht auch ›Eck‹?«

Wer kann schon solche Fragen beantworten? Als wir kurz danach in der Seilbahn saßen, strahlte die Sonne vom blauen Himmel, aus dessen Grau nur ein paar weiße Wolken geblieben waren. Wir hatten eine Kabine für uns allein und schwebten über die Wasser des Rheins und die Schiffe an den Anlegestellen hoch zur Festung Ehrenbreitstein. Dort oben war es überraschend flach und die

Ebene hatte so gewaltige Ausmaße, dass man gar nicht merkte, auf einem Berg zu sein, wüsste man es nicht besser. Wir gingen zur Aussichtsplattform und hatten einen genialen Blick auf Koblenz, den Rhein, die Mosel und das Land westlich davon.

Der Spaziergang entlang der Rheinpromenade führte über das Gelände der Koblenzer Bierbörse, die am kommenden Wochenende auf diesem Platz stattfinden würde und deren Stände gerade aufgebaut wurden. Es dreht sich hier also nicht alles um den Wein. Dominiert wird das Rheinufer unwidersprochen vom Koblenzer Schloss. In den Gartenanlagen stehen zahlreiche mannsgroße Skulpturen, die auf den ersten Blick echt zu sein schienen. Heute beheimaten die Innenräume des Schlosses mehrere Behörden des Bundes. Durch den Schlosspark gingen wir zum Bahnhof Innenstadt, weil ich annahm, dort sei es leichter, einen Platz im Zug nach Frankfurt zu finden, als im Hauptbahnhof. Und so war es auch. Während zahlreiche andere Züge verspätet waren, startete unsere RB 10, die von der VIAS GmbH betrieben wurde, nahezu pünktlich zur Fahrt auf der Rheingau-Linie nach Frankfurt. Von den erhöhten Sitzplätzen hatten wir immer wieder herrliche Blicke auf den Rhein, der rechts der Gleise floss. Es ging über die Lahnmündung zunächst nach St. Goarshausen mit der berühmten Loreley, dem Felsen, dem ein Mythos innewohnt, zu dem die Bahn keinen Bezug hatte. Wären wir mit einem der Ausflugsschiffe hier vorbeigefahren, dann hätten die Passagiere dem Lied lauschen können, das die Loreley in aller Welt berühmt gemacht hatte und dessen Text in Dutzende Sprachen übersetzt worden war:

>>Ich weiß nicht, was soll es bedeuten,
dass ich so traurig bin;
Ein Märchen aus uralten Zeiten,
das kommt mir nicht aus dem Sinn ...<<

Wir passierten die Pfalz bei Kaub, eine Burg, die inmitten des Rheins auf einer Felseninsel steht, blickten zu den auf der anderen Rheinseite gelegenen Städtchen Boppard, Oberwesel und Bacharach hinüber, allesamt Orte mit hohen Kirchen und gewaltigen Burganlagen. Dann erreichten wir Rüdesheim mit seiner Seilbahn, die hinauf zum Niederwalddenkmal führt. Es handelt sich um ein monumentales Bauwerk, das an die Einigung Deutschlands 1871 erinnern soll.

Bei gar manchen der älteren Fahrgäste wurden Erinnerungen an frühere Aufenthalte in der Drosselgasse wach, von vielen verschrien, doch immer noch ein Ort des fröhlichen Zusammenseins.

»Hier kannst du den Unterschied des Verhaltens von Biertrinkern wie im Hofbräuhaus und den Weintrinkern spüren«, belehrte ich meine Frau, »Erstere werden laut und ausfällig, wenn sie zu viele Bierkrüge geleert haben, Letztere werden melancholisch, friedfertig und müde nach zu vielen Vierteln.«

Dann erreichten wir das Weinanbaugebiet des Rheingaus, bevor wir in Wiesbaden ankamen. Für die verbleibenden Minuten bis nach Frankfurt war der Zug jetzt vollkommen überfüllt, alle Sitzplätze waren belegt und selbst in den Gängen gab es kein Durchkommen mehr. Daher durfte nach Freigabe durch das Zugpersonal auch die 1. Klasse von jedermann benutzt werden. War das fair gegenüber den Vollzahlern des 1. Klasse Tickets?

Das ganze Chaos des Zugverkehrs in Deutschland mussten wir dann am Hauptbahnhof in Frankfurt erleben. Hier war wirklich jeder Zug verspätet und die entsprechenden Durchsagen auf Deutsch und Englisch bildeten eine schrille Kakofonie. Auch unser Zug, der RE 60, der uns nach Hause bringen sollte, war zu spät. Erst sagte man 20, dann 25 und am Schluss waren es 35 Minuten. Im Bahnhof wuselten die Menschen in alle Richtungen umher, viele davon wollten gar nicht mit der Bahn fahren und auch niemanden abholen, sie waren einfach da, um ein Dach über dem Kopf zu haben oder um die Chance zu ergreifen, schnell und unerkannt jemandem eine Tasche zu entreißen. Wie lächerlich waren dann die Durchsagen: »Achten Sie auf ihr Gepäck, es befinden sich Diebesbanden im Bahnhof.«

Warum können Bahnhöfe, vor allem aber Bahnsteige, nicht exklusiv für die Reisenden vorbehalten bleiben? Dutzende Länder haben das so organisiert, Deutschland kann es nicht. Hätte das alles nicht längst zur kompletten Neubesetzung der Konzernspitze und zahlreicher Managementfunktionen bei der Deutschen Bahn führen müssen?

Der Zug nach Ladenburg war übervoll, ein Durchkommen war kaum möglich. Die meisten ließen es über sich ergehen, die Fahrt sollte ja nicht lange dauern. Nahezu alle Fahrgäste trugen, wie vorgeschrieben, Masken, diejenigen, die es nicht taten, gehörten allesamt einer bestimmten Gruppe an, wie Maya schon früher beobachtet hatte und sicher später noch einmal darauf zu sprechen kommen würde. Diese Leute hatten nicht die Absicht, Regeln in unserem Land zu beachten und die Schaffner, wer will es ihnen verdenken, hatten nur selten die Courage, gegen sie vorzugehen. Aus den 35 Minuten bei der Abfahrt wurden bis zu unserer Ankunft 50 Minuten Verspätung. Auch heute hatten wir wieder 11 Kilometer zu Fuß zurückgelegt. Mit Ausnahme der letzten Stunde, die bald vergessen war, blickten wir auf eine schöne Reise mit dem ›Neuner‹ zurück. Schon drei Tage später würden wir zur nächsten Tour aufbrechen.

Rheinmetropolen: Bönnsch, Alt und Kölsch

(13. - 14. Juni)

Das Wochenende im Zug hatten wir den armen Teufeln überlassen, die keine Zeit fanden, unter der Woche durchs Land zu reisen. Ich hatte darüber gelesen, was Reisejournalisten als Expertentipps schrieben, sie rieten, früh genug am Bahnhof zu sein, Geduld mitzubringen, Anzeigen zu beachten, mit vollen Zügen zu rechnen, nur leichtes Gepäck mitzunehmen, Snacks einzupacken. Ja was nun, dachte ich, war das alles? Warum wiesen sie nicht darauf hin, bequeme Schuhe zu tragen, auf Angora-Unterwäsche zu verzichten, da es Sommer sei, eine dünne Jacke mitzunehmen, da die Klimaanlage auf Tiefsttemperaturen eingestellt sein könnte, einen Fächer mitzuführen, da eine Klimaanlage auch ausfallen könnte. Für wie unwissend hielten diese Medienvertreter eigentlich die Bahnfahrer?

Es war wieder Montag geworden, Maya und ich standen kurz vor halb acht morgens am Bahnsteig. Eine junge Frau, die ihr Fahrrad leichtfüßig die Treppe hinaufgetragen hatte, anstatt den Fahrstuhl zu nehmen, lehnte dieses fix gegen eine Dreier-Sitzbank, sprang dann, mehrfach Spagat in der Luft vollführend, bis ans Ende des Bahnsteiges, um dort zehn Minuten lang ihre Morgengymnastik zu vollführen. Sie hüpfte und beugte ihren schlanken Körper, dehnte und entspannte ihn wieder. Als der RE 60 ankam, rannte sie zurück zu ihrem Rad und verschwand damit in einem der Waggons. Es ging pünktlich los und fahrplanmäßig erreichten wir Mannheim. Der Regionalexpress war nur zur Hälfte gefüllt. Auch dieses Mal wollten wir zwei Tage lang unterwegs sein und dabei drei große Städte besichtigen. Ob wir das, was in den Medien über die Großstadtbahnhöfe zu lesen war, selbst erleben würden? In Mannheim verließen wir für eine Wegstrecke die harten Regeln der echten Neuner-Community.

Unser erstes Ziel heute war Bonn. Zwar wäre es nicht sehr kompliziert gewesen, mit Regionalzügen dorthin zu fahren, aber um das Risiko gering zu halten, wegen Verspätungen nicht frühzeitig anzukommen und dann zu wenig Zeit für diese schöne Stadt zu haben, nahmen wir bis Koblenz einen Intercity. Ich hatte ja genau für solche Überbrückungsfahrten die Probebahncard-25 gekauft und damit kostete diese Fahrt nur 13,40 Euro pro Person. Der IC fuhr 12 Minuten zu spät ab und hielt diese Verspätung konstant bis Koblenz, woraus aber keine Probleme entstanden. Die kalkulierte Fahrzeit über Mainz und Bingen ließ es nicht zu, einen einmal eingefahrenen Rückstand wieder aufzuholen. Das gilt auf nahezu allen Strecken der Deutschen Bahn. Der Intercity war sehr ordentlich besetzt, es gab nur wenige freie Plätze. Kurz vor der Abfahrt mit dem Anschlusszug nach Bonn kam die entscheidende Durchsage: »RE 5 nach Bonn, planmäßige Abfahrt 10:16 Uhr, fällt heute aus. Grund dafür ist ein technischer Defekt am Zug, wir bitten um Entschuldigung.«

Die nächste Möglichkeit, nach Bonn zu kommen, war die RB 26, die nur wenig später um 10:30 Uhr abfahren sollte. Es wurde schließlich 10:40 Uhr, als sie sich in Bewegung setzte. Um 12:00 Uhr, also 30 Minuten später als geplant, erreichten wir Bonn. Wir erlebten unsere erste Horrorfahrt, denn da auch bereits die vorhergehende RB 26 ausgefallen war, drängten sich jetzt die Menschen, die sich auf drei Züge hätten verteilen sollen, in dieser einen Bahn. Maya fand einen Sitzplatz in der Enge des Fahrrad-Abteils, ich musste stehen. Vorn und hinten schrien Kinder, es gab an zahlreichen Haltestellen Geschiebe und Gedränge durch Räder und einmal durch einen Zwillingskinderwagen, die zwischen die Menschenmassen geschoben wurden, manche quälten sich zu den Toiletten, nur um vor der Tür endlos zu warten, weil ganz clevere Fahrgäste darin genügend Platz vorfanden, um sich länger im Stillen Örtchen aufzuhalten, als es der eigentliche Zweck erfordert hätte. Die Luft in den Waggons stank nach Schweiß und Mundgeruch. Endlich in Bonn angekommen, konnten die Nasen wieder frischen Atem einsaugen.

Bonns Sehenswürdigkeiten lagen alle sehr nahe beieinander und es waren nur ein paar Meter vom Bahnhof bis zum Haribo-Shop.

Hans Riegel hatte das Unternehmen in Bonn gegründet. ›Ha‹ von Hans, ›Ri‹ von Riegel und ›Bo‹ von Bonn = Haribo. Was als Bonbonhersteller begann, ist heute Weltmarktführer für Fruchtgummis und Lakritze. Längst wird nicht mehr nur in Bonn produziert und der Slogan »Haribo macht Kinder froh und Erwachsene ebenso« gehört zu den Werbesprüchen mit Ewigkeitscharakter. Wir füllten einen kleinen Becher mit den von Zucker überzogenen Gebilden aus Gelatine, Goldbären, Schlümpfe, Lakritz-Schnecken und, mein Favorit, Colorado. Dann ging es weiter zum Hofgarten und zum prächtigen Kurfürstlichen Schloss, in dem sich heute die Universität befindet. Bald erreichten wir das alte Rathaus und den Marktplatz, auf dem einige Bauern Obst und Gemüse aus der Region sowie ein paar Snacks anboten. Noch zweimal um die Ecke und schon standen wir vor dem Beethoven-Haus. Der große Komponist wurde hier im Jahr 1770 geboren und verbrachte seine Kindheit und Jugend in der schönen Stadt am Rhein. Heute befindet sich ein Museum in diesem Haus, das nicht nur für Beethoven-Fans sehr lohnenswert ist. Von Beethoven bis zum ›Bönnsch‹ waren es nur einhundert Meter. Zur Zeit des großen Komponisten gab es dieses Brauhaus noch nicht, aber er hatte damals sicher auch seine gastronomischen Lieblingsorte. Der Innenraum der Gaststätte ist sehr einladend und geschmackvoll in dunklen Holztönen gestaltet. Darin stehen rustikale Holztische und Bierbänke, Bilder und Werbeschilder hängen an den Wänden, doch das Wetter bot an, draußen Platz zu nehmen. Maya wollte ein naturtrübes Bier probieren, ich entschied mich für ein Glas Saisonbier. Es handelte sich um ein untergäriges Vollbier mit einer Stammwürze von 11,9 % und einem Alkoholanteil von 4,9 %. Beide Biere waren sehr schmackhaft, das Naturtrübe lief etwas frischer über die Zunge. Dazu aßen wir eine Portion Reibekuchen mit Räucherlachs, denn jedes Bierchen muss auf eine solide Grundlage fallen. Der Kellner war wohl eine nicht angelernte Aushilfe. Als ich ihn fragte, welches der beiden Biere, die er brachte, denn welches sei, zuckte er nur mit den Schultern und sagte lächelnd, dass er es nicht genau wisse und von Bieren nicht viel verstehe. Nun ja, das ist für ein wahres Brauhaus kein Qualitätszeichen und sollte nicht lapidar mit allgemeinem Personalmangel abgetan werden, denn zu einem echten Brauhaus gehören nicht nur gute Biere, sondern auch qualifizierte Mitarbeiter. Wir zahlten 20 Euro und gingen von dannen, um kurz danach vor dem alten Postamt, ein schönes, in Ockergelb gehaltenes Palais, das noch bis zu Beginn der 2000er-Jahre das Hauptpostamt der ehemaligen Bundeshauptstadt war, zu stehen. Direkt gegenüber auf dem Münsterplatz wurde das Beethoven-Denkmal errichtet, doch als wir uns umdrehten, war weit und breit nichts von ihm zu sehen. Einzig der untere Teil des Sockels, an dem sich zwei Arbeiter zu schaffen machten, war noch vorhanden.

»Sind Sie der neue Beethoven?«, fragte ich einen der Arbeiter, der lachend antwortete:

»Ja, bin ich, in ein paar Minuten werde ich mich auf den Sockel stellen.«

»Und was macht ihr gerade mit dem alten Komponisten?«

»Der wird zurzeit gründlich gewaschen und frisch gemacht für seine Rückkehr im August.«

Wer also Beethoven bestaunen will, sollte erst Ende August nach Bonn kommen. Unser Weg führte weiter in das Innere des Bonner Münsters, eine große Basilika mit dem Prunk, der überall im Lande in den monumentalen Kirchengebäuden zu sehen ist. All diese Prachtbauten zeugen von einer gewaltigen Baukunst und dem Reichtum der Kirche, aber auch von den Menschen der damaligen Zeit, den armen Kreaturen, die jeden Tag gegen Hunger und Krankheiten zu kämpfen hatten und von gar manchen, die hier zur Arbeit verpflichtet, ihr Leben während der Bauarbeiten und zum Ruhm der Bischöfe gelassen hatten. Dann waren wir wieder am Bahnhof und stiegen in den RE 5 ein, der mit nur geringer Verspätung Richtung Düsseldorf abfuhr. Der Zug war nicht voll, sodass es eine angenehme Fahrt wurde, während der man allerdings eine halbe Stunde lang durch ein schreiendes Kind einer duldsamen Mutter nicht in der Lage war, ein Nickerchen einzulegen. Nach der Ankunft in Düsseldorf gingen wir zunächst zu unserem Hotel, das nur 200 Meter vom Hauptbahnhof entfernt lag, um uns ein Stündchen aufs Ohr zu legen.

Danach fuhren wir mit der U-Bahn, deren Benutzung im ›Neuner‹ enthalten war, bis in die Nähe des Rheins und schlenderten zum neuen Medienhafen. Auch die U-Bahn war nur schwach besetzt, sie war hell und sauber, doch die Anzeige über den Verlauf der Linien war undurchschaubar. Dafür liefen aber auf jedem Bahnsteig zwei Sicherheitsbeamte umher, die präzise Auskunft über alle Strecken und Fahrtrichtungen geben konnten. Bald standen wir unterhalb des 240 Meter hohen Fernsehturms, der hier Rheinturm heißt, und bogen dann nach Süden ab, um die moderne Architektur des Medienhafens zu bestaunen. Dort, wo es früher nur Silos und Lagerhallen gab, durften sich kreative Architekten ausleben und schufen außergewöhnliche Komplexe, in die sie das ein oder andere historische Gebäude integrierten. Fünf-Sterne Hotels und moderne Bürogebäude wechseln sich mit Cafés und Cocktailbars ab, hier ist alles etwas schicker, angesagter, aber auch teurer als in den alten Stadtbezirken. Wir schlenderten längs der Rheinpromenade zum Landtag des Bundeslandes Nordrhein-Westfalen, vorbei an Grünflächen, die zu Freiluft-Bars umgestaltet worden waren, an stattlichen Häuserfassaden entlang, die zum großen Rheinbogen zeigten und erreichten schließlich die Altstadt mit dem Marktplatz und der beeindruckenden Kirche St. Lambertus. In deren Nähe ist noch immer die Hausbrauerei Uerige angesiedelt, eine Düsseldorfer Tradition, der Feierabendtreff, nicht nur für Durstige. Nach meinem Studium war ich bisweilen hier Gast, das lag aber ein paar Jahrzehnte zurück. Von der Atmosphäre, die in meiner Erinnerung lebte, war nicht mehr viel zu spüren. Zwar kam die Kundschaft immer noch in Scharen, aber das Flair war dahin. Die Kellner, zumindest der, der uns bediente, waren nicht mit dem Herzen mit dem Uerige verbunden, das war sofort zu spüren, er nahm Bestellungen auf und brachte das Bestellte, mehr nicht, er stellte die Gläser ohne Charme auf die Tische und ließ die Kunden fünf Minuten auf das nächste Bier warten. Warten, das war hier früher ein Fremdwort. Kaum war das Glas geleert, stand bereits das Nächste da und man musste sich kräftig dagegen wehren, um endlich zahlen und nach Hause gehen zu können. Dazu schmeckte die Frikadelle, die gehörte früher einfach zum Altbier dazu, grausam, es schien nichts weiter als ein dicker Kloß aus reinem Sägemehl zu sein. Schräg gegenüber besuchten wir den Laden vom Killepitsch und kauften eine Flasche Premium-Kräuterlikör, den wir mit nach Hause nehmen wollten. Dieses Getränk, eine Düsseldorfer Spezialität, deren Rezeptur streng geheim gehalten wird, bringt es auf 42 % Alkohol, wahrlich ein stolzer Wert für einen Likör. Schließlich schlenderten wir entlang der Kö, der Einkaufsstraße mit den Edelboutiquen und durch das Japanische Viertel zurück zum Hotel. Ich hatte hier mehr und dichteres ostasiatisches Flair erwartet, dem war jedoch nicht so. Es gab zwar zahlreiche Nudel-Restaurants und die Straßenschilder zeigten zweisprachig Deutsch und Japanisch geschriebene Namen, das war es aber auch schon, also in keiner Weise vergleichbar mit den japanischen Vierteln in vielen anderen Orten der Welt. Trotz des ›Neuners‹, trotz der Reise auf den Schienen, waren wir auch heute sehr viel gelaufen. Der Schrittzähler zeigte am Ende des Tages 22.000 Schritte, was ungefähr 14 Kilometern entsprach.

Im Frühstücksraum des Hotels war es brechend voll, die Hungrigen liefen wild durcheinander, nur ganz wenige trugen eine Maske, noch blieb der Appell des Gesundheitsministers weitestgehend ungehört, obwohl er schon die Sommerwelle heranrollen sieht. Aus den Gesprächen war leicht zu entnehmen, dass viele mit dem 9-Euro-Ticket angereist waren, was auch eine Dame an der Rezeption bestätigte, nachdem ich sie danach gefragt hatte. Dass viele Esser in Badeschlappen und Turnhose im Frühstücksraum erschienen, hatte freilich nichts mit dem Bahn-Sonderangebot zu tun, sondern ist eine Kerneigenschaft der deutschen Spezies.

Wir waren pünktlich am Hauptbahnhof, denn der RE 1 nach Köln sollte laut DB-Navigator planmäßig um 9:40 Uhr abfahren. Es war nicht das erste Mal, dass die Informationen in der App der Deutschen Bahn nicht korrekt waren, sie lieferte sich mit den Ansagen am Bahnhof einen Wettkampf darin, wer denn die am wenigsten falschen Mitteilungen preisgab. Schließlich ging es nach mehrfacher Korrektur der prognostizierten oder versprochenen Abfahrtszeit um 10:15 Uhr los. Der Zug war voll, aber es standen nur wenige Leute in den Türbereichen. Städte und landwirtschaftliche Flächen zogen vorbei, der Mais war in den letzten beiden Wochen sichtbar gewachsen, das frisch gemähte Gras lag als gut abgetrocknetes Heu auf den Wiesenflächen. Im Zug herrschte nahezu gespenstische Ruhe. Die Fahrt nach Köln dauerte nicht lange, sodass wir schon um 10:50 Uhr unter dem Dom standen, den wir aber erst später besichtigen wollten. Schlendernd ging es durch die belebte Stadt zum Farina Duft Museum, wir kauften Tickets für die 12 Uhr Führung. In der verbleibenden Zeit flanierten wir durch Gassen der Kölner Innenstadt, bis die Führung durch das Museum begann. Die Dame, Wiebke war ihr Name, die die Gäste mit dem Zauber des Parfums vertraut machte, gab so viele Informationen preis, dass man nach einer Stunde nur noch einen Teil behalten hatte, der allerdings war bleibend. Sie schilderte die Geschichte der Parfumfamilie Farina, die an diesem Ort vor 300 Jahren mit der Komposition der ersten Düfte begonnen hatte und bis heute über mittlerweile sieben Generationen die Herstellung und den Vertrieb immer noch betreibt. Hier wurde das echte Kölnisch Wasser erfunden. ›4711‹ kennen alle Deutschen, Farina nur die wenigsten, aber ›4711‹ ist nichts anderes als ein Plagiat, auch das lernten wir heute Mittag. Goethe war einer der Kunden, ebenso Voltaire, Napoleon und verschiedene Adlige mit viel Geld, denn ein Fläschchen war damals sehr kostspielig. Die Gruppe lernte auch, dass die feinen Damen und Herren vor 300 Jahren wenig Gefallen daran fanden, sich mit Wasser zu reinigen, war doch ihre Angst, sich dadurch Krankheiten zu holen, sehr groß. Somit diente das Kölnisch Wasser vorwiegend dazu, den unangenehmen Körpergeruch zu überdecken. Da aber die Wirksamkeit im Vergleich zu den Eau de Parfums eher von geringer Dauer war, musste man es dreimal täglich anwenden, was die Geldbeutel der Kunden rasch leerte, die Kassen von Farina allerdings bestens füllte. Zum Schluss der Führung durften die Nasen an Duftstäbchen, die Wiebke in die Essenz-Fläschchen getaucht hatte, die Duftnote erraten. Ich schaffte Limette und Vanille, eine Dame, zweifelsohne eine Expertin, erkannte beeindruckende vier Düfte. Jeder bekam zum Schluss noch ein Probefläschchen als Souvenir.

Danach gingen wir zum Alten Markt, den Heumarkt und über die Deutzer-Rheinbrücke auf die östliche Seite des Flusses, um direkt am Ufer entlang zur Hohenzollernbrücke zu spazieren. Von dort aus boten sich die besten Blicke auf den Dom, die weiteren Kirchen, die Brücke und die Kneipen am Westufer. Ein Schiff legte gerade ab, ein anderes bereitete sich auf das Anlegen vor. Auf den Sonnendecks waren nicht viele Menschen zu sehen, sie lagen unter

Sonnenschirmen, planschten im Wasser des kleinen Pools oder nahmen einen Drink an der Bar. Hinter der mit schweren Liebesschlössern behangenen Hohenzollernbrücke, über die die Züge nur im Schritttempo fahren dürfen, erreichten wir bald wieder den Dom, kauften ein Ticket für 6 Euro, um zu Fuß, einen Fahrstuhl gab es nicht, die fast 100 Meter zur Besucherplattform hinaufzusteigen. Wer dem Dröhnen der Glocken entgehen wollte, kam um diese Zeit, den frühen Nachmittagsstunden, hierher, denn die Zahl der Schläge betrug dann lediglich eins, zwei oder drei. Wir schraubten uns also Meter um Meter hinauf und genossen oben angekommen die herrliche Aussicht. Nach dem Abstieg besichtigten wir schlussendlich den Innenraum der gewaltigen Kathedrale. Maya hatte bereits viele Dome in unterschiedlichen Ländern besucht, aber der, den sie heute das erste Mal sah, verschlug ihr den Atem, so begeistert war sie.

Uns blieb noch Zeit, um im ›Gaffel am Dom‹ zwei frische Kölsch in den typischen 0,2 Liter Gläsern für jeweils 2,10 Euro zu uns zu nehmen, als kleine Mahlzeit hatten wir, eine Spezialität in Köln, Sülze mit viel Zwiebeln, Salat, Remouladensoße und Bratkartoffeln für 9,50 Euro bestellt. Der Kellner, man merkte sofort, dass er keine Aushilfe war, war gut gelaunt und sehr aufmerksam. Ich begann ein kurzes Gespräch mit ihm.

»Ist das 9-Euro-Ticket gut für ihr Geschäft?«

»Unter der Woche ist schon mehr los als sonst, aber am Wochenende ist es fast zu voll, zu viele Leute, und alle haben dieses Ticket.«

»Zu viel ist doch besser als zu wenig.«

»Nee, wir wollen nicht, dass die Leute unruhig neben den Tischen stehen und warten, dass endlich jemand aufsteht, wir wollen, dass sich alle wohlfühlen bei uns, auch das Personal. Aber ja, vom 9-Euro-Ticket profitiert die gesamte Gastronomie ganz gewaltig.«

Ich checkte den Status unserer geplanten Rückfahrt im DB-Navigator. Bis vor wenigen Minuten war der Zug nach Siegen noch als geringfügig verspätet angegeben, jetzt hieß es lapidar, dass er heute ausfällt. Grund sei ein technischer Defekt. Schade, denn für die Rückfahrt wollten wir nicht wieder die gleiche Strecke der Hinfahrt nehmen, sondern die Route über Siegen, Gießen und Frankfurt.

Nun gut, jetzt war, ich hatte noch ein frisches Kölsch bestellt, schnelles Neuplanen erforderlich. Wir entschieden, erst einmal den RE 5 nach Koblenz zu nehmen, der als RRX, Rhein-Ruhr-Express, von der National Express Rail GmbH betrieben wurde, es gab keine sinnvollere Alternative. Aus der planmäßigen Abfahrt um 15:32 Uhr wurde die tatsächliche Abfahrt um 15:55 Uhr. Uns gegenüber saßen zwei Jungs, offensichtlich Musikstudenten, die an einer Komposition mit einer Spezialsoftware auf einem Tablet arbeiteten. Einer spielte Cello, sein Instrument stand in einem silberfarbenen Koffer im Gang, der andere war wohl ein Violinist, wie ich ihrer Unterhaltung entnahm. Während der Facharbeit war ihre geplante Melodie über drei Sitzreihen hinweg zu hören.

»Baam-ba-ba-baam-ba-ba«, dabei schwangen sie die Hände, so wie es Dirigenten tun.

»Wir können Dich auch eine Oktave höher setzen, passt das für Dich?«

»Lass es uns mal probieren.«

»Diim-di-di-diim.«

»Das klingt super.«

»Dieser Teil für die Bläser ist wunderschön, aber es fehlt noch ein Tick.«

»Du-du-dumm-du-du-dumm-Do.«

Zwischendurch wechselten sie in ihr reales soziales Netzwerk.

»Was denkst Du über den Ronnie?«

»Der spielt super und ist echt ok.«

»Ja, aber so richtig Abkumpeln kann man mit dem nicht.«

Abkumpeln. Ich hatte ein neues Wort gelernt. Es war wohl die aktuelle Form für Abhängen, was mir geläufiger war. Weiter ging es mit der Komposition, dann kam ein Anruf.

»Ja, Lena, bist Du schon fertig? – – – nee, wir sind noch im Zug – – – echt? Ich weiß nicht – – – total verspätet – – – nein, weiß nicht – – – ja, mach schon mal – – – okay, bis dann – – – super – – – ich auch – – – nee, im Moment nicht.«

Wieder wurden ein paar Noten korrigiert, die Laune der beiden schien hervorragend zu sein.

»Du kennst doch die Viola, die Querflöte, die wirkt irgendwie total schüchtern, schade, echt.«

»Klar, kenne ich sie. Viola und schüchtern? Hast Du schon mal eine schüchterne Querflöte gesehen? Querflöten sind nie schüchtern.«

An dieser Stelle des Dialoges war Bonn erreicht und die beiden stiegen aus, sodass ich leider nicht mehr über Viola und Querflöten im Allgemeinen lernen konnte.

Immer wieder floss der Rhein direkt neben den Gleisen, das Wasser schimmerte im Licht der Nachmittagssonne, die von einem wolkenlosen Himmel schien. Um 17:12 Uhr war Koblenz erreicht, rund 30 Minuten hinter dem Fahrplan. Weiter ging es mit dem RE 2 nach Mainz. Da auch dieser Zug eine halbe Stunde verspätet war, konnten wir mit ihm um 17:40 Uhr losfahren. Obwohl der Bahnsteig voller Menschen war, blieben doch viele Sitzplätze leer. Diese Strecke entlang des Rheins gehört sicher zu den schönsten überhaupt. Glänzendes Wasser, Schiffe, Burgen und Ortschaften, umgeben von lieblichen Weinbergen, was für ein Augenschmaus.

Als Maya die vielen Kreuzfahrtschiffe sah, sagte sie:

»Damit will ich auch bald fahren.«

»Ich werde mal recherchieren, aber erst im September, jetzt haben wir andere Pläne.«

Damit war das Thema erst mal ad acta gelegt.

Auf der Fahrt gab es wieder eine Ticket-Kontrolle. Ich sagte zur Zugbegleiterin:

»Sie haben echt Glück, heute in so einem ruhigen und leeren Zug Dienst zu haben.«

»Ja, aber das ist nur hier hinten so entspannt, vorn sieht es ganz anders aus.«

»Schaffen es die Leute nicht, sich gleichmäßig auf den ganzen Zug zu verteilen?«

»Nein, das schaffen sie nie, die meisten stehen immer ganz vorn, jeder will der Erste sein und keiner will sich bewegen.«

»Das kann aber auch daran liegen, dass man bei den Regionalzügen nie weiß, wie lang sie sind und in welchem Gleisabschnitt sie halten.«

»Vielleicht, aber ich glaube, die Leute bleiben einfach dort stehen, wo sie von der Treppe ankommen.«

»Kriegen sie nach den drei Monaten wenigstens eine Woche Sonderurlaub?«

»Verdient hätten wir es, oder? Aber dann würde eine Woche lang gar keine Bahn fahren.«

»Verdient hätten sie es auf jeden Fall!«

Schließlich kamen wir um 18:40 Uhr in Mainz an, der Zugführer hatte es sogar geschafft, fünf Minuten von der ursprünglichen Verspätung aufzuholen, deren Grund heute eine Reparatur an der Oberleitung war. Hier mussten wir lediglich ein paar Minuten warten, um die RB 75 nach Darmstadt nehmen zu können. Sie fuhr um 18:59 Uhr anstelle von 8:49 Uhr ab und kam trotzdem um 19:26 Uhr in Darmstadt nahezu pünktlich an. In dieser Bahn waren alle Plätze besetzt, aber wiederum musste niemand stehen. Der RE 60 oder die RB 68, beide hielten in Ladenburg, hatten im Laufe des Tages so viele Verspätungen eingefahren, dass es sich nicht lohnte, genau nachzuschauen, wann welcher Zug fahren würde. Sowohl die Anzeigen am Gleis, als auch die Informationen im DB-Navigator waren ohnehin falsch. Wir warteten daher oberhalb der beiden infrage kommenden Bahnsteige und stiegen in den erst besten Zug ein. Es war der RE 60 um 20:00 Uhr. Er war voll, manche Leute hatten ihre Taschen neben sich gestellt, um somit den Sitz zu blockieren und selten traute sich jemand zu fordern, den Platz freizugeben. Man muss zugeben, dass es bei großen Koffern kaum anders ging, da die Gepäckablagefächer oben dafür viel zu klein waren. Handelte es sich nur um eine Handtasche, war ich immer sehr deutlich:

»Würden Sie bitte die Tasche wegnehmen, ich möchte gerne hier sitzen«, also eine Aufforderung, keine Frage.

In unserem Waggon saßen ungefähr 15 Personen, die allesamt keine Maske trugen. Vier Frauen mit Kopftüchern und in lange Mäntel gehüllt, nur Augen, Mund und Nase hatten sie unbedeckt gelassen, offensichtlich die Mütter einiger der Kinder und Jugendlichen, die zwischen 10 und 16 Jahren alt sein mochten. Als unerwartet die strenge Kontrolleurin erschien, wurden rasch Gesichtsmasken oder Schals aus den Taschen gezogen, was sie natürlich bemerkt hatte. Sie wies energisch auf die Pflicht hin, im Zug einen Mund-Nasen-Schutz zu tragen, doch kaum hatte sie der Gruppe den Rücken zugekehrt, fielen die meisten Masken schlagartig von den Gesichtern. Das entging ihr jedoch nicht, sie drehte sich rasch wieder in die Richtung der Leute, ermahnte sie erneut, dieses Mal in sehr entschlossenem Tonfall, verwies auf die Kameraüberwachung und drohte damit, sie alle am nächsten Bahnhof aussteigen zu lassen. Dann musste sie weiter. Wir stiegen um 20:30 Uhr in Ladenburg aus und waren uns sicher, dass dieses Katz-und-Maus-Spiel noch nicht zu Ende war, denn die Reisegruppe wollte in Mannheim noch nach Karlsruhe umsteigen.

Bajuwaren und Franken

(20. - 23. Juni)

Am Montag, dem 20. Juni, waren wir früh aufgestanden, denn heute starteten wir zu unserer ersten Viertages-Fahrt mit dem ›Neuner‹. Als ich meine E-Mails checkte, fand ich eine Information der Deutschen Bahn, die lapidar informierte, dass der ICE, mit dem wir rasch die Strecke von Heidelberg nach Stuttgart überbrücken wollten, an diesem Morgen ausfällt. Ein Grund wurde nicht genannt, immerhin waren zwei Alternativen aufgeführt, eine über Mannheim, von der allerdings abgeraten wurde, weil es dort wegen einer Störung an der Signalanlage zu erheblichen Verspätungen kommen würde, eine andere verwies auf den nächsten ICE in Heidelberg. Also war abermals umplanen notwendig, alles würde sich wahrscheinlich um eine Stunde verschieben. Wir entschieden uns für den späteren Zug. Die S-Bahn kam wie geplant in Heidelberg an, wenigstens diese Zugkategorie war immer wieder zuverlässig. Während des Wartens auf den Zug nach Stuttgart vernahmen wir die überraschende Durchsage, dass der Konsum von Alkohol auf dem gesamten Bahnhofsgelände verboten sei. Diesbezüglich war Heidelberg wohl Vorreiter, denn von solchen Verboten hatten wir bisher noch nirgendwo gehört. Der Ersatzzug, der ICE 711, sollte um 8:39 Uhr abfahren, es wurde allerdings 8:55 Uhr, bis es endlich losging. Als Grund hörte man, dass der Zug verspätet bereitgestellt worden sei. Da er aus Köln kam, musste man wohl davon ausgehen, dass Lokführer oder Zugpersonal verschlafen hatten oder dass es dort kräftige Gewichtheber gab, die sich krankgemeldet hatten und so erst neue gefunden werden mussten, die den Zug auf die Gleise hoben. Wir kamen 14 Minuten verspätet in Stuttgart an. Bei der Fahrkartenkontrolle bedurfte es keiner Erklärung, weshalb wir nicht im gebuchten Zug saßen, der Kontrolleur wusste Bescheid, denn durch den Ausfall war die Zugbindung hinfällig geworden.

Trotzdem hatten wir genügend Zeit, um den Anschlusszug nach Ulm zu erreichen, der um 10:01 Uhr abfahren sollte.

»Wir waren das letzte Mal vor zwei Jahren hier«, erinnerte sich Maya, »aber es sieht noch genauso aus wie damals.«

In der Tat hatte sich an der Oberfläche nichts verändert, ob ›Stuttgart 21‹ unterirdisch vorankam, war nicht zu erkennen.

»Wie lange wird denn hier schon gebaut?«, wollte sie wissen.

»Ich weiß es nicht genau, aber zehn Jahre sind es mindestens.«

»Unglaublich! In dieser Zeit bauen wir in China 30 neue Bahnhöfe und noch 10.000 Kilometer Schienennetz für die Hochgeschwindigkeitszüge dazu«.

Das war mir bekannt.

»Und, wann wird das hier alles fertig sein?«

»Du stellst Fragen, darauf gibt es keine verlässliche Antwort, du bist in Deutschland. Vielleicht im Jahr 2100, dann passt wenigstens der Name ›Stuttgart 21‹.«

Schon 20 Minuten vor der Abfahrt war der Bahnsteig gut gefüllt. Zu den normalen Fahrgästen hatten sich mehrere Schulklassen gesellt, die mit schweren Koffern beladen an den Bodensee, auf Klassenfahrt, gehen wollten. Da der Zug aber bereits 15 Minuten vor Abfahrt bereitgestellt wurde und noch leer war, weil die Fahrt erst hier in Stuttgart begann, fanden wir ohne Probleme Sitzplätze im Oberdeck. Als es losging, war er jedoch proppenvoll und viele bekamen nur einen Stehplatz. Die Schüler, die es sich im Bereich der Türen auf dem Boden unbequem gemacht hatten, lagen eher überals nebeneinander. Schaffner waren weit und breit nicht zu sehen, obwohl es ihr Job war, die Eingangsbereiche aus Sicherheitsgründen freizuhalten. Allein, wie hätten sie das schaffen sollen? Man stelle sich nur vor, dieser Zug würde entgleisen, wie ein anderer vor wenigen Wochen in der Nähe von Garmisch-Partenkirchen, es würde zweifelsohne zu einer Katastrophe kommen. Gerade jetzt auf Klassenfahrt zu gehen, war eine ziemlich blöde Idee, fand ich, andererseits waren die Reisekosten dadurch natürlich so günstig, dass auch die Kinder der ärmsten Eltern mitfahren konnten. Pünktlich um 10:01 Uhr fuhr der RE 1, ein Zug der DB Regio Bayern, Richtung Lindau ab, wir fuhren bis Ulm mit ihm, um dort nach München umzusteigen. Bei jedem Zwischenhalt kamen neue

Reisende hinzu, bald standen die Leute auch im Gang in der oberen Etage, sogar neben freien Sitzen, die durch Taschen oder Füße blockiert wurden. Auch in Süddeutschland forderten die Stehenden nicht vehement, diese Plätze freizugeben. Es war doch eine Unverschämtheit, anderen die Sitzmöglichkeit wegzunehmen, nur weil diese nicht den Mumm hatten, ihr Recht zu beanspruchen. Schließlich erreichten wir nach langsamer Fahrt durch die nördliche Schwäbische Alb um 11:13 Uhr, neun Minuten verspätet, Ulm. Der Zug nach München fuhr auf Gleis 25 ab, das unmittelbar neben Gleis 1 lag. Die Zeit war knapp, doch da wir rannten, saßen wir kurz bevor eine große Menschenmenge aus einem anderen Zug hereinstürmte bereits im RE 9. Wie schon im RE 5 aus Stuttgart gab es auch hier kein Wi-Fi. Bevor es losging, waren mehrfach strenge Durchsagen zu hören, die von der Schaffnerin mit Nachdruck wiederholt wurden.

»Sie müssen ihr gesamtes Gepäck verstauen, Plätze dürfen damit nicht blockiert werden, das gilt auch für den Bereich an den Türen!«

Ein Mann mit Fahrrad wurde des Zuges verwiesen, weil er es in einen nicht für Räder vorgesehenen Waggon hineingeschoben hatte. Dann erfolgte die Abfahrt ziemlich pünktlich um 11:27 Uhr. Kurz danach sauste eine Zugbegleiterin flotten Schrittes mit einem Inbusschlüssel in der Rechten durch die Waggons und öffnete die Klappfenster, weil die Klimaanlage ausgefallen war. Welch glücklicher Umstand, strömte damit doch herrlich frische Luft in das Innere des Waggons. Auch dieser Zug war jetzt nahezu voll, aber es gab immer noch einige wenige Sitzplätze. In flotter Fahrt ging es nach Osten zur bayerischen Landeshauptstadt. Kurz vor Augsburg, in Neusäß, wurde es deutlich voller, aber als in Augsburg der Zug durch Verkupplung mit einem anderen Zugteil auf die doppelte Länge vergrößert wurde, entspannte sich die Lage. Nach ruhiger Fahrt, lediglich zwei oder drei Telefonate waren von Reisenden geführt worden und ein paar Schüler, die nur einige Stationen mitfuhren, hatten ein wenig herum gelärmt, kam der Zug nahezu pünktlich in München-Pasing an. Das hatte auch der Zugchef gewusst, der sich kurz vor der Ankunft ziemlich entspannt von den Fahrgästen verabschiedete:

»Ich wünsche ihnen einen schönen Nachmittag und genießen sie das schöne Wetter.«

Kurz vor der Einfahrt in den Hauptbahnhof war dann eine längere Wartezeit notwendig, sodass es bei der Ankunft doch wieder neun Minuten Verspätung waren. Wir stiegen auf Gleis 16 aus und mussten zum Gleis 9 laufen, um weiterzufahren, aber es gestaltete sich etwas schwierig, dieses zu finden, denn es lag an der Südseite des Bahnhofs, dort allerdings nicht zwischen den Gleisen 8 und 10, sondern 350 Meter vorgelagert zu der Masse der Gleise, die im Kopfbahnhof München alle an der gleichen Stelle angebracht waren. Das war kein Einzelfall, denn auch in manch anderen Bahnhöfen wurde die Gleisnummerierung mit einer gewissen Kreativität vorgenommen und bei einigen nur gelegentlich mit der Bahn Reisenden führte das mit Sicherheit dazu, dass sie einen Zug verpassten.

Wir hatten Glück, Gleis 9 rechtzeitig zu finden und abermals Sitzplätze zu ergattern. Kurz vor der Abfahrt flutete eine große Gruppe Südosteuropäer den Wagen und ließ sich auf die freien Sitze fallen, eine Maske trug keiner von ihnen. Später verschwanden sie in einen anderen Waggon, weil sie dort offensichtlich zusammenhängende Plätze gefunden hatten. Die Abfahrt war um 13:47 Uhr, das musste man als pünktlich bewerten, doch schon vier Minuten später kam der Zug auf freier Strecke zum Stillstand. Die Lautsprecherdurchsage war so leise eingestellt, dass sie nicht zu verstehen war. War es dem Zugchef peinlich, immer die gleichen Gründe für die unplanmäßigen Stopps kundzugeben? Endlich ging es zügig über Rosenheim, am Chiemsee vorbei, bis zum letzten Umstieg in Freilassing. An jedem Halt wurde der Zug leerer. Wegen unserer Verspätung hatte der Anschlusszug Richtung Berchtesgaden freundlicherweise gewartet, stiegen doch mindestens 50 % der Passagiere, die aus München kamen, hier um, um in die Berge weiterzufahren. Über Freilassing gäbe es nichts zu berichten, wären da nicht ein Dutzend Polizeibeamte zu sehen gewesen, die hier am Grenzbahnhof zu Österreich normalerweise nicht mehr präsent waren. Der Grund lag im Gipfel der G-7, der Ende Juni in den bayerischen Alpen unweit von Garmisch-Partenkirchen stattfinden sollte und Anlass dafür war, bereits jetzt wieder systematische

Grenzkontrollen vorzunehmen, um den Gipfel oder genauer gesagt dessen Teilnehmerschar zu schützen.

»Hast du eine Ahnung, wie viel uns dieser Gipfel kosten wird?«, fragte ich Maya.

»Woher soll ich das wissen?«

»Einhundertachtzig Millionen Euro oder noch etwas mehr!«

»Und warum gibt es wieder Grenzkontrollen, wir mussten doch noch nie unsere Ausweise vorzeigen?«

»Als Grund wurde genannt, dass möglicherweise Kriminelle ins Land kommen, die Böses im Schilde führen, also machte man sich Sorgen um die Sicherheit.«

»Und wenn das alles vorbei ist, werden dann weiterhin Kontrollen vorgenommen?«

»Nein!«

»Kommen dann keine Kriminellen mehr nach Deutschland?«

»Selbstverständlich kommen auch dann welche, aber das interessiert die Regierung nicht.«

»Ich werde dieses Land nie verstehen, die Sicherheit der Menschen muss doch erstes Ziel der Regierung sein. Und überhaupt, warum müssen die Leute alle hierherkommen, warum arbeiten sie nicht mit Videokonferenzen?«

»Vielleicht hat man Angst, dass die Technik versagt. Wahrscheinlich liebt man aber vor allem das gesellige Beisammensein am Abend, da gibt es ja gut zu Essen und zu Trinken, das geht eben bei einem Video-Gipfel nicht.«

»In China findet gerade der BRICS-Gipfel statt, und zwar komplett über Video. Das ist doch viel effizienter und es fallen kaum Kosten an.«

Der Zug BRB S 4, betrieben von der Bayerischen Regiobahn, kam um 16:00 Uhr in Bad Reichenhall an. Zum Hotel waren es nur ein paar Hundert Meter, und nach einer Ruhepause erkundeten wir das Städtchen, bekannt als Kurort und Heimat des Salzes. Entsprechend zahlreich waren auch die Kureinrichtungen: Kliniken und Arztpraxen, der Kurpark und das Gradierwerk. Wir spazierten zur Alten Saline, vorbei an Cafés und Geschäften, voll mit bayerischen Souvenirs und Mode für die ältere Generation, und es gab sogar einen Ableger des Salzburger Nationalheiligtums, einen Laden, der kostspielige Mozartkugeln verkaufte. In dieser schönen, ruhigen, kleinen Stadt waren einige Fassaden zu bestaunen, die durch großflächige Gemälde verschönert worden waren. Aber auch in einem so gediegenen Ort fehlte ein Brauereigasthof nicht, schließlich waren wir in Bayern. Unweigerlich strandeten wir vor dem Biergarten des ›Bürgerbräu‹, in dem es nur noch einen freien Tisch gab, zu dem der Wirt zwei weitere Gäste platzieren wollte. Das war natürlich gar kein Problem und so gesellte sich nach fünf Minuten ein Ehepaar aus dem Saarland zu uns, mit dem sich rasch ein sehr unterhaltsamer Abend entwickelte. Beide waren schon oft in der Gegend, kannten das ›Bürgerbräu‹ aus dem Effeff und konnten gute Ratschläge zum Essen und den hier gebrauten Bieren geben. Es stellte sich heraus, dass sie die Eltern des heute in Basel lebenden Künstlers Chris Goettel waren. Neben der Kunst landeten wir schnell im persönlichen Bereich und stellten die ein oder andere Gemeinsamkeit fest. Natürlich blieb es nicht aus, über die aktuelle Lage in Deutschland und das Weltgeschehen zu plaudern, aber den Inhalt dieser Gespräche wollen wir doch aus diesem Buch heraushalten.

Die S 4 nach Berchtesgaden fuhr am nächsten Tag pünktlich um 9:01 Uhr ab, sie war nur mäßig besetzt. Die Berge zeigten sich, vollständig in Wolken gehüllt, an diesem Morgen Grau in Grau. Gemächlich erklomm der kurze Zug auf der eingleisigen Strecke Meter um Meter. In den Waggons hingen Schilder, die erläuterten, dass die Bayerische Regionalbahn ›Transdev‹ sei. Was konnte das bedeuten? Niemand sollte sich in die Irre führen lassen und vermuten, dass sie damit irgendeinen Hinweis auf die aktuelle Gender-Debatte, auf Trans oder Ähnliches geben wollte, nein, es war bloß der Verweis darauf, dass diese Bahn vom zweitgrößten in Deutschland aktiven Eisenbahn- und Busunternehmen, der Transdev GmbH, betrieben wurde. Ich war erleichtert, als ich das herausgefunden hatte, war ich doch zunächst der Annahme, dass die Deutsche Bahn bereits rasend schnell auf ein Urteil reagiert hatte, das sie dazu verpflichtete, für ihre online erwerbbaren Dienstleistungen bei den persönlichen Daten neben ›Herr‹ und ›Frau‹ auch noch andere Anreden anzubieten. Nach der Ankunft gingen wir hinüber zur

Bushaltestelle und stiegen in den Bus 841, mit dem wenige Minuten später die Schiffsanlegestelle am Königssee erreicht war. Wir waren im tiefsten Bayern angekommen. Vor uns saßen zwei Rentner in Wanderausrüstung und mit stattlichen Bäuchen.

»Wuist Du heit auf'n Watzmann aufsteign?«, fragte der eine.

»Na«, antwortete der andere«,»I steig eh nur auf die Watzfraa auf.«

Es folgte ein kräftiges Gelächter, dann wandten sie sich wieder ernsthaften Themen zu, deren Inhalt, ob des Dialektes, allerdings kaum zu verstehen war. Das Ticket über den See kostete pro Person 25 Euro hin und zurück. Es gab alle 15 Minuten eine Abfahrt, sodass die Boote, allesamt mit Batterie betrieben, zwar voll, aber nicht überfüllt waren. Viertel nach 10 Uhr ging es los. An Bord waren der Steuermann und sein Kollege, der das Ein- und Aussteigen koordinierte und mittels eines Mikrofons Informationen über den Königssee gab. Obwohl zahlreiche Ausländer mitfuhren, wurde nichts auf Englisch übersetzt, ja nicht einmal auf Hochdeutsch. Er blieb bei seinem Dialekt. Als die Stelle erreicht war, an der das berühmte Königssee-Echo besonders gut zu hören ist, stoppte der Kapitän das Boot, schaltete den Motor aus und sein Kollege griff zu einer Trompete und spielte eine Melodie, die mir wohl vertraut war. Und tatsächlich, das Echo war glockenklar zu vernehmen. An der kleinen Station ›Rüssel‹ konnte man aussteigen, um hoch auf die Berge und zur Königsbachalm zu klettern. Der Schiffsansager informierte:

»Da oben ist a scheene Olm, do bischt so nach 3 ½ Stunden oba un do gibt's so 150 Stück Rindviecher. Die Olm wird von zwei Sennerinnen bewirtschaftet, do kannscht da a übernachten. Das ist also eher was fir die Männer – – – die Katie, die Jüngere, isch jetzt 79.«

Das hatte natürlich einen großen Lacher zur Folge. Beim nächsten Halt in St. Bartholomä drang der Duft von geräucherten Fischen ins Innere des Bootes und in die Nasen, wir blieben aber sitzen und fuhren weiter bis nach Salet, der südlichsten Station. Dort stiegen wir aus und wanderten mit allen anderen Passagieren 20 Minuten bis zum Obersee und dann an dessen Westseite entlang eine Weile weiter, wegen der herrlichen Wasser-Spiegelungen. Auf dem Rückweg zum Boot waren ein paar Rindviecher der Saletalm zum

Wanderweg gekommen und die Leute nutzen das für besondere Schnappschüsse. Ich stellte mich rasch und gedankenlos mit dem Rücken vor eines der Tiere, das besonders große Hörner hatte, was eine Blondine, die, mit einer Kamera bewaffnet, danebenstand, zu einer spontanen Warnung veranlasste:

»Man soll nie mit dem Rücken zu einer Kuh stehen!«, was meinerseits die Frage nach sich zog:

»War ich jetzt mutig oder leichtsinnig?«

»Wahrscheinlich beides.«

Wir erreichten wieder den Bootsanleger und stiegen in unser Privatboot ein, denn es waren nur sechs weitere Personen an Bord, als es zurück nach St. Bartholomä ging. Mittlerweile hatte die Sonne gegen die Wolkendecke gewonnen. Gleich nach der Ankunft verspeisten wir eine frisch geräucherte Forelle, die im Magen in einem Münchner Hell schwimmen durfte. Beides war sehr lecker. Dann gingen wir ein Stück am See entlang, hielten die Füße in das kühle Nass und stiegen auf einen Baumstamm, der ein paar Meter vom Ufer entfernt im Wasser lag. Als ich rückwärts von diesem absteigen wollte, war die Stimme einer jungen Mutter zu hören:

»Beim Abstieg entstehen die schönsten Fotos.«

Wir warfen einen Blick in die Kapelle, deren Dachform weit im Land bekannt ist und bestellten im Biergarten Kaiserschmarrn mit Holunderblüten-Schorle. Das hätten wir nicht tun sollen, nicht nur, weil es sehr teuer, sondern auch von absolut schlechter Qualität war. Danach nahmen wir das nächste Boot, um zurück nach Schönau zu fahren. Es folgte eine kurze Wanderung zum Aussichtspunkt Malerwinkel, dann fuhren wir mit dem Bus nach Bad Reichenhall. Auf dem Rückweg zum Hotel konnten wir gerade noch die letzten Klänge des Kurkonzertes hören, das an diesem Nachmittag im Kurpark gegeben wurde.

Am Morgen des 23. Juni, verließen wir Südostbayern bereits wieder. Es ging pünktlich um 09:01 Uhr nach Freilassing. Die beiden Waggons der S 4 waren etwa zur Hälfte besetzt. Unmittelbar nach der Abfahrt erfolgte eine Fahrscheinkontrolle, verbunden mit der strengen Aufforderung, große Koffer sofort aus dem Gang zu entfernen, wegen der Sicherheitsvorschriften. Der Ton in den bayerischen Zügen unterschied sich deutlich von dem im Rheinland. Erneut saßen ein paar Leute ohne Mund-Nasen-Schutz im Zug, sie gehörten zu der schon beschriebenen Klientel. Nachdem die Schaffnerin in den anderen Waggon gegangen war, verschwanden die hastig aufgesetzten Masken wieder in der Hosentasche. Es war dem Zugführer nicht schwergefallen, die kurze Strecke ziemlich pünktlich zu bewältigen, sodass wir wie geplant um 9:18 Uhr ankamen und gemütlich in die RB 45, ein Zug der Südostbayernbahn, umsteigen konnten, der um 9:24 Uhr nach Landshut abfuhr. Auch heute sahen wir wieder einige Polizeibeamte, die im Auftrag der Sicherung des G-7-Gipfels tätig waren. Obwohl auch dieser Zug lediglich zwei Waggons hatte, war er kaum zu einem Drittel gefüllt. Es ging in gemütlicher Fahrt durch Ostbayern, entlang der Schienen waren halb verrostete Stahlkabel gespannt, die von großen, manuell zu bedienenden, Hebeln bewegt werden müssen, um die Weichen in die richtige Position zu bringen. Hier war bei der Bahn noch nichts digitalisiert und es gab nicht einmal ein schwaches Internet-Signal. Der Zug schaukelte und schlingerte ohne Unterlass, die Ansagen waren, erstaunlich genug, in reinstem Hochdeutsch gehalten, ganz im Gegensatz zum Urbayerisch auf den Schiffen der Königssee-Flotte. Es ging durch ländliche Gebiete, wir passierten große bäuerliche Anwesen und Orte mit wohlklingenden Namen wie Tittmoning-Wiesmühl, Neumarkt-St Veit oder Vilsbiburg. Hier befand sich die Hochburg der CSU, die sich, so ihr Slogan, um Bayern kümmert. Bei der letzten Bundestagswahl kam sie auf 35 bis 40 %, längst nicht mehr so viel, wie noch vor zehn Jahren, doch immer noch weit mehr als die anderen Parteien. Vereinzelt waren Felder mit Sonnenkollektoren neben den Schienen zu sehen, doch Windräder blieben in dieser Gegend Fehlanzeige.

Das Schwanken wurde stärker, ein lautes Quietschen kam hinzu. Die Gleise schienen ihre beste Zeit hinter sich zu haben. Es war ruhig im Zug bis auf den Lärm einer Familie mit vier quengelnden Kindern. Bald waren die Mutter und zwei der Kleinen eingeschlafen, doch die beiden anderen machten das spielend wett. Der Vater hatte noch zudem starke Hustenanfälle und regelmäßig zog er sich dabei extra die Maske vom Mund, um damit seinen Hals zu schützen, als er voll in seine offene Hand hustete.

»Papa, ich will aussteigen.«

»Naa, jetzt no net.«

Pause bis zur nächsten Station.

»Papa, aber jetzt will ich wirklich aussteigen.«

»Naa, immer no net.«

»Ich will aber!«

Dieser Dialog setzte sich bis Landshut fort.

Schräg gegenüber saß eine Dame in ihren Dreißigern, ihr Gesicht tief in das Studium von Blättern mit farbigen Abbildungen vergraben. Nach einer dreiviertel Stunde wurde sie unruhig, schaute abwechselnd auf ihre Fahrkarte und aus dem Fenster, irgendwie schien sie die Gegend, die sie sah, so nicht erwartet zu haben, schließlich sprach sie ihre Sitznachbarin an, zeigte ihr ihren Fahrschein und fragte auf Englisch, ob sie im richtigen Zug sei. Die Nachbarin hatte die Antwort schnell parat:

»Sorry, but you boarded the wrong train in Salzburg, you are in Germany now, but the city on your ticket is in Austria.«

Ich hörte alles mit, wusste jetzt, dass die Dame aus Rumänien gekommen war und zu einem Meeting nach Linz wollte. Wieso hatte die Grenzpolizei, die gezielt für den G-7-Gipfel wieder mit Kontrollen beauftragt war, diese Frau nicht bemerkt und ihr aus ihrem Dilemma herausgeholfen? Die Nachbarin empfahl ihr, in Mühldorf auszusteigen und sich dort zu erkundigen, wie sie doch noch nach Linz kommen könne. Also tat sie es.

Die RB 45 kam pünktlich in Landshut an. Da der Bahnhof etwas von der Altstadt entfernt lag, nahmen wir, nachdem ich mich bei einem sehr freundlichen Busfahrer erkundigt hatte, den Bus 6 und fuhren ein paar Stationen bis zur Altstadt. Mit dem ›Neuner‹ war es nicht mehr notwendig zu laufen, man stieg einfach in den nächst besten Omnibus ein. Strammen Schrittes marschierten wir den steilen Waldweg zur Burg Trausnitz hinauf, oben erwartete uns eine imposante Anlage hoch über der Stadt, in der sich nur wenige Besucher verliefen. Nach einem Rundgang durch einen Teil der Gebäude gingen wir über den neu angelegten Stiegen-Weg wieder hinunter und erreichten die breite Fußgängerzone, an deren linken und rechten Seite sich majestätische Häuser hinzogen, mit imposanten Giebel-Strukturen und großflächigen Fassadenmalereien. Unten in der Altstadt reihten sich schier endlos Cafés und Restaurants aneinander, die jetzt um die Mittagszeit wohl zur Hälfte gefüllt waren. Die St. Martins Kirche hat einen sehr hohen, spitzen, schlanken Turm, der weit in den Himmel reicht, im Inneren konnte man heute nur eine Vorstellung des mächtigen Kirchenschiffes gewinnen, weil es gerade vollständig renoviert wird und weitestgehend in Planen gehüllt war. Wir schlenderten weiter und gingen über den Mühlensteg hinüber auf die Hammerinsel, um nach einer kleinen Rast zur Straße mit den Bushaltestellen zu spazieren und nahmen von dort wieder den Bus 6 zurück zum Hauptbahnhof. Landshut hatte uns überrascht, wir hatten keine Erwartungen an diesen Ort, waren aber vom Gesamtbild, der Architektur und dem Flair der Kreisstadt sehr angetan.

Mit ein paar Minuten Verspätung startete der RE 2 um 13:35 Uhr nach Regensburg. Er wurde von ›alex – Die Länderbahn‹ betrieben. Es handelte sich um einen Zug, der die sehr alten Waggons aus den Zeiten der D-Züge mit Sechser-Abteilen im Einsatz hatte. Sicherheitshalber fragte ich vor der Abfahrt die Schaffnerin, ob das 9-Euro-Ticket auch hier gelte. Als sie es bejahte, stiegen wir ein. Mit uns saß nur noch ein weiterer Fahrgast im Abteil. Gleich darauf kontrollierte die grimmig dreinblickende Frau Greipl die Tickets, wobei ihr der Screenshot, den Maya ihr hinhielt, nicht ausreichte. Sie forderte sie auf, ihr das Original zu zeigen, denn das Foto sei kein gültiger Fahrausweis. Nun gut, das Original-Ticket war im DB-Navigator gespeichert. Dieser Regionalexpress machte seinem Namen alle Ehre, er sauste vom flachen Oberbayern ins noch plattere Niederbayern. Auch hier war vereinzelt ein kleines Solarfeld zu sehen, auch hier hielten wir vergeblich Ausschau nach Windrädern. Wie erzeugen die Bayern bloß ihre alternative Energie, das war die Frage? Trotz des scheinbar hohen Tempos hatte die Bahn deutliche Verspätung, als sie Regensburg erreichte. Zu Fuß war es nicht weit bis zur Innenstadt, schon nach wenigen Minuten standen wir vor dem mächtigen Dom, der innen düster war, da die Fenster allesamt mit kräftigen Farben bemalt waren und nur wenig Licht hereinließen. Der in Silber gehaltene Altar dominierte den vorderen Teil, hinten thronte eine gewaltige Orgel unter dem runden Fenster. Genau wie in Landshut war auch hier der Dom von außen nicht sehr ansehnlich, war er doch für jahrelang andauernde Renovierungsarbeiten komplett eingerüstet. Gibt es in Deutschland überhaupt eine einzige große Kirche, die völlig ohne Gerüst bestaunt werden kann? Unser Weg führte weiter durch die engen Altstadtgassen zum Alten Rathaus, um uns gegenüber in einem Café mit Aperol Spritz-Lemmon, eine wirklich erfrischende Alternative zum klassischen Aperol-Spritz, sowie mit Kuchen und Kaffee zu stärken. Dann führte der Weg weiter zur eisernen Brücke, über die wir die andere Seite der Donau erreichten. An deren Ufer entlang schlendernd hatten wir einen schönen Blick auf die Häuserfassaden. Über die gewaltige Steinerne Brücke, die für Fußgänger und Radfahrer reserviert war, ging es zurück. Dort waren viele Leute unterwegs, vereinzelt saßen bettelnde Menschen an die Brückenmauer gelehnt und flehten um Gaben. Auf dem Wasser fuhren ein paar Ausflugsboote, während die großen Kreuzfahrtschiffe und Lastkähne den Donaukanal benutzen mussten. Mit einem Stadtbus ging es zurück zum Bahnhof.

Um 16:35 Uhr fuhr dort der RE 40 Richtung Nürnberg ab, der uns bis Amberg bringen sollte. Am Bahnsteig war es voll und alle stürmten in den Zug, der nur zwei Waggons hatte. War es Glück oder Geschick, dass wir genau an der richtigen Stelle, dort wo sich die Türen öffneten, standen? Also bekamen wir wieder gute Sitzplätze. Die Bahn der DB Regio AG Bayern war doch nur zu 50 % ausgelastet, was angesichts der Menschenmenge am Bahnsteig überraschte. Wie in allen anderen bayerischen Zügen auch, gab es kein Wi-Fi, die Sitze waren alt und unbequem, aber für eine Stunde akzeptabel. Das Gleisbett hatte sich, sehr in die Jahre gekommen, so stark verformt, dass die Fahrt einer Schiffsreise über tosende Wellen gleichkam. Die Ankunft war pünktlich um 17:20 Uhr, vom Bahnhof brauchten wir nur eine kurze Zeit zu Fuß bis zum ehemaligen Gefängnis, das jetzt ein Hotel war. Dort konnte man in den Zellen, die damals für die Häftlinge bestimmt waren, also in sehr einfachen, aber originellen Zimmern, übernachten. Wir hatten uns für die bessere Variante entschieden, ein Zimmer, das zur ehemaligen Verwaltung gehörte, es war der Behandlungsraum des

Gefängnisarztes. Darin befanden sich ein Medikamentenschrank aus Blech gemacht, ein Untersuchungs- und Behandlungsstuhl, eine große schwenkbare Deckenlampe, ein Hocker mit fünf Rollen und ein in Rot getünchtes Röntgenbild eines Skeletts, das über dem Bett hing. Nach kurzer Erholung gingen wir hinüber zum Schloderer-Bräu, das direkt hinter dem Rathaus lag. Dort wird ein sehr schmackhaftes Bier gebraut und in einem schönen Innenhof saßen wir trotz des aufkommenden Regens gemütlich bei einer bayerischen Mahlzeit, die sicher 25 % günstiger war als in der Gastronomie am Königssee.

Donnerstag, 23. Juni. Um 8 Uhr saßen wir im ›Kittchen‹ und nahmen das erste Gefängnis-Frühstück unseres Lebens in dem Raum, in dem früher die Gefangenen gegessen hatten, zu uns. Es war weit reichhaltiger, als Wasser und Brot. Hinter dem Speiseraum befand sich der Zugang zu einem kleinen Garten, in dem die Insassen ein wenig frische Luft schnappen durften. Im Jahr 1699 waren die ersten Gauner hier gefangen gehalten worden, erst 1857 wurde ein größerer Umbau vorgenommen. Dabei wurden Einzelzellen für Untersuchungshäftlinge errichtet, sowie eine Wohnung für einen verheirateten Gerichtsdiener, dazu ein Verhörzimmer, eine Stube für den Gehilfen und ein Krankenzimmer. In den Jahrzehnten danach verschlechterten sich die Zustände stetig, die Sicherheitseinrichtungen waren mangelhaft, die Fluchtgefahr war gewaltig, es gab neue Auflagen durch Strafvollzugsgesetze, sodass ein größerer Umbau notwendig geworden wäre, um das Gefängnis weiter betreiben zu dürfen. Doch die veranschlagten Kosten dafür waren zu hoch, woraufhin die Haftanstalt geschlossen wurde. Nachdem 2007 die Genehmigung für den Umbau zu einem Hotel erteilt wurde, dauerte es noch bis 2013, dann wurde das Gefängnis-Hotel eröffnet, ein sicher einmaliges Gebäude in Deutschland.

Am Amberger Bahnhof gibt es keinen Fahrstuhl, sodass einige Leute ihre schweren und voll bepackten E-Bikes mühsam die Treppe hinunter und auf der anderen Seite wieder hinauf bugsieren mussten. Der Schweiß stand schon auf ihrer Stirn, bevor sie in die Bahn stiegen. Bereits zehn Minuten vor der Abfahrt warteten viele

Leute auf den kurzen Zug. Der Regionalexpress 40 nach Nürnberg fuhr pünktlich um 09:21 Uhr ab. Ein paar Leute mussten in den Eingangsbereichen stehen, so voll war er. Unterwegs stiegen immer mehr Menschen ein. In Neukirchen entspannte sich die Lage, da der Zug dort mit einem anderen zusammengekoppelt wurde. Neukirchens offizieller Bahnhofsname lautet: Neukirchen (bei Sulzbach-Rosenberg), wohl den dort Wohnenden, die nicht allzu oft ihre Adresse irgendwo manuell und vollständig angeben müssen. Eine Damengruppe, vielleicht 15 Personen stark, hatte sich zu einem Tagesausflug zusammengefunden. Sie war schon am Bahnsteig recht fröhlich, was sich im Inneren des Zuges verstärkte. Sie saßen verteilt auf zwei Waggons, ihre Meisterin ging von einer zur nächsten, um jeder eine Brezel und eine Flasche Piccolo in die Hand zu drücken, die sie aus ihrer roten Tasche fischte. Der Schaumwein wurde zügig geleert, wodurch das Gekicher stetig an Lautstärke gewann. Draußen flogen Wald und Wiesen vorbei, vereinzelt ein Schloss auf einem Hügel, wir waren in Franken angekommen und die blau-weißen Fahnen des Freistaates waren verschwunden. Viele Bahnstrecken, die wir bisher in Bayern befahren hatten, waren nicht elektrifiziert. Insgesamt sollen es immer noch weit mehr als 13.000 Kilometer in Deutschland sein. Die Zeit der schweren Dieselloks wird also nicht so bald ausklingen.

Nach unserer pünktlichen Ankunft in Nürnberg orientierten wir uns ein wenig und wollten dann die U-Bahn ausprobieren. Mit der U 1 fuhren wir bis zur Station Lorenzstraße, die schon mitten in der Altstadt liegt. Die Lorenzkirche ist sehr imposant und außergewöhnlich hell, da ein großer Teil der Fenster nicht bemalt ist und dem Licht unbeschränkten Einlass gewährt. Auch diese Kirche wurde im Inneren gerade restauriert, jedoch nur an einzelnen Stellen, sodass das Gesamtbild des Bauwerkes gut wahrzunehmen war. Von außen bot sich ein freier Blick auf die beiden Türme und das in deren Mitte befindliche Eingangsportal, das nicht von einem Gerüst umstellt war. Weiter ging es über den Hauptmarkt, auf dem viele fränkische Obst- und Gemüsesorten angeboten wurden, allerdings ziemlich teuer, zumal zur Verwirrung der Kunden die niedrig erscheinenden Preise sehr großgeschrieben waren und man erst bei näherem Hinschauen feststellte, dass sie immer nur für 100 Gramm galten, und da war es bei so manchem Käufer bereits zu spät. Gegenüber steht die imposante Frauenkirche, an einer Ecke des Marktplatzes der Brunnen, der völlig zurecht den Namen ›Schöner Brunnen‹ trägt. Es handelt sich um eine Kopie des ›Schönen Brunnens‹, der hier bereits im 14. Jahrhundert errichtet worden war und die Form einer gotischen Turmspitze hat, umgeben von vielen filigran gestalteten und bunt bemalten Figuren. Dann gingen wir leicht den Berg hinauf, am herrlichen alten Rathaus und an der auf der anderen Straßenseite gelegenen St. Sebald Kirche vorbei, in Richtung der Nürnberger Burg. Oben angekommen stießen wir auf zahlreiche Reisegruppen, die meisten von ihnen waren Schulklassen. Die Nürnberger Burg ist ein weitläufiges Areal von Gebäuden, Türmen, Gräben, Gärten und Mauern, die als Gesamtbild ein Juwel darstellen. Auf dem Rückweg legten wir eine Rast im Bratwursthäusle ein, denn die berühmten Nürnberger Rostbratwürste mussten probiert werden. Eine Portion, aus acht Stück bestehend, allesamt gut durchgebraten, dazu ein feines frisches Tucher-Hell im 0,5 Liter Glas mundeten vorzüglich. Ich warf noch einen Blick in den Innenraum, in dessen Mitte ein überdimensionaler Holzkohlegrill betrieben wurde. Links und rechts waren zwei bayerische Mannsbilder am Arbeiten, das Auflegen und Wenden der Würste wurde von zwei asiatischen Frauen, wahrscheinlich Vietnamesinnen, vorgenommen. Nach dem Mahl schlenderten wir zurück zum Bahnhof.

Unsere ursprüngliche Absicht war, über Schwäbisch-Hall und Heilbronn zurückzufahren, doch gab es für diese Strecke so viele Hinweise über drohende und bereits real gewordene Verspätungen, dass ich einen neuen Plan machte. Wir nahmen den RE 10, der pünktlich um 13:05 Uhr nach Würzburg abfuhr, danach würden wir weitersehen. Als Iphofen erreicht wurde, waren auf der rechten Seite die Rebenhänge des Frankenweins zu sehen. Bis zur Ankunft in Würzburg um 14:22 Uhr hatte der Zug sechs Minuten Verspätung eingefahren oder durch häufiges Stehen erwirtschaftet. Das war aber ohne Belang, denn den RE 54 nach Frankfurt, der um 14:37 Uhr abfahren sollte, erreichten wir spielend. Doch dann wieder das übliche Theater, als neue Abfahrtszeit wurde 14:42 Uhr angegeben, Grund sei die Vorfahrt eines verspäteten schnelleren

Zuges. Es wurde schließlich 14:50 Uhr, womit der Umstieg in Aschaffenburg in Gefahr geriet, doch der Name der Bahn, ›Main Spessart Express‹, machte Hoffnung, dass die Verspätung aufgeholt werden konnte. Kaum jeder zehnte Platz war besetzt. Draußen zogen die Weinhänge vorbei, weiße Wolken türmten sich am blauen Himmel, doch die Klimaanlage machte die Innenluft sehr angenehm. Hinter Gemünden ging es eine Weile am lieblichen Main entlang, der kaum von Schiffen befahren wurde. Bald erreichten wir den südlichen Teil des dunklen Naturparks Spessart, ein heute weitestgehend unbekannter Landstrich, der auf jeden Fall einen Besuch lohnt. Die Älteren erinnern sich sicher an Lieselotte Pulvers Traumrolle im Film ›Das Wirtshaus im Spessart‹, der diese Gegend legendär machte. Mehrfach ging es durch Tunnel, dann waren wir auch schon in Aschaffenburg, ein typischer Ort, in dem man umsteigt, aber nicht bleiben will. Der Zugführer hatte tatsächlich ordentlich Gas gegeben und die gesamte Verspätung aufgeholt, wir kamen um 15:42 Uhr an.

Auf Gleis 5 stand bereits die Regionalbahn nach Darmstadt, die pünktlich um 15:47 Uhr losfuhr und nur zu einem Drittel besetzt war. Die Ansage nach der Abfahrt war erstaunlich lang und umfangreich:

»RB 75 nach Wiesbaden Hauptbahnhof. Verehrte Fahrgäste, die Hessische Landesbahn begrüßt Sie im Zug nach Wiesbaden über Darmstadt, auch im Namen des Rhein-Main-Verkehrsverbundes und der Bayerischen Staatsbahn, wir wünschen Ihnen eine angenehme Reise.«

Über die Strecke von Aschaffenburg über Dieburg nach Darmstadt müssen keine großen Worte verloren werden, führt sie doch durch einen wenig interessanten Teil Südhessens. Dann ertönte eine neue Ansage, bestimmender im Ton:

»Die Klimaanlage läuft auf vollen Touren, mehr geht nicht, öffnen Sie trotzdem bitte nicht die Notfenster, denn das kann schwere Konsequenzen zur Folge haben!«

Welche das wohl waren, wurde nicht bekannt gegeben. Kurz vor der Ankunft in Darmstadt meldete sich ein cooler Zugchef mit hessischem Einschlag:

»Liebe Leute, wir werden gleich mit geschmeidigen 2 ½ Minuten Verspätung in Darmstadt eintreffen, so wie sie es von unserem ›Blechmädchen‹ bereits gehört haben. Ich wünsche ihnen noch einen schönen, schwitzigen Donnerstag.«

Da hatte er aber Glück, dass sich keine Anti-Diskriminierung-Beauftragten an Bord befanden, die hätten ihm das ›Blechmädchen‹, womit er die vorher aufgezeichneten Ansagen vom Band meinte, die in ganz Deutschland gleich sind und je nach Ort und Zeit zusammengeschnitten werden, sehr übel genommen und ihm zumindest einige passende Twitter-Tweets gewidmet. Mit dem RE 60, den wir nun schon mehrfach benutzt hatten und der heute erstaunlicherweise ziemlich pünktlich war, verließen wir Darmstadt um 16:53 Uhr und waren kurz vor 18 Uhr zu Hause.

Aus Bayern heraus – nach Bayern hinein

(1., 8. und 9. Juli)

Heute, am 1. Juli, begann bereits der zweite Monat des 9-Euro-Tickets. Ich hatte rechtzeitig vorher die Fahrkarten dafür gekauft, denn wir wollten gleich am ersten Tag des neuen Monats zu einer Fahrt damit aufbrechen. Wie eigentlich immer war die S-Bahn pünktlich um 8:00 Uhr in Schriesheim losgefahren und um 8:22 Uhr am Bahnhof Heidelberg angekommen. Dort nahmen wir erneut den Intercity-Express nach Stuttgart. Es regnete in Strömen, sodass sogar der überdachte Bahnsteig nass wurde. Der Regen sollte im Laufe des Tages gen Osten ziehen und somit unsere Fahrt nach Garmisch-Partenkirchen begleiten. Die Ansage am Bahnhof beharrte auf akzeptablen fünf Minuten Verspätung, aber es wurden am Schluss doch deutlich mehr, somit war unsere Abfahrt um 8:52 Uhr. Heute war wieder ein verspäteter vorausfahrender Zug die Ursache für die Verzögerung. Als er endlich Stuttgart erreichte, war es bereits 9:48 Uhr. Wir gingen wie in der Woche vorher zum Bahnsteig 16, auf dem sich schon wieder die Menschen drängten, obwohl der Regionalexpress nach Ulm erst um 10:01 Uhr losfahren sollte. Die Abfahrt wurde kurzfristig auf ein anderes Gleis verlegt, was aber nicht zu einer Rennerei führte, war es doch auf der gegenüberliegenden Seite des gleichen Bahnsteigs gelegen, die Leute mussten sich also nur um 180 Grad drehen, um einzusteigen. Als es pünktlich losging, war der RE 5 zu 80 % besetzt. Vier Schwaben-Männer, die drei Reihen weiter hinten saßen, hatten wohl ihre Masken vergessen, stattdessen befeuchteten sie die Kehlen mit frischem Vormittagsbier. Heute ging es zügig voran, selbst über die Schwäbische Alb schlich der Zug nicht so langsam wie noch vor einer Woche. Er wurde auch nicht voller, lag es am schlechten Wetter oder war der Grund, dass viele Leute nach dem ersten Monat leidvoller Erfahrungen zumindest am Anfang des neuen Monats zögerten, es gleich wieder mit dem 9-Euro-Ticket zu probieren? Draußen war es kühl, vielleicht 15 Grad, trotzdem lief die Klimaanlage auf vollen Touren. Es handelte sich wohl um ein Gerät, dass man entweder ein- oder ausschalten konnte, Regulierungen zur Feinabstimmung waren offensichtlich nicht möglich. Die Ankunft in Ulm war um 11:10 Uhr, gerade mal sechs Minuten verspätet. Im Zug hatte sich nichts Besonderes ereignet, es gab keine Fahrkartenkontrolle und nur die vier Schwaben-Männer führten, stimuliert vom Bier, eine lautstarke Unterhaltung über belanglose Themen.

Am Gleis 25 wartete bereits der RE 9 nach München. In diesem Zug waren noch weitere Biertrinker eingestiegen, nahezu alle wieder maskenlos und jetzt hatten sich auch einige Damen dazugesellt. Umgestiegen waren ebenfalls die vier Schwaben, die bedauerlicherweise unweit von uns Plätze gefunden hatten. Dieser Zug war deutlich voller und viele Leute mussten stehen. Bei der Begrüßung der Fahrgäste wurde eine angenehme Reise gewünscht, einen Hinweis auf Maskenpflicht oder Freihalten der Eingangsbereiche gab es nicht. Hatte sich im Juli etwas an den Regeln geändert oder lag es an der Erkenntnis, dass solche Mahnungen ohnehin keine Wirkung zeigten? Die Viererbande zog immer neue Flaschen aus ihrem Gepäck, die laut klirrten, als sie aneinandergestoßen wurden. Einer schaltete ein altes Kofferradio ein und spielte Party- und Sauflieder ab, über das Bier, das international sei, und über Frauen, die in den Liedern Gegenstand männlicher Begierde waren. Wenn man ganz nüchtern den maskulinen Trinkliedern zuhörte, war das darin Diskriminierende nicht zu überhören. War da nicht gerade eine neue Antidiskriminierungsbeauftragte von der Bundesregierung ernannt worden? Ich sagte zu Maya, dass diese gleich nach Antritt ihres Jobs, oder musste man es Amt nennen, mal eine Tagestour mit dem ›Neuner‹ machen sollte, um eine erste Kategorie eines Sachverhaltes selbst zu erleben, gegen den sie dann vorgehen könne. Die drei jungen muslimischen Frauen, die in der nächsten Reihe saßen, verstanden die Texte offensichtlich nicht, was nicht zu ihrem Nachteil war, sie wären sonst sicher ziemlich irritiert weitergefahren. Der Zugführer wechselte zwischen langsamen Fahrtabschnitten und ungeplanten Halten unter den Bäumen. Es war bereits nach einer halben Stunde abzusehen, dass wir heute die größte Verspätung all unserer bisherigen Fahrten verbuchen würden. Schaffner waren wieder nicht zu sehen, wo sie doch gerade jetzt viel Arbeit gehabt hätten. Nach 90 Minuten, der Zug hatte mittlerweile eine halbe Stunde Verspätung, wurde die Artikulation der vier Schwaben verwaschener, die Lautstärke der Lieder, in deren Refrains sie nun immer öfter erheitert einstimmten, wurde wellenförmig hoch und wieder zurückgedreht. Sie hatten die Mitreisenden längst vergessen und begannen ihren Aufenthalt in München zu planen. Wie bereits vor einer Woche war der Zug ab Neusäß wieder total überfüllt. Was war das Besondere an diesem Ort, dass es dort so viele Bahnfahrer gab? Oder wollten so viele von hier weg, dass sie den Zug regelrecht stürmten? Während des Aufenthalts in Augsburg ging ein Security-Mann außen am Zug entlang und klopfte heftig ans Fenster, um die Maskenpflicht durchzusetzen. Tatsächlich hatte er auch die Viererbande erwischt und siehe da, sie hatten Masken in der Jacke, zogen sie brav heraus, streiften sie kurz über Mund und Nase und rissen sie sich Sekunden später wieder vom Gesicht, nachdem der Security-Mann, der dabei höhnisch ausgelacht wurde, weitergegangen war. Das Pärchen auf der gegenüberliegenden Sitzbank war nach vier Flaschen Bier in tiefen Schlaf gesunken, der je unterbrochen wurde, als ihre Tasche mit den leeren Flaschen laut klirrend vom Sitztisch auf den Boden fiel.

Vor München hatte es aufgehört zu regnen, aber die Luft blieb kalt und der Himmel grau. Den Anschlusszug in München-Pasing verpassten wir, da unser Express seit Ulm sage und schreibe 40 Minuten Verspätung eingefahren hatte. So fuhren wir bis zum Münchner Hauptbahnhof weiter, wo wir um 14:00 Uhr ankamen. Es blieb eine gute halbe Stunde bis zum nächsten Zug nach Garmisch-Partenkirchen. Die Schwabenbande entledigte sich auf dem Bahnsteig ihrer leeren Bierflaschen. Immerhin ließen sie sie nicht einfach im Zug liegen. Chapeau! Vor einem Müllcontainer stellten sie eine nach der anderen nebeneinander ganz ordentlich auf den Boden, eine militärisch präzise Formation hatte sich gebildet, eine Schlange von stattlicher Länge. Ich hörte noch, dass zwei von ihnen mit der U-Bahn direkt zum Hotel fahren wollten, um gleich nach der Ankunft einzuchecken, während die anderen beiden nach der langen Zugfahrt bevorzugten, zur Unterkunft zu laufen und dabei den beiden Biergärten, die auf dem Weg lagen, einen Besuch abzustatten. Wahrscheinlich hatte der Plan dieser beiden gewonnen.

Am Hauptbahnhof in München konnte sich die Planungsabteilung nicht so recht entscheiden, auf welchem Gleis sie den Zug nach Garmisch-Partenkirchen abfahren lassen sollte. Es pendelte zweimal zwischen Gleis 28 und Gleis 29 hin und her, schließlich gewann Gleis 29. Um 14:32 ging es pünktlich los, allerdings eine Stunde später als geplant, denn wir hatten ja auf die nächste Bahn warten müssen. Ab München-Pasing war der Zug, obwohl er aus zwei kompletten Teilen bestand, vollständig gefüllt. Kurz vor Murnau gab es dann die erste Fahrkartenkontrolle.

»Haben sie heute schon einige ohne Karte erwischt?«, fragte ich Schaffner Mühlbauer.

»Ein paar, die hatten vergessen, für Juli ein neues Ticket zu kaufen.«

»Waren sie gnädig zu denen?«

»Natürlich, aber ich habe sie sofort online das neue Ticket kaufen lassen.«

»Hatten alle die Bahn-App?«

»Die meisten schon. Die anderen habe ich zum Aussteigen aufgefordert, damit sie am Automaten ein neues Ticket lösen.«

Ab Murnau wurde es leer in der RB 6. Viele Leute stiegen hier aus, um nach Oberammergau weiterzufahren, wo gerade die Festspiele stattfanden. Diese haben eine sehr lange Tradition, die auf die Pest im 17. Jahrhundert zurückgeht, die wie an vielen Orten Europas auch in Oberammergau gewütet hatte. Man hatte keine Ideen, die Seuche zu bekämpfen, und so rief man den Himmel zu Hilfe. Die Oberhäupter der Stadt schworen im Jahr 1633, alle zehn Jahre das Leiden und Sterben von Jesus Christus auf einer Bühne aufzuführen, wenn nur das Sterben durch die Pest endlich aufhörte. Und das Unglaubliche geschah, ein Jahr lang nach dem Schwur war niemand mehr an der Pest gestorben und so fanden im Jahr 1634 das erste Mal die Passionsspiele statt. Der Eid wurde nie gebrochen und bis heute werden die weltweit beachteten Aufführungen, nur ausnahmsweise durch Kriege oder auch Corona unterbrochen, alle zehn Jahre aufgeführt und locken viele Besucher in den schönen Ort im Alpenvorland.

Sehr vorsichtig setzte der Lokführer die Fahrt fort, war doch auf diesem Streckenabschnitt vor gut einem Monat ein schweres Unglück passiert, bei dem mehrere Waggons entgleisten und Menschen starben. Über die Ursache wird immer noch gerätselt, vielleicht wird sie auch einfach vor der Öffentlichkeit verborgen gehalten, es scheint aber sicher zu sein, dass der Zustand der Gleise die vor dem Unfall übliche Geschwindigkeit nicht mehr erlaubte. Mit geringer Verspätung waren wir in Oberau angekommen. Dort endete die Fahrt mit der Bahn, da die Reparaturarbeiten auf der Strecke nach Garmisch-Partenkirchen noch immer andauerten. Zwei Busse warteten vor dem Bahnhofsgebäude, einer fuhr nach Mittenwald, der andere nach Garmisch-Partenkirchen. Es handelte sich um einen sogenannten SEV, den Schienenersatzverkehr. Um 16:30 Uhr stiegen wir aus, liefen zweihundert Meter zum Hotel und spazierten später durch die Altstadt unterhalb des Zugspitzmassivs und am Abend stärkten wir uns mit deftigen bayerischen Speisen, auf einem Teller befand sich ein frischer Schweinsbraten mit Blaukraut und gemischten Knödeln, auf dem anderen eine ofenfrische Hax'n mit Meerrettich-Krautsalat und zwei Kartoffelknödeln. Ein Hacker Helles und ein Hacker Dunkel, beide im Halbliter-Krug, dienten zur Spülung des Gaumens. Zum guten Schluss hatte ich die Qual der Wahl. Welche der ›Vier Früchte für ein Halleluja‹ sollte ich nehmen? Der Wirt empfahl den Marillen Brand und so geschah es.

In den folgenden sieben Tagen wanderten wir in mehreren Etappen, zwischen denen immer wieder Bahn- oder Bustransfers eingestreut waren, von Garmisch-Partenkirchen bis nach Bozen. Somit waren die sicher sehr interessanten Ereignisse in den Alpen nicht Teil unserer Erlebnisse mit dem ›Neuner‹ und werden deshalb hier verschwiegen. Während der Wanderung nutzten wir mehrfach Busse und Bahnen in Österreich und Italien, um zum Ausgangspunkt der jeweils nächsten Etappe zu gelangen. Insgesamt zählte ich 17 Fahrten. Alle waren pünktlich, nur einmal, am Bahnhof in Innsbruck, sah ich eine Information über einen um 40 Minuten verspäteten Zug. Es handelte sich um einen EC, der viel zu spät in München abgefahren war. Die Bahnen in Italien und Österreich waren wesentlich komfortabler ausgestattet, als ihre deutschen Pendants. Sie hatten durchweg breitere Sitze und einen größeren Abstand zwischen den Sitzreihen. Wi-Fi war selbstverständlich und funktionierte bestens. Die Stoffe der Sitze waren darüber hinaus in sehr angenehmen und freundlichen Farben gehalten, die sich bereits auf den ersten Blick vom oft tristen grau-blau der bayerischen Regionalbahn unterschieden. In Österreich gab es keine Maskenpflicht in Zügen und Bussen, daher sahen wir nur wenige Passagiere mit verdeckten Nasen- und Mundpartien. In Italien allerdings bestand weiterhin die Pflicht, eine Maske zu tragen und alle, wirklich alle hielten sich daran. Waren die Italiener tatsächlich disziplinierter als die Deutschen? Es schien so zu sein.

Am Freitag, dem 8. Juli um 15:02 Uhr, verließen wir pünktlich Kufstein und setzten unsere Fahrt mit dem ›Neuner‹ fort. Die RB 54 fuhr nach München, endete aber wegen umfangreicher Bauarbeiten bereits in München-Ost. Es dauerte keine fünf Minuten, da wussten alle, man war wieder in Deutschland. Mehrere Grüppchen meist junger, Bier trinkender, bayerischer Männer fuhren mit dem Zug, ohne Mund-Nasen-Schutz, dafür mit offener Flasche in der Hand. Die Schaffnerin kam rasch herbei und forderte sie mit strengem, aber hilflos wirkendem Ton auf, umgehend Masken aufzusetzen, doch sie weigerten sich und machten sich noch dazu über die Frau lustig. Sie spulte ihre Anweisungen noch einmal ab, dann ging sie sichtlich frustriert von Reihe zu Reihe, um die Tickets zu prüfen und ließ die Rebellen gewähren. Hinter uns kam es zu einem kurzen Gespräch zwischen einem Fahrgast und der Schaffnerin.

»Bei solchen Burschen habe ich keine Chance. Denen ist es völlig egal, was ich sage.«

»Können sie die nicht einfach hinausschmeißen?«, fragte der Mann.

»Wie soll ich das machen, die kippen mir höchstens ihr Bier über die Hose.«

»Also wird nichts passieren?«, kam die fragende Antwort.

»Eigentlich muss ich die Bahnpolizei informieren, damit sie sich der Sache bei der Ankunft in Rosenheim annimmt.«

»Und warum tun sie das nicht?«

»Es sind zu viele, da kann die Polizei auch nichts ausrichten, oder wir stehen alle eine Stunde dort. Ich habe wirklich die Schnauze so voll wegen dem 9-Euro-Ticket. Da gibts Leute, die steigen morgens mit Bier in der Hand ein und fahren den ganzen Tag saufend kreuz und quer durchs Land und scheren sich einen Dreck um die Vorschriften und die anderen Fahrgäste.« Sie sagte das in ihrem bayerischen Dialekt, was die Aussage dieses Satzes noch stärker wirken ließ.

Nach vier Haltestellen war der Zug voll, viele Leute standen. Es stiegen immer mehr Biertrinker in die Waggons ein und die Schaffnerin verlas noch einmal die Vorschriften über das Zugmikrofon und man hörte, wie sie dabei vergeblich versuchte, die Tränen zu unterdrücken. In Rosenheim rückte keine Polizei an, die Weiterfahrt verspätete sich trotzdem.

»Wir müssen erst noch den Neben-Zug rauslassen und außerdem werden wir noch gekuppelt, aber der anzukuppelnde Zug kommt leider zu spät an.«

Durch die Verlängerung mittels der Verkupplung des Zuges war der Waggon jetzt nicht mehr voll besetzt. Wir trafen schließlich mit 19 Minuten Verspätung in München-Ost ein, es war 16:28 Uhr geworden. Zum Glück gab es zahlreiche S-Bahnen zum Hauptbahnhof, sodass wir bald darauf dort ankamen. Wegen der Verspätung unserer Bahn aus Kufstein hatten wir den geplanten Zug nach Kaufbeuren verpasst und mussten 40 Minuten warten, bis zur Abfahrt des nächsten Regionalexpresses um 17:20 Uhr. Im Bahnhof wimmelte es nur so von Menschen. Er war eine wahre Fundgrube für Sammler, die sich mit der Pfandflaschen-Rückgabe ein gutes Zubrot verdienen konnten. Der zu etwa 90 % gefüllte RE 70 verließ München-Hauptbahnhof pünktlich. Mit gemütlicher Geschwindigkeit ging es gen Südwesten, manche Felder waren bereits abgeerntet, über den Stoppeln leuchtete die Sonne aus einem bayerisch weiß-blauen Himmel. Die Motoren der Lokomotive brummten monoton, wurden im regelmäßigen Rhythmus sehr leise, als der Lokführer die Fahrt verlangsamte und heulten kurz auf, wenn er wieder das normale Tempo erreichen wollte. Schon an der ersten Station hinter München, Kaufering, hatten wir Verspätung. Man hatte das Gefühl, dass sich der gesamte Zug während der Fahrt sichtlich unwohl fühlte, er schlingerte stöhnend durch Bayern. In Buchloe füllte er sich beträchtlich, die Gänge waren jetzt voll und teilweise mit Koffern versperrt, die Verspätung betrug mittlerweile sieben Minuten. Der Fahrdienstleiter begründete sie mit dem sehr hohen Fahrgastaufkommen aufgrund des »9-Euro«, das Wort Ticket hatte er nicht gesagt. Die Begründung war natürlich Unsinn, weil der Zug schon viel zu spät in Buchloe angekommen war und bis dorthin wahrlich nicht voll war. Schließlich erreichten wir Kaufbeuren um 18:29 Uhr, 12 Minuten nach Plan. Der Bahnhof liegt etwas außerhalb der Altstadt, in der wir ein Zimmer gebucht hatten. Es gab einen Fußweg, der durch einen Park führte, in dem Hinweisschilder sagten, dass hier striktes Alkoholverbot gilt und Verstöße gegebenenfalls geahndet werden. Jetzt am frühen Freitagabend waren nahezu alle, die sich in der Grünanlage aufhielten, bestens mit Alkohol versorgt, die Verbotsschilder hatten keine Relevanz und blieben unbeachtet. Im Freibad, das an den Park angrenzt, tummelten sich noch zahlreiche Schwimmer, die Faulen lagen verstreut auf der Wiese.

»Gibt es hier die gleichen Schlägereien wie neulich in Berlin?«, Maya war bestens informiert.

»Das kann ich mir nicht vorstellen«, antwortete ich, »hier gibt es längst nicht so viele von denen, die einfach mal so auf andere einschlagen.«

»Und wenn es doch vorkommt?«

»Da kannst Du sicher sein, dass die Polizei hier in Bayern ganz anders einschreitet, als die in Berlin.«

Die Altstadt Kaufbeurens war nett anzusehen, es gibt eine Reihe prächtiger Häuser und an bayerischer Gastronomie fehlt es sowieso nicht.

Es war Samstag und somit ein Ausnahmetag für unsere Fahrten mit dem ›Neuner‹, musste man am Wochenende doch mit besonders vollen Zügen rechnen. Nach dem Frühstück reisten wir von Kaufbeuren nach Füssen und von dort zum sagenumwobenen Schloss Neuschwanstein. Die RB 77 fuhr pünktlich um 9:45 Uhr ab, sie war bereits komplett besetzt, sodass wir nur Stehplätze bekamen, was aber für die kurze Fahrt von einer Stunde zu keinen Unannehmlichkeiten führte. An die Stelle der Getreidefelder, die gestern noch die Landschaft dominierten, waren saftige Wiesen getreten, auf denen gesunde Kühe weideten, um die nahrhafte bayerische Milch zu geben. Bereits in Marktoberndorf war es mit der Pünktlichkeit wieder vorbei. Die Einfahrt in den Bahnhof verzögerte sich wegen eines verspäteten Gegenzugs, was nur deshalb zu einem Problem wurde, weil diese Strecke einspurig verlegt war. So wie an allen Reisetagen im Freistaat hielt ich wieder vergeblich Ausschau nach Windrädern. Die Bayern wissen offensichtlich, wie sie ihre Natur schützen konnten, aber sicher gibt es auch ein wissenschaftliches Gutachten, das bestätigt, dass sich Windräder im ehemaligen Königreich und jetzigen Freistaat ohnehin nicht rentieren. Die sanften Hügel wurden immer welliger und bald war die Kontur der Alpen zu erkennen. Kurz vor der Ankunft in Füssen kam es zu einem längeren Stau vor der Toilette des Waggons. Sechs oder sieben Personen wollten noch rasch ihr Geschäft erledigen, schließlich war das im Zug, im Gegensatz zum Bahnhof, im Ticketpreis enthalten. Es blieb nicht aus, dass es zu einem gewissen Durcheinander bei der Reihenfolge des Betretens des stillen Örtchens kam, aber der Vater einer vierköpfigen Familie, die unmittelbar vor der WC-Tür saß, nahm sich der Sache an und gab klare Anweisungen, wer als Nächstes hineingehen durfte. Das blieb nicht ohne Beifall durch die anderen Reisenden. Als der Zug in Weizern-Hopferau eintraf, wurde ich urplötzlich, trotz der Vormittagsstunde, sehr durstig. Vor diesen Fahrten war mir nicht bekannt, welch lautmalerisch wohlklingende Namen manche Dörfer und kleine Städte in Bayern haben. Bayerisch dominierte eindeutig die Sprache im Zug, die Preußen, so sie denn in großer Zahl hier drin sein mochten, waren kaum zu vernehmen. Trotz der Verzögerung nach der Hälfte der Strecke kam der Zug ziemlich pünktlich um 10:43 Uhr in Füssen an. Die Schlange vor der Toilette hatte sich rechtzeitig aufgelöst, jeder hatte sein Geschäft noch erledigen können. Ein paar Minuten später saßen wir im Bus 78, der am großen Parkplatz unterhalb der Schlösser halten sollte. Wegen der größtenteils ausländischen Besucher war am Bus als Zwischenstopp das Wort ›Castles‹ und nicht ›Schlösser‹

angeschrieben. Man musste nicht lange nach dem Abfahrtspunkt am Busbahnhof suchen, es reichte aus, einfach der Menge zu folgen, damit kam man sicher zum richtigen Einstiegspunkt. Im Gegensatz zu den Zeiten vor Corona, in denen hier die Chinesen eindeutig dominierten, waren die Gäste heute auf eine Vielzahl von Herkunftsländern verteilt. Inder waren zu sehen und Italiener, Niederländer und Franzosen, viele andere mehr und nur eine Handvoll kam aus China. Nach knapp zehn Minuten kam der voll besetzte Bus bereits am großen Parkplatz unterhalb des Schlosses an, um danach leer zu seinem eigentlichen Zielort weiterzufahren. Auch hier galt es wieder, einfach der Menge zu folgen, um den Fußweg hinauf zum Schloss zu finden. Vor dem Ticketoffice hatte sich eine kleine Schlange derjenigen gebildet, die ihre Eintrittskarte nicht im Voraus online gekauft hatten. Es gab durchaus eine Chance für eine Besichtigung am selben Tag, dafür musste man aber eine Wartezeit von vier Stunden in Kauf nehmen. Wir wanderten in gemütlichen 30 Minuten hinauf zum Schloss. Der Weg war voller Menschen und wer nicht laufen wollte, konnte für einen Obolus von wenigen Euro auch mit der Pferdekutsche hinaufkommen. Die Kutschen fassten bis zu 12 Personen und wurden von zwei kräftigen Rössern den Weg hinaufgezogen. Während des Aufstiegs war das Schloss kaum zu sehen und als dann die ersten Türme zwischen den Bäumen sichtbar wurden, war es eher eine große Enttäuschung. All die tollen Fotos, die ein jeder kennt, waren Luftaufnahmen und nur von oben ist die ganze Pracht der Anlage zu erkennen, von unten wirkte sie mächtig, aber nicht besonders beeindruckend. Auch die Farben auf den Bildern haben mit der Realität wenig zu tun. Da die besonders schönen Innenräume gerade komplett renoviert werden, war auch die Schlossbesichtigung kein außergewöhnliches Erlebnis. Das wird auch für zukünftige Besucher noch eine Weile so bleiben, denn die Renovierung soll Monate, wenn nicht Jahre andauern. Unbeschreiblich schön hingegen war der Blick von oben auf die Allgäuer Landschaft und den Forggensee, der von grünen Wiesen und Baumgruppen umgeben in der Ebene schimmerte. Nach der Besichtigung nahmen wir wieder den Bus 78 zurück nach Füssen, um dort durch die kleine, aber sehr charmante Altstadt zu spazieren. Beeindruckend waren das Hohe Schloss, das Alte Rathaus, die beiden Klöster der Benediktiner und Franziskaner sowie zahlreiche stattliche Häuser, die von einer reichen Vergangenheit erzählten. Über die Brücke spazierten wir auf die andere Seite des Lechs und von dort ein wenig den Berg hinauf, von wo wir einen schönen Blick auf die Stadt hatten. Schließlich kehrten wir in einen bayerischen Gasthof ein, um noch einmal einen Kaiserschmarren und ein Allgäuer Käseschnitzel zu uns zu nehmen, begleitet von, wie konnte es hier anders sein, einem kräftig-würzigen König Ludwig Dunkel und einem erfrischenden König Ludwig Hell.

Die RB 77 nach Augsburg stand schon lange vor Abfahrt zum Einsteigen bereit, sodass wir Sitzplätze sowohl in Fahrtrichtung als auch auf der sonnenabgewandten Seite bekamen. Die Türen befanden sich in der Mitte des Waggons und mir fiel auf, dass beim Betreten des Wagens nahezu alle Leute sofort nach rechts abbogen, wodurch die beiden uns gegenüberliegenden Plätze frei blieben und zahlreiche Menschen in der Wagenmitte mit Stehplätzen zufrieden waren. Auch dieser Zug fuhr mit Diesel durch Bayern, da die Strecke nicht elektrifiziert war. Zum Schloss waren auffallend viele Inder spaziert und die meisten von ihnen befanden sich jetzt im Zug, den sie in Buchloe wieder verließen, um von dort nach München weiterzufahren. Es waren diese Leute, die sich diesmal einen feuchten Kehricht um die Maskenpflicht kümmerten. Der Zug war zu 70 % gefüllt und so blieb es auf der ganzen Strecke, ab Buchloe waren es eher noch weniger. Die Klimaanlage hatte wohl noch nichts vom Energiesparen gehört. Sie kühlte den Waggon so stark herunter, dass schon bald Jacken und Pullover aus dem Gepäck geholt wurden. Offensichtlich gab es wohl nur zwei Stufen, eingeschaltet oder ausgeschaltet. Die Regionalbahn erreichte tatsächlich wie geplant um 17:11 Uhr den Augsburger Hauptbahnhof.

Das Warten auf den Anschlusszug nach Stuttgart gestaltete sich nicht sehr gemütlich, wird doch gerade das gesamte Bahnhofsgebäude saniert, sodass es keinen ansprechenden Wartebereich gab. Gut, die eine Stunde war bald vorüber und es ging pünktlich weiter in Richtung Stuttgart. Da es schon recht spät war, hatte ich ab Augsburg Intercity-Tickets gekauft. Um 18:16 Uhr machte sich der IC 2396 auf den Weg. Seine Geschwindigkeit übertraf die der Regionalzüge nur unwesentlich. Etwa eine halbe Stunde vor der geplanten Ankunft in Stuttgart kam die Durchsage, dass der Zug heute in der baden-württembergischen Landeshauptstadt nicht halten könne, weil der Bahnhof durch einen Schaden an einer Oberleitung komplett gesperrt werden musste. Später fand ich heraus, dass dieser an sich kleine Defekt auf magische Weise eine Kettenreaktion ausgelöst hatte, die zum nahezu kompletten Stromausfall in und rund um den Bahnhof geführt hatte. Für die Leute, die nach Stuttgart wollten, hielt der IC außerplanmäßig in Esslingen. Von dort sollten sie unter glücklichen Umständen irgendwann im Laufe des Abends irgendwie zu ihrem Ziel Stuttgart kommen. Für diejenigen, deren Endstation Karlsruhe war, hielt der Zug außerplanmäßig in Vaihingen an der Enz und diejenigen, die nach Heidelberg oder Frankfurt wollten, wurden aufgefordert, bis Mannheim weiterzufahren. Also blieben wir auf unseren Plätzen sitzen. Der Zug schlich auf noch befahrbaren Schienen um Stuttgart herum und die Fahrgäste nahmen es gelassen und in sich gekehrt hin. Es kam zu keinen vernehmbaren Wutausbrüchen. Die Deutschen sind doch ein geduldiges und verständnisvolles Volk und weit von einer Rebellion entfernt. Ich dachte dabei, dass auch Scholz und Habeck vor dem Winter keine Angst zu haben brauchen, denn wenn die Heizungen abgestellt werden sollten, dann frieren die Bürger eben, jeder für sich, still und zu Hause.

Trotz des Durcheinanders hatten die beiden Schaffner tatsächlich die Muße, genau jetzt sehr gründlich die Fahrkarten zu kontrollieren.

»Die Fahrscheine bitte!«, schallte es aus gleich zwei Mündern.

»Welche Tickets wollen sie jetzt sehen«, fragte ich, »unsere sind nicht nach Mannheim ausgestellt.«

»Zeigen sie mal, was sie haben.«

»Moment, ich öffne schnell die Bahn-App, hier ist das eine Ticket und – – – Sekunde – – – hier ist das andere.«

»Bitte auch ihre Bahncard und einen Ausweis.«

»Hier bitte.«

»Okay, sie können dann ab Mannheim nach Heidelberg fahren.«

»Danke.«

Der Intercity erreichte Mannheim genau um 21 Uhr. Ansagen über Anschlüsse von dort gab es im Zug nicht, aber ich hatte bereits im DB-Navigator nachgesehen. Daher liefen wir rasch zu Gleis 9, um dort um 21:09 Uhr in die S 4 nach Heidelberg einzusteigen. Die Fahrt verzögerte sich um ein paar Minuten, die aber für das Erreichen der S 5 in Heidelberg von Bedeutung waren, denn dort hatten wir nur kurze Zeit zum Umsteigen, ansonsten hätten wir erneut 30 Minuten warten müssen. Nachdem wir Heidelberg schließlich erst um 21:30 Uhr erreichten, rannten wir trotzdem schnell zur außerhalb des Fernbahnhofs gelegenen Abfahrtstelle der S 5 und tatsächlich war sie noch nicht einmal angekommen. Der Grund war kurz danach klar, heute Abend stand in Heidelberg die Schlossbeleuchtung auf dem Programm und daher hatten sich gewaltige Mengen von Menschen in jede S-Bahn geschoben, die in Richtung Neckar oder Stadtmitte fuhr. So war auch dieser Zug bereits völlig überfüllt, als er eintraf. Nirgendwo war Personal zu sehen, dass die Menge steuerte, ebenso gab es keine zusätzlichen Züge. Masken trug nahezu niemand. Bei diesem Spektakel, das zwei oder dreimal im Jahr stattfindet, wird zunächst das Schloss in glühend rotes Licht getüncht, danach gibt es ein spektakuläres Feuerwerk über dem Neckar. Diese Inszenierung geht auf eine lange Tradition zurück, die von Kurfürst Friedrich V. vor 400 Jahren begründet wurde. Wir zwängten uns in den eigentlich viel zu vollen Waggon, waren es doch nur ein paar Minuten bis zum Bismarckplatz, auf dem sich der Zug leeren würde. Wir stiegen dort nicht aus, sahen nichts vom Feuerwerk und um 22 Uhr war unsere Reise in die Alpen zu Ende. Für die kommende Woche hatten wir uns eine Erholungspause gegönnt, das 9-Euro-Ticket hatte ein paar Ruhetage.

Eierschecke und Rauchbier

(17. - 21. Juli)

Halbzeit. Das 9-Euro-Ticket hatte Bergfest, sechs Wochen Erfahrung lagen hinter Millionen von Bahnfahrern. In diesen eineinhalb Monaten war in den Medien und sozialen Netzwerken mehr über die Bahn zu lesen als in den zurückliegenden neun Jahren zusammen. Journalisten hatten sich zu Selbstversuchen auf den Weg gemacht, die meisten von ihnen nach Sylt. Reporter veröffentlichten Hunderte von Interviews, selbst ernannte Experten präsentierten ihre Ratschläge, die Diskussion um eine wie auch immer gestaltete Fortsetzung des Programms war bereits entbrannt und die Verantwortlichen bei der Deutschen Bahn kamen kaum hinterher, die Klagen über ihren Service zu studieren, so zahlreich waren sie.

Nach einer Woche Pause saßen wir am Sonntag, dem 17. Juli, wieder im Zug. Auf dem Bahnsteig in Weinheim, von dem der RE 60 nach Frankfurt abfahren sollte, war es nahezu menschenleer, nicht mehr als 15 Personen warteten dort, obwohl doch in der Presse immer wieder zu lesen war, dass die Regionalzüge gerade an Wochenenden wegen des 9-Euro-Tickets brechend voll seien. Es ging auf die Minute exakt um 8:39 Uhr los und wir erreichten pünktlich im nur zu 30 % gefüllten Zug um 9:24 Uhr Frankfurt. Bisher zählte der RE 60 immer zu den Verspätung-Weltmeistern, heute fiel er völlig aus dem Rahmen. Wir hatten ungefähr 40 Minuten Aufenthalt in Frankfurt, einem Bahnhof, der ziemlich heruntergekommen und dreckig ist und in dem sich Dutzende Gestalten aufhielten, denen man im Dunkeln nicht begegnen wollte. Noch schlimmer war es außerhalb des Bahnhofsgebäudes. Es stank nach Urin und Erbrochenem, Drogenabhängige lagen in den Nischen der Fassade, Polizei, die sich um die Sicherheit der Bahnfahrer kümmern sollte, war weit und breit nicht zu sehen. Einen Warteraum gab es nicht,

eines der vielen Elemente, die eigentlich zu einem normalen Bahn-
service gehören, wurde nicht angeboten, aber diesbezüglich war
Frankfurt nur einer von vielen Bahnhöfen am unteren Ende der
Wohlfühl-Skala. So saßen wir auf einer der Bänke aus hartem
Drahtgeflecht auf dem Bahnsteig, von dem der Zug abfahren sollte.
Unser heutiges Ziel war Dresden, eine zu große Entfernung, um
sie komplett mit Regionalzügen zurückzulegen. Deshalb hatte ich
für die Strecke bis Leipzig zwei ICE-Tickets gekauft, die mit jeweils
26,90 Euro recht günstig waren. Der DB-Navigator gab schon drei
Tage vorher die Warnung heraus, dass die 2. Klasse in diesem Zug
komplett ausgebucht sei. Ja, der Zug war ziemlich voll, aber von
ausgebucht konnte wirklich keine Rede sein. Der Schnellzug verließ
Frankfurt fahrplanmäßig um 10:14 Uhr. Was war denn heute los,
die Bahn strotzte nur so vor Pünktlichkeit. Kurz vor Fulda informierte die Zugchefin, dass der Zug zu einem unplanmäßigen Halt
gekommen sei und dass sie, sobald sie nähere Informationen über
den Grund dafür kenne, die Fahrgäste umgehend darüber in Kenntnis setzen werde. Das war keine ungewöhnliche Situation, schon
gar nicht auf diesem Streckenabschnitt in die osthessische Bischofs-
stadt, auf dem ohnehin nur mit Mühe eine Durchschnittsgeschwin-
digkeit von 100 Kilometern pro Stunde erreicht werden konnte.
Aber der Halt war bloß von kurzer Dauer. Bald nach Fulda wurde
wieder an die Pflicht zum Tragen der Maske aufmerksam gemacht,
wobei der Zugbegleiter verschmitzt hinzufügte, dass diese als Hals-
oder Augenschutz oder gar als Armreif ihren Sinn nicht erfüllen
würde. In gemütlichem Tempo ging es durch Osthessen, entlang
der westlichen Ausläufer der Rhön Richtung Eisenach und dann
nördlich des Thüringer Waldes durch die Perlen des Freistaates
Thüringen.

Der Zug hielt in Eisenach, einer kleinen Stadt, die wie alle nun
folgenden auf jeden Fall einen ausgiebigen Besuch wert ist. Da wäre
zuerst die Wartburg zu nennen, die oberhalb der Stadtmitte auf einem Berg thront und schon von Weiten sichtbar ist. An diesem Ort
hatte Martin Luther die Bibel ins Deutsche übersetzt und in der
Lutherstube, so die Legende, soll er ein Tintenfass nach dem Teufel
geworfen haben. Auch Richard Wagner hatte sich der Wartburg in
seiner Oper ›Tannhäuser‹ zugewendet, die im Festsaal der Anlage

regelmäßig aufgeführt wird. In Eisenach steht auch das Geburtshaus von Johann Sebastian Bach, in dem er die ersten zehn Jahre seines Lebens verbrachte. Von dort ist es nicht weit zur kleinen Altstadt, die durch herrliche Fachwerk-Architektur beeindruckt. Eisenach war und ist auch eine Stadt der Automobile. Seit 1990 werden dort Fahrzeuge der Marke Opel produziert, freilich in immer geringer werdender Stückzahl. Es ist unklar, wie lange dieser Standort noch erhalten bleibt. Zu DDR-Zeiten wurden in Eisenach die Fahrzeuge des Typs Wartburg, ein Automobil, das damals zur oberen Mittelklasse gehörte, produziert. Unweit von Eisenach liegt Gotha, ebenso ein Ort, der bei einem Ausflug nach Thüringen nicht fehlen sollte, insbesondere wegen des beeindruckenden Schlosses Friedenstein. Dann erreichten wir Erfurt, die Landeshauptstadt Thüringens, mit seiner schönen Altstadt, der Krämerbrücke, die komplett mit Häusern bebaut und bewohnt ist, dem Dom St. Marien und der Zitadelle Petersberg. Schließlich muss Weimar erwähnt werden. Goethe und Schiller wohnten hier und saßen oft bei Speis und Trank zusammen. Von besonderer Erhabenheit ist die Herzogin Anna Amalia Bibliothek. Südlich dieser Kleinode erstreckt sich der Thüringer Wald, ein Wander- und Wintersportparadies, von dem nur Oberhof als Austragungsort internationaler Meisterschaften erwähnt werden soll. Eines haben alle diese Städte gemeinsam, die original Thüringer Rostbratwurst. In den Touristenhochburgen hat ihr Geschmack allerdings stark nachgelassen, wer aber Glück hat, findet an der ein oder anderen Bude tatsächlich noch das wahre Original und er wird bestätigen, dass es keinen Ort in Deutschland gibt, an dem die Bratwürstchen besser schmecken, als in Thüringen.

Die Getreideernte hatte in dieser Gegend gerade erst begonnen, auf den meisten Feldern standen noch die goldbraunen Halme und Ähren in der Sonne. Überhaupt hinkte hier die gesamte Vegetation der von Süddeutschland immer um zwei Wochen hinterher. Das neu gebaute Schienensystem in Thüringen erlaubte jetzt deutlich höhere Geschwindigkeiten, der Zug schaffte nahezu 250 Kilometer pro Stunde, sodass Leipzig tatsächlich pünktlich um 13:10 Uhr erreicht wurde. Der Leipziger Bahnhof ist ein beeindruckendes, gewaltiges Bauwerk, unmittelbar am Rande des Stadtzentrums gelegen. Er präsentierte sich in architektonischem Glanz und großer

Sauberkeit. Man hatte den Eindruck, dass sich hier nur Leute aufhalten, die tatsächlich mit dem Zug fahren wollten. Welch ein Unterschied zum völlig heruntergekommenen Frankfurter Bahnhof. Warum lässt die Stadtverwaltung der Mainmetropole ihren Bahnhof und dessen Umgebung so verwahrlosen? Sie sollte dringend von ihren Leipziger Kollegen lernen. Wir hielten uns nicht in Leipzig auf, obwohl diese Stadt sehr viel zu bieten hat. Man trifft wieder auf Goethe, Schiller und Bach, bewundert das Alte Rathaus auf dem Markt, wirft einen Blick in Auerbachs Keller und in die Nikolaikirche, die 1989 eine große Rolle als Ausgangspunkt der Demonstrationen spielte, die schließlich zum Untergang der DDR geführt hatten. Vor dem Bahnhof gib es einen kleinen Park, in dem wir die kurze Wartezeit auf den RE 50 nach Dresden überbrückten.

Auch dieser Zug war zu nicht mehr als 60 % besetzt, als er pünktlich um 14:00 Uhr losfuhr. Nach einer Stunde wurden akribisch die Fahrkarten kontrolliert und sogar der Personalausweis musste vorgezeigt werden. Obwohl wir in einem Express saßen, lernten wir zahlreiche Bahnhöfe von kleinen Orten in Sachsen kennen, denn der Zug liebte es, viele Pausen einzulegen. Am Rande der Ortschaften zogen sich Laubenkolonien an der Bahntrasse entlang. Es handelt sich dabei um schmale Gartenparzellen, in denen Gemüse und Obst angebaut werden und auf denen Holzhäuschen stehen, in denen die Menschen ihre Wochenenden verbringen. Heute wie damals zu DDR-Zeiten ein Rückzugsort, um ganz für sich zu sein. Hier lebt ein Stück DDR-Kultur weiter. Der Regionalexpress erreichte Dresden auf die Minute pünktlich, das Wunder setzte sich fort. Wir stiegen bereits in Dresden-Mitte aus, weil der Fußweg von dort zum Hotel kürzer war als vom Hauptbahnhof. Alle Fahrten des heutigen Tages waren sehr ruhig verlaufen, ja geradezu in sonntäglicher Gelassenheit. Die Leute lasen oder schliefen, nur wenige murmelten etwas ins Ohr des Nachbarn, laut war es zu keiner Minute.

Die Besichtigung der Dresdner Innenstadt stand heute nicht mehr auf dem Programm, wohl aber das Verköstigen dessen, was hier gemeinhin als typische Speise bezeichnet wird: Kartoffelsuppe mit gebratenen Wurstscheiben und Dresdner Sauerbraten mit Klößen und Rotkraut. Klöße sagte man hier und nicht Knödel,

Rotkraut und nicht Blaukraut. Der Freistaat Sachsen hatte also sein eigenes Vokabular, das sich wohltuend von dem im Nachbar-Freistaat Bayern unterschied. Liegt nicht im Wort Knödel etwas Mächtiges, festgestampftes, schwer zu Verdauendes, zu dessen Genuss man Gabel und Messer benutzen muss, um Scheiben herauszuschneiden, während in den Klößen das Leichte schwingt, das auf der Zunge zergehende, ohne scharfe Werkzeuge zu Hilfe nehmen zu müssen? Wir aßen auf einer Terrasse am Ufer der Elbe oberhalb der Straße mit freiem Blick auf den Fluss und die Elbe-Flotte, die trotz der langen regenarmen Zeit immer noch eine Handbreit Wasser unterm Kiel hatte, um reguläre Fahrten vornehmen zu können. Die Speisen waren geschmacklich von durchschnittlicher Qualität, preislich allerdings gesalzen, wie überhaupt Dresden nicht zu den günstigsten Urlaubsorten im Land zählt. Das Radeberger Pils und das Zwickel, wie hier das naturtrübe Bier genannt wird, waren eine geschmackvolle Erfrischung, die angenehm durch die Kehle lief. Der Blick über die Elbe und einige der Dresdner Prachtbauten war einzigartig.

Das Hotel-Frühstück schmeckte ausgezeichnet, war aber doch nur ein Standardfrühstück eines guten Hauses und daher keiner ausdrücklichen Erwähnung wert, hätte es nicht eine Besonderheit aufzuweisen, die berühmte Dresdner Spezialität ›Eierschecke‹. Dabei handelt es sich um einen sehr schmackhaften Blechkuchen, der aus einem Boden aus Hefeteig, einer mittleren Schicht aus Quark und einem dünnen Teig als Deckel zusammengesetzt ist. Er zerging durch seine Lockerheit auf der Zunge und erfreute durch eine dezente Süße. Auch ein Relikt aus der DDR-Zeit, das sich heute wieder großer Beliebtheit erfreut. Da die Temperaturen an diesem Montag noch erträglich sein sollten, machten wir uns auf zum Wandern im Elbsandsteingebirge. Um 9:59 Uhr fuhr die S 1 pünktlich von Dresden-Mitte ab und kam bereits eine halbe Stunde danach in Stadt Wehlen an. Wir waren jetzt inmitten der Sächsischen Schweiz, wie dieser Abschnitt auch genannt wird, angekommen. Maya fragte, wieso man gerade hier den Bezug zur Schweiz hergestellt hatte? Nichts war zu sehen, dass diese Gegend mit der Eidgenossenschaft verband, ebenso wie andere deutsche Orte, die sich den Beinamen Schweiz gaben, nichts damit zu tun haben. Gibt es eigentlich auch ein ›schweizerisches Sachsen‹, wollte Maya wissen? Ein kurzer Fußweg führte vom Bahnhof zur Fähre, die mit dem 9-Euro-Ticket benutzt werden durfte und uns auf die östliche Seite der Elbe zum Marktplatz von Stadt Wehlen brachte. Von dort starteten zahlreiche Wanderwege durch das Elbsandsteingebirge. Der Zug war voll, viele Leute hatten für die kurze Fahrt nur Stehplätze bekommen. Die meisten von ihnen waren natürlich Wanderer, einige auch durchaus jünger als 30 Jahre. Ich erkundigte mich im Touristenoffice im Ortszentrum über die Beschaffenheit der Wege rund um die Bastei, was kein Fehler war, denn aufgrund der schon seit Langem anhaltenden Trockenheit waren stellenweise kleine Feuer ausgebrochen, die in den Medien Waldbrände genannt wurden, und so waren einige Pfade gesperrt worden. Vom Marktplatz ging es eine halbe Stunde steil bergauf bis zum Steinernen Tisch. Der Weg führte selten durch offenes Grasland, meistens durch den schattigen Wald und es waren zunächst nur wenige Wanderer unterwegs. Das änderte sich schlagartig, als wir in die Nähe der Bastei gelangten, denn hier waren viele Leute mit dem Auto oder mit Bussen hinaufgefahren, um den herrlichen Blick von oben auf die Felsformationen und die Elbe zu genießen. An allen Ecken und Enden gab es Softeis zu kaufen, was mir schon gestern in Dresden aufgefallen war. Ich liebte diese Art des Speiseeises, das in anderen Teilen des Landes immer seltener angeboten wird. Cremeweiß und Milchschokoladen braun, die beiden Farben legten sich schichtförmig umeinander, als sie in die kegelförmige Waffel flossen. Nach dem Schoko-Vanilleeis spazierten wir weiter zu den Aussichtspunkten oberhalb der Schwedenlöcher und dann steil hinab zum Kurort Rathen. Der Treppenweg der eintausend Stufen war kühn in die Felsen hineingearbeitet worden und es war nicht leicht, ihn zu bewältigen, war doch stets größte Aufmerksamkeit geboten. Es ging steil hinab und die Stufen waren nicht von gleicher Höhe. Nachdem wir schließlich unten angekommen waren, führte der Weg mit leichtem Gefälle entlang des schmalen Amselsees Richtung Ortszentrum. Vor der kleinen Staumauer waren Ruder- und Tretboote eng aneinandergebunden, die Benutzung war heute wegen der Brand-gefahr jedoch untersagt.

Weiter unten befindet sich die Felsenbühne, auf der über den Sommer immer wieder Theaterstücke für Erwachsene, aber auch für Kinder aufgeführt werden. In unmittelbarer Nähe stand ein Mann in seinen Fünfzigern, der ein weites weißes Hemd und eine schwarze Hose, dazu schwarze, nicht Hochglanz-polierte Schuhe trug. Er sang. Während wir ihm zuhörten, besang er des Müllers Wanderlust und der Zigeuner freies Leben:

»Das Wandern ist des Müllers Lust,
das Wandern ist des Müllers Lust,
das Wandern.
Das muss ein schlechter Müller sein,
dem niemals fiel das Wandern ein.
Dem niemals fiel das Wandern ein,
das Wandern.«

Die meisten Spaziergänger kannten das Lied, hatten sie es doch während ihrer Kindheit an den sonntäglichen Familienausflügen selbst immer wieder auf den Lippen. Es gibt ja nicht mehr viele Leute, die den Beruf des Müllers ausüben, doch das Wandern blieb zeitlos, wie man auch an diesem Tag unschwer erkennen konnte.

Sein zweites Lied kam da schon problematischer daher, war es doch voll im Fokus einer Bewegung, die sich den Kampf gegen die Diskriminierung auf die Fahne geschrieben hat und alles ausmerzen will, was ihrer Meinung nach abwertend ist. Doch der Sänger into-nierte, von niemandem gestört:

»Lustig ist das Zigeunerleben,
fario, fariofum.
Brauch'n dem Kaiser kein Zins zu geben,
fario, fariofum.
Lustig ist es im grünen Wald,
wo des Zigeuners Aufenthalt.
Fario, fario, fario,
fario, fario, fariofum.«

Bei ›Brauch'n dem Kaiser kein Zins zu geben‹, dachte ich sofort daran, dass in Sachsen auf alle Übernachtungen noch 6 % Touristensteuer, auch Kulturabgabe genannt, erhoben werden, also ein Zins, der beim Leben im Wald nicht fällig wurde. Der Sänger blieb ungestört. Wer war er? Gehörte er gar zum Ensemble der Freilichtbühne und musste hier ein paar Groschen hinzuverdienen? Nun, Erfolg hatte er damit nicht, die Schachtel vor ihm war nahezu leer und kaum einer der Spaziergänger verweilte bei ihm.

Wir verspeisten eine geräucherte Forelle, eine Spezialität, die in einem alten Gasthof am Bach unterhalb des Sees zubereitet wurde, dann gingen wir weiter zur Elbe und nahmen schließlich den Wanderweg, der uns meist direkt am Ufer bis nach Königstein leitete, ein kurzer Teil des Weges verlief oberhalb kleinerer Felsformationen. Als sich ein Dampfschiff in unsere Richtung fahrend näherte, beschleunigten wir auf schnelles Geher-Tempo, was dazu führte, dass wir eine Weile auf der Höhe des Schiffes blieben. Das lag daran, dass wegen des geringen Wasserstandes die Schiffe hier nur Schritttempo fahren durften. Die Fähre in Königstein war ein winziges Boot, mit dem wir übersetzten und gerade noch hundert Meter zum Bahnhof gehen mussten. Dort startete die S 1 um 16:47 Uhr und um 17:33 Uhr waren wir wieder in Dresden. Auch auf beiden Fahrten mit der S-Bahn wurden die Tickets kontrolliert. Außerdem war mir aufgefallen, dass die Sachsen nahezu alle ihre Maske trugen, die Disziplin war beeindruckend, so etwas hatten wir in den anderen Bundesländern bisher nicht erlebt.

Schon am frühen Vormittag des 19. Juli lag eine schwere Hitze über Elbflorenz, wie Dresden seit etwa 200 Jahren auch genannt wird. Die Ursprünge dieses Beinamens sollen auf die Architektur und die Kunstsammlungen der Stadt zurückgehen. Wir nahmen daher die Straßenbahn, um zur Loschwitzer Brücke zu fahren, die von Einheimischen ausschließlich ›Blaues Wunder‹ genannt wird. Leider war vom Wunder wenig zu sehen, denn die größten Teile der Brückenkonstruktion waren in dicke weiße Folie gehüllt, sodass ihre erhabene Form nur zu erahnen war. Nein, sie war nicht von Christo verhüllt worden, sondern von einer osteuropäischen Bauarbeiter-kolonne, die beauftragt war, das Wahrzeichen aufwendig zu restau-rieren und damit funktionsfähig zu erhalten. Unweit der Brücke be-findet sich das BuchHaus Loschwitz, das von Susanne Dagen geführt wird, einer engagierten Buchhändlerin, die auch in der Kommunalpolitik aktiv ist und von nicht wenigen Leuten wegen ihrer politischen Positionen angegriffen wird. Der negative Höhe-punkt dieser Attacken war ein Säure- und Brandanschlag auf ihren Laden im Frühjahr 2021. Uwe Tellkamp, Autor des gleichsam ge-lobten und zerrissenen Romans ›Der Schlaf der Uhren‹, zählt zu den Unterstützern von Frau Dagen. Vor kurzem hatte ich begon-nen, mich seinem Werk zuzuwenden und es wird eine Weile dauern, bis ich es mit den nahezu 1.000 Seiten zu Ende gelesen habe. Wir machten einen kleinen Spaziergang entlang der Elbe auf der ande-ren Seite der Brücke und warfen auch einen Blick in das BuchHaus, in dem man stundenlang stöbern und sich in einer gemütlichen Ecke in die Bücher hineinvertiefen kann. Doch dazu reichte die Zeit nicht und so fuhren wir zurück zur Innenstadt, denn dort gab es viele Sehenswürdigkeiten zu entdecken.

Langsamen Schrittes schlurften wir von einem architektonischen Highlight zum nächsten, die zum Glück alle sehr nahe beieinander lagen. Wir erkundeten die imposanten Fassaden des Albertinums, eines der bedeutendsten Kunstmuseen der Stadt, die Brühlschen Terrassen und Gärten hoch oberhalb der Elbe, die ein wenig Schat-ten spendeten, den Neumarkt mit seinen zahlreichen Restaurants und Cafés, in dessen Zentrum die Frauenkirche steht. Ihr Innen-raum gleicht einer Kombination von Gottes- und Opernhaus, in sich eine Einzigartigkeit, ein Augenschmaus, eine Melange von Far-ben und Bögen, Reliefs und Bildern.

Während der heißesten Stunden des Tages legten wir eine Siesta ein, es war nahezu 40 Grad heiß, doch am späten Nachmittag setz-ten wir unsere Besichtigungstour fort. Sie führte vom Zwinger über die Semperoper zum Fürstenzug, einem sehr beeindruckenden, ein-hundert Meter langen Wandbild aus Porzellanfliesen, das Szenen der sächsischen Geschichte darstellt. Auch heute fehlte eine typisch sächsische Speise nicht: Sülze mit Bratkartoffeln und Salaten. Ein kaltes Gericht war bei diesem Wetter genau das Richtige. Den

Abschluss der Erkundungstour bildete eine Fahrt mit dem imposanten Dresdner Riesenrad, dem ›Wheel of Vision‹, das unmittelbar neben dem Zwinger aufgestellt war und die Fahrgäste bis in eine Höhe von 55 Metern hinauf drehte. Man hatte einen wunderbaren Blick auf die Stadt, die Dächer, das Häusermeer, doch leider fehlten dem Rad ein paar Meter, um auch noch die Elbe sehen zu können. Wer das wollte, konnte in die Kuppel der Frauenkirche aufsteigen und den Ausblick von dort genießen. Das Riesenrad ist hier allerdings nicht auf Dauer aufgebaut. Es handelt sich um eine mobile Konstruktion, die weltweit größte ihrer Art, die 2022 bereits zum vierten Mal Station in Dresden machte. Dann schlenderten wir entlang der Fassade des Luxushotels Taschenbergpalais zum Karl May Café, das zum Hotel gehört und in einem traumhaften Innenhof die Gäste bewirtete. An der Ecke Taschenberg und Schlossstraße hatte sich zur Abendstunde ein Musikantenpaar eingefunden, er trug klassisch schwarze Hose und schwarzes Hemd mit Stehbundkragen, sie ein luftiges schwarzes Kleid, das bei ihren Bewegungen vom leichten, noch heißen Abendwind geformt, durch die Luft tanzte. Er spielte Cello, sie eine Violine. Angenehme klassische Weisen, Musik aus Filmen, Ausschnitte aus Symphonien, bekannte aber auch selten gehörte Stücke brachten sie zu Gehör. Unaufdringlich, musikalisch perfekt. Sie verzauberten die Spaziergänger, gar mancher blieb eine Weile stehen und der aufgeklappte Cellokoffer füllte sich rasch mit Münzen und kleinen Scheinen.

Am 20. Juli verließen wir Dresden, es ging zurück, doch noch nicht nach Hause, denn Bamberg war als weitere Station eingeplant. Wir fuhren mit dem RE 3 um 9:50 Uhr Richtung Hof. Auch der Hauptbahnhof von Elbflorenz machte einen sauberen Eindruck. Er war nicht so imposant wie sein Pendant in Leipzig, doch seine Architektur war sehr ansprechend. An den Fassaden dominierten die Werbebotschaften der beiden Dresdner Brauereien, Radeberger und Feldschlösschen. Kaum erkennbar war dagegen das Markenzeichen der Deutschen Bahn, das unterhalb der Logos der Biermarken angebracht war. Fast konnte man denken, dass die Bahn Sponsor der Brauereien war und nicht umgekehrt. An den

Bahnsteigen waren immer wieder Ansagen über Zugausfälle und Verspätungen zu hören, doch unser Regionalexpress war davon nicht betroffen. 15 Minuten vor der Abfahrt wurden die Türen entsperrt. Zur Überraschung war nur jeder zehnte Platz besetzt, selbst die Schaffnerin zeigte sich verblüfft, denn normalerweise, so sagte sie, sei es hier doch ziemlich voll. Ihre Vermutung war, dass die Hitze die Reiselust zum Erlahmen gebracht hatte. Das klang plausibel. Die Sitze der Mitteldeutschen Regiobahn waren mit grünem Stoff bezogen, das erste Mal, dass wir in deutschen Zügen diese Farbe sahen. Es ging in flotter Fahrt durch dicht bewaldetes Gebiet. Vor Freiberg öffnete sich der Wald und große Getreidefelder dominierten fortan die Szenerie. Die Halme des Weizens und der Gerste standen dunkelgelb auf den Feldern und schrien geradezu in den Himmel, dass sie jetzt zur Ernte bereit seien. Vereinzelt befanden sich eine Handvoll Windräder auf den Ackerflächen, einige drehten gemächlich ihre Runden. Auch Anlagen von Sonnenkollektoren waren gelegentlich, so wie schon in Bayern, zu sehen. Der Express machte seinem Namen alle Ehre, gab es doch nur sechs Zwischenstopps bis Zwickau. Einer war in Chemnitz und da kam mir in den Sinn, dass diese Stadt zu DDR-Zeiten Karl-Marx-Stadt hieß. Kurz nach der Wende wurde mit einem Anflug von Moral und Werten der Sozialismus bei Seite gewischt und der Ort bekam seinen Namen zurück, den er schon vor 1953 trug. War das eigentlich der Beginn der Cancel Culture, auf deren aktuellen Wellen landauf, landab Namen von Straßen, Objekten, Lebensmitteln, Kulturgütern und einiges mehr kurzerhand getilgt werden, die einige wenige Leute anstößig finden? Der Hauptbahnhof von Chemnitz zeigte sich überraschend groß und es stiegen jetzt auch mehr Leute ein, trotzdem konnte von Fülle im Zug nicht die Rede sein. Nach der Ausfahrt aus dem Bahnhof dominierten alte Fabrikanlagen, die mehr oder weniger verfallen waren, die Szenerie. Es hatte sich wohl nicht rentiert, sie nach 1990 bei den Wendemanövern einzubeziehen. Am Rande der Stadt zogen sich wieder die Laubenkolonien an der Bahntrasse entlang, wo schon zu Zeiten von Ulbricht und Honecker die Bürger von ›Dunkeldeutschland‹ ihre Freizeit und ihre Urlaube verbrachten. Es gab eine Reihe von Interpretationen dieses Begriffs, diejenige, die ich aus der Kindheit in Erinnerung behalten hatte, war, dass die Sachsen zu weit entfernt von westdeutschen Fernsehsendeanlagen lebten und somit über die Ereignisse im Dunkeln blieben, die von der ›Aktuellen Kamera‹ nicht verlesen wurden. An den großen Bundesstraßen waren die Alleen mit den alten, knorrigen Bäumen ebenfalls Geschichte, sie wurden im Namen der Sicherheit gefällt, zu viele Autos hatten sich um die Stämme gewickelt. Dass das nicht die Schuld der Bäume war, blieb bei den Maßnahmen außer Acht. Zum Glück gab es an einigen kleineren Straßen das schöne Bild der Schatten spendenden Alleen noch immer zu bewundern. In Zwickau hörte die Zugfahrt fürs Erste auf, da die Strecke im weiteren Verlauf wegen Bauarbeiten gesperrt war. Entsprechend konkret informierte der Zugchef die Passagiere:

»Verehrte Fahrgäste, diese Fahrt endet in Zwickau, bitte alle aussteigen. Für Weiterreisende Richtung Hof steht ein Schienenersatzverkehr bis Reichenau bereit. Zwei Busse warten vor dem Bahnhof am Bussteig 1.«

Und er fügte gut gelaunt in sächsischem Dialekt hinzu:

»Dann ab in die Busse und viel Spaß auf der Straße.«

Der RE 3 kam auf die Minute pünktlich in Zwickau an und auf dem Bahnhofsvorplatz standen die zwei angekündigten SEV-Busse, die planmäßig um halb zwölf nach Reichenbach im Vogtland abfuhren und fünf nach zwölf am dortigen Bahnhof ankamen. Hier wartete auf Gleis 1 bereits wieder ein RE 3, der um 12:10 Uhr nach Hof startete. Jetzt ging es durch das Vogtland. Unmittelbar nach Abfahrt wurde in militärischem Ton das Herzeigen der Fahrscheine verlangt. Je weiter wir nach Südwesten kamen, umso zahlreicher waren die Felder abgeerntet, auf manchen waren sogar schon die Stoppeln mit der Egge in das Erdreich eingearbeitet worden.

Die Verwaltung der Deutschen Bahn liebte offensichtlich, Abkürzungen, und zwar immer ohne einen Punkt am Ende des abgekürzten Wortes, zu verwenden. Ein Beispiel soll das illustrieren: ›Plauen (Vogtl) ob Bf‹. ›Vogtl‹ steht für Vogtland, ›ob‹ für oberer und ›Bf‹ für Bahnhof. Sachsen wurde allenthalben mit ›Sachs‹ gekürzt.

Zwischen Plauen und Hof fuhren wir abwechselnd durch Laub- und Nadelwälder, zwischen denen immer wieder landwirtschaftlich genutzte Flächen lagen, wobei der Maisanbau hier die Oberhand

gewonnen hatte. Kurz vor Hof kamen wir im Freistaat Bayern an. Hier endete auch die Dominanz des sächsischen Dialektes, ohne dass der bayerische gleich die Oberhand gewann. Nein, wir waren zwar im Freistaat Bayern, dort aber bei den stolzen Franken angekommen und da wurde natürlich deren Fränkisch gesprochen und bildete sozusagen den Puffer zwischen den beiden Extremen. In Hof mussten wir umsteigen, es ging mit dem RE 35 weiter, der vier Minuten verspätet um 13:48 Uhr abfuhr. Das wäre eigentlich keiner Erwähnung wert, wären nicht bisher alle Züge in Sachsen auf die Sekunde pünktlich gewesen, kaum in Bayern angekommen wurde es schon wieder anders. Der Zug war wesentlich voller, ich schätzte die Auslastung auf 80 %. Im Gegensatz zu Sachsen hatte die Maskendisziplin deutlich nachgelassen, die Bayern rebellierten offensichtlich auf ihre Art. Anfänglich war die Strecke nicht elektrifiziert und die Schienen in erbärmlichem Zustand, sodass die Fahrt nicht nur langsam verlief, sondern die Fahrgäste ordentlich durchgeschüttelt wurden. Mal flog man nach rechts, mal nach links. Durch die Gänge gehen war nur möglich, wenn man sich dabei mit beiden Händen festhielt. Bald gab es auch einen außerplanmäßigen Stopp irgendwo im Wald, dem noch zwei weitere folgten. Sicher hatte das damit zu tun, dass die Strecke auch hier einspurig war. Die Zugmotoren heulten kräftig auf, wenn der Lokführer Beschleunigung verordnet hatte, entspannten sich bei den extrem langsamen Passagen und schrien aufs Neue, als der Lokführer wieder Gas gab. Der Schmerz schien die stählerne Schlange in Wellen zu geißeln. In den Waggons lag eine bleierne Hitze, die Klimaanlage bemühte sich nicht einmal um Erleichterung, sie funktionierte nicht und Fenster zum Öffnen gab es keine. Warum verdammt noch mal hatte man die guten alten Kippfenster ausgemustert, man wusste doch, dass die Klimatechnik oft versagte. Vor Hochstadt-Marktzeuln gab es für Reisende, die nach Leipzig wollten, eine erfreuliche Durchsage:
»In Hochstadt-Marktzeuln haben Sie noch Anschluss an den Regionalexpress nach Leipzig. Er wartet auf Gleis 2 am selben Bahnsteig extra auf unseren Zug.«
Das erfreute eine Handvoll der Passagiere, bis sie exakt zwei Minuten später erfuhren:

»Liebe Fahrgäste, leider ist der Regionalexpress nach Leipzig doch schon abgefahren. Bitte fragen Sie mich nicht, warum er nicht gewartet hat. Reisende nach Leipzig bleiben bitte bis Lichtenfels im Zug.«

Die Ankunft in Bamberg war um 15:26 Uhr, also deutlich verspätet. Nichts Ungewöhnliches in Bayern. Wir schienen in einem Backofen gelandet zu sein, das Thermometer zeigte erneut nahezu 40 Grad, was dazu führte, dass wir unser Besichtigungsprogramm gewaltig reduzierten. Schade, denn in dieser stimmungsvollen fränkischen Universitätsstadt gibt es viele Sehenswürdigkeiten. Wir schlichen über die Brücken, die über die Regnitz führten, vorbei an Klein Venedig, in dem schlanke Boote am Ufer befestigt waren, zum alten Rathaus, das durch seine bemalte Fassade beeindruckte. Die Tische der Restaurants, die in der prallen Sonne standen, waren leer geblieben, selbst die im Schatten waren nur schwach besetzt. Aber im ›Schlenkerla‹ war es voll, drinnen wie draußen. Zum Glück waren zwei Plätze im Biergarten gerade frei geworden und so konnten wir Hungrigen zwei der typischen hiesigen Spezialitäten verzehren, eine fränkische Rauchbierhaxe und ein paar Blaue Zipfel, die Bamberger Art der Bratwurst. An unserem Tisch saß ein Einheimischer, der entsetzt eingriff, als ich Senf auf die Zipfel streichen wollte:

»Um Himmels willen, doch keinen Senf!«

»Die schmecken ein wenig fad«, entgegnete ich.

»Du musst die Zwiebeln aus dem Essig-Sud nehmen und auf die Wurst geben, dann ist es richtig.«

Auch zur Haxe hatte er einen Ratschlag, dem nicht zu widersprechen war:

»Iss die Haut gleich zuerst, jetzt ist sie noch frisch und knusprig. Wenn du sie zu lange liegen lässt, wird sie zu trocken und hart.«

Maya bemühte sich, mit der Gabel die Haut vom Fleisch zu trennen und zum Mund zu führen.

»Da kannst du die Finger nehmen, das geht viel einfacher.«

Es stellte sich heraus, dass der Ratgeber, Vitus, wie wir nach gegenseitigem Vorstellen herausgefunden hatten, jeden Tag hierherkam und an seiner Körperform war leicht abzulesen, was ihm am besten schmeckte. Er liebte das Leben, womit er seinem Namen alle Ehre machte. Das Besondere im ›Schlenkerla‹ waren die Rauchbiere. Wir probierten einen Krug Märzen und einen mit dem frischen Saisonbier. Der Geschmack nach Rauch war unverkennbar und gut. Aus der Speisekarte erfuhren wir, was es mit dem Wort ›Schlenkerla‹ auf sich hatte. Der Volksmund behauptet, dass ein früherer Brauer und Wirt das Bier »a wengla mit seina Orm geschlenkert hot.« Der Rauchgeschmack entsteht durch die Art, wie die Braugerste in der hauseigenen Mälzerei getrocknet wird. Für den gewöhnlichen deutschen Biertrinker war der erste Eindruck etwas ungewöhnlich und das Wirtshaus hatte deshalb folgenden Ratschlag:

»Dieweilen aber das Gebräu beim ersten Trunk etwas fremd schmecken könnt‘, lass dir‘s nicht verdrießen, denn bald wirst du innehaben, dass der Durst nit nachlässt, sintemalen dein Wohlbehagen sichtlich zunimmt.«

Bei normalen Temperaturen hätten wir dieser Empfehlung Folge geleistet, doch heute sollte es bei einer Halben bleiben. Auch auf der Straße vor dem ›Schlenkerla‹ hatten sich viele Durstige mit einem Krug in der Hand eingefunden, durch die wir uns den Weg bahnen mussten. Auf dem Rückweg zum Hotel kamen wir noch am Schillerplatz vorbei, auf dem das E.T.A.-Hoffmann-Theater steht, an dem der berühmte Dichter und Komponist Anfang des 19. Jahrhunderts einige Jahre als Musikdirektor gearbeitet hatte.

Es war Donnerstag geworden, Zeit, die Reise vor dem Massenandrang am Freitag zu beenden. Schon am Morgen war es für jede körperliche Betätigung zu heiß, deshalb nahmen wir den Stadtbus 901 am ZOB (Zentraler Omnibusbahnhof) und waren wenige Minuten später am Hauptbahnhof. Wegen der Hitze hatten wir beschlossen, heute unterwegs auf Besichtigungen zu verzichten und direkt von Bamberg nach Hause zu fahren. Während des Wartens auf die Abfahrt des RE 54 Richtung Frankfurt, vernahmen wir die Ansage vom Bahnhofslautsprecher mit besonderen Informationen für alle Reisenden, die nach Nürnberg wollten. Wegen der sehr hohen Auslastung könne weder eine Mitfahrt und schon gar nicht die Mitnahme von Fahrrädern gewährleistet werden, so hieß es. Unser Zug fuhr, etwa zur Hälfte ausgelastet, pünktlich um 9:26 Uhr ab. Im Gegensatz zum gestrigen Tag, funktionierte die Klimaanlage heute einwandfrei. Zwischen den grünen Hängen, auf denen der Frankenwein wuchs und dem Flussbett des Mains ging es über Haßfurt nach Würzburg, wo wir bereits wieder ausstiegen. Da wir Würzburg pünktlich um 10:21 Uhr erreicht hatten, bekamen wir den Anschlusszug nach Osterburken problemlos. Der RE 8 Richtung Stuttgart stand schon bereit und es waren sehr viele Plätze darin frei, als er um 10:37 Uhr pünktlich abfuhr. Bis zu seiner planmäßigen Ankunft um 11:30 Uhr hatte sich das nicht geändert, da es nur einen Zwischenhalt, in Lauda, gab. Kurz danach setzte sich die S 1 von Osterburken zu einer für eine S-Bahn ungewöhnlich langen Fahrt von 3 ½ Stunden, die ohne Umstieg bis ins saarländische Homburg führte, in Bewegung. Man hatte den Eindruck, sie hielt an jeder Milchkanne, was ja für eine S-Bahn auch das Normale war. Erst eine halbe Stunde vor Heidelberg, die Bahn fuhr jetzt immer entlang des Neckars, wurden die Waggons voller. Dann stiegen Dutzende von Schülern ein, was kurzfristig zu einer Überfüllung führte und ihre Lautstärke riss alle anderen aus ihrem dösigen Mittagsschlaf. In Heidelberg leerte sich der Zug so schlagartig, wie er sich gefüllt hatte. Er hatte zwar ein paar Minuten Verspätung, da unsere S 5 nach Schriesheim zu dieser Tageszeit aber noch alle 10 Minuten fuhr, war das nicht der Rede wert. Die Fahrt von Bamberg nach Hause mit dem ›Neuner‹ hatte etwas über vier Stunden gedauert.

Romantische Straße und West-Franken
(25. - 26. Juli)

Eine neue Woche, eine neue Reise. Dieses Mal dauerte sie nur zwei Tage und führte zu dicht beieinander liegenden Orten an der Romantischen Straße und im westlichen Franken. Die S-Bahn von Schriesheim nach Weinheim war auch heute wieder pünktlich, allerdings rappelvoll, denn eine große Menge von Schülern war eingestiegen, die nicht nur die Waggons füllten, sondern über alle darin befindlichen Passagiere einen schweren Lärmteppich legten, dessen Pegel sie problemlos konstant auf höchster Stufe hielten. Es war zu befürchten, dass sie in Weinheim auch den Regionalexpress nach Frankfurt kapern würden. In dieser Woche endete das Schuljahr und so kurz vor den Ferien war es üblich, auf Klassenfahrt zu gehen oder einen Ausflugstag einzuschieben. Doch in Weinheim stiegen sie zur Überraschung in mehrere Busse um, die sie zu einem unbekannten Ziel bringen würden und so blieb der RE 60, der auch heute pünktlich losfuhr, von Überfüllung und Beschallung verschont. Ereignislos, wie so oft, bewältigte er seine Strecke. Die Ruhe wurde nur kurz unterbrochen, als in der Reihe hinter uns wie aus dem Nichts ein Mann sein Gegenüber ansprach:

»Setzen sie bitte die Maske auf!«

Die Antwort kam prompt:

»Hey, sie sitzen die ganze Zeit bei mir und jetzt mitten in der Fahrt fangen sie an, mit mich zu diskutieren.«

Damit war das Gespräch bereits wieder zu Ende, es gab keine weitere Debatte und bald darauf stieg der Aufgeforderte aus.

Ein Kind, ein etwa sechsjähriges Mädchen, begann plötzlich, scheinbar ohne Grund, für ein paar Minuten lauthals zu schreien, seine Mutter und zwei Teenager, Schwestern vielleicht, versuchten es zu beruhigen, aber sie hörte nicht auf. Erst als sie in Darmstadt ausstiegen, war wieder Ruhe in den Zug eingekehrt. Jetzt saß uns eine Mutter mit ihrer Tochter gegenüber, ein Teenager-Mädchen, das mit schweren Kopfhörern ausgestattet ganz in ihrer Musik aufging, die sie gerade hörte. Ihr Kopf begann im Rhythmus des Songs zu schwingen und ihre Lippen öffneten sich ein wenig, als ihre Stimmbänder eine endlose Kette von Lalalalala-Tönen erschallen ließen, wobei sie nicht jeden Ton korrekt traf. Sonst blieb es weiterhin gespenstisch still im Zug. Viele Sitze waren während der verbleibenden Fahrt hinter Darmstadt leer geblieben und der Zug kam pünktlich um 10:24 Uhr in Frankfurt an. Bereits um 10:30 Uhr ging es mit dem RE 54 weiter nach Würzburg, unserer ersten Station für heute. Nachdem Aschaffenburg hinter uns lag, gab es einen kurzen Disput zwischen einem Franken und zwei Radlerinnen:

»Scheiß Fahrräder – – – ihr versperrt die Tür – – – wenn was passiert – – – da kommt keiner durch.«

Die Frauen verharrten in Schweigen, der Franke schlurfte, noch einige Schimpfworte den beiden murmelnd hinterher werfend, kopfschüttelnd weiter. In beiden Zügen des heutigen Tages verrichteten die Klimaanlagen tadellos ihre Arbeit, was bei der erneut großen Hitze sehr angenehm war. Nach einer Stunde Fahrt ging eine Zugbegleiterin in schicker weinroter Uniform durch die Gänge, aber sie kontrollierte nicht die Tickets, sondern sorgte dafür, dass blockierte Sitze freigegeben und sperriges Gepäck ordentlich verstaut wurden, sodass sich eine Reihe von Fahrgästen, die vorher im Eingangsbereich standen, jetzt setzen konnten. Diskussionen ließ die Dame dabei nicht zu und alle ihrer Anweisungen wurden prompt erfüllt, sie hatte Autorität und wohl genügend Erfahrung, den richtigen Ton zu treffen. Außerdem forderte sie die Maskenlosen auf, ihrer Pflicht nachzukommen. Das war freilich ein hilfloses Unterfangen, wie schon zu oft zu sehen war. Pünktlich um 12:21 Uhr erreichte der Zug Würzburg. Wir hatten ungefähr drei Stunden für die Besichtigung der Stadt eingeplant, was bei über 35 Grad angemessen war, denn unsere Bewegungen waren langsam.

Es waren etwa 1.000 Meter bis zur Altstadt, in der die in Rot und Weiß steil in den Himmel ragende Marienkapelle den ersten Blickfang bot. Unmittelbar daneben liegt der große Markt, auf dem heute vorwiegend Blumen verkauft wurden. Vor der Kapelle findet man die Touristeninformation, die in einem Gebäude untergebracht ist, das kräftig Gelb getüncht wurde. Die Sprossenfenster sind von filigranen weißen Ornamenten geschmückt, wahrlich ein Augenschmaus. Es war nicht mehr weit bis zum Main, den wir über die Alte-Main-Brücke überquerten. Gleich vor Betreten der ältesten Würzburger Flussüberführung bot ein Gasthaus weiße und rote Brückenschoppen an, die aber in Anbetracht der Hitze und der Mittagszeit kaum Zuspruch fanden. Links und rechts stehen jeweils sechs große Heiligen-Statuen, die sich großer Beliebtheit bei den Fotografen erfreuten. Auf der westlichen Seite befindet sich die Schleuse für die Fracht- und Personenschiffe. Dann gingen wir über die Zellsteige den steilen Treppenweg hinauf zur Festung Marienburg, eine gewaltige Anlage, umgeben von Gärten und Weinhängen, dessen Ertrag später in die für diese Gegend typischen Bocksbeutelflaschen abgefüllt wird. Der Blick von hier oben auf die Stadt war phänomenal. Zurück über den Main war es nicht weit bis zum Würzburger Dom, der den Namen des Heiligen St. Kilian trägt. Das Gebäude beeindruckte durch seine verschwenderische Helligkeit, die von den ganz in Weiß gehaltenen Wand- und Deckenfarben begründet war. Das Eingangsportal, das sich als sehr schmal zeigte und dessen Tür links und rechts von zwei schlanken rechteckigen Türmen eingerahmt wurde, ließ die Größe und Schönheit des Bauwerkes kaum erahnen. In einem traditionellen Gasthaus verspeisten wir noch ein paar Fränkische Bratwürste mit Sauerkraut und Brot und tranken einen kühlen Frankenwein dazu, das musste trotz der Gluthitze sein. Dann nahmen wir die Straßenbahn zum Bahnhof und fuhren um 15:41 Uhr mit der RB 80 nach Steinach.

Die Bahn war zur Hälfte gefüllt und fuhr pünktlich ab. Eine Weile ging es entlang des Mains, an dessen Uferhängen Wein wächst. Hinter Ochsenfurt verdrängten Getreidefelder die Reben. Vereinzelt lagen noch ein paar Rundballen auf den Feldern, aber die Hauptarbeit der Ernte war längst erledigt. In Steinach mussten wir für die verbleibende kurze Fahrt nach Rothenburg ob der Tauber umsteigen. Die RB 80 kam pünktlich um 16:23 Uhr an und um 16:36 Uhr ging es mit der RB 82 bereits weiter, die ebenfalls pünktlich um 15:51 Uhr in der romantischsten aller deutschen Städte ankam. Große Reisegruppen, die mit schweren Koffern unterwegs waren, übertrafen hier die Zahl der Tagestouristen, die an ihren kleinen Rucksäcken erkennbar waren. Nach wenigen Minuten hatten wir unser Hotel, das mitten in der Altstadt lag, erreicht. An der Tür des Zimmers 115 wurde darüber informiert, dass König Jan J. von Polen am 23. März des Jahres 1682 hier genächtigt hatte, im Zimmer 109 hatte Willy Brandt geruht, ohne dass man das Datum erfuhr. Wir bekamen Zimmer 117, das bisher keine honorigen Gäste beherbergt hatte. Es blieb genügend Zeit, die kleine Stadt zu erkunden und ein gutes Stück auf der Stadtmauer entlangzuspazieren. Am Abend waren die Restaurants bestens ausgelastet, Rothenburg ob der Tauber gehörte offensichtlich zum Standardprogramm einer Deutschlandtour. Bei unseren Speisen erwies sich das Altfränkisch Dunkel vom Landwehr-Bräu als sehr bekömmlicher Begleiter.

Am Dienstag, dem 26. Juli, wollten wir Rothenburg ob der Tauber um 10:05 Uhr verlassen. Als wir den Bahnhof erreichten, war es dort bereits ziemlich voll. Ein kleiner Bahnhof, aber viele Passagiere, das lag an der Abgeschiedenheit der Stadt und der Vielzahl der Besucher. Fünf Minuten vor der Abfahrt erfuhren wir aus dem Lautsprecher:

»RB 82 nach Steinach, Abfahrt 10:05 Uhr, fällt heute aus. Grund dafür ist die verspätete Bereitstellung des Zuges. Wir bitten um Entschuldigung.«

So einfach machte es sich die Deutsche Bahn. Auf dieser kurzen Strecke pendelt den ganzen Tag genau ein Zug, der stündlich fährt und auch um 9:05 Uhr fuhr, wie konnte er also jetzt zu spät bereitgestellt worden sein? Der einzig plausible Grund war nach meiner Ansicht ein Wechsel des Lokführers, wobei der jetzt diensthabende wohl verschlafen hatte und daher zu spät zum Dienst erschienen war. Am Bahnhof gab es weder Personal, dass den Gestrandeten Rede und Antwort stehen konnte, noch irgendwelche anderen Informationen. Die Döner-Bude nebenan war noch geschlossen, aber im Außenbereich standen schon ihre Stühle und Tische. Erstere wurden rasch geschnappt und in den Schatten unter das Bahnhofsdach gezogen, um die Stunde Wartezeit zu überbrücken. Die Leute nahmen es gelassen, was wäre auch die Alternative gewesen? Eine

Amerikanerin nahm ihre Stickgarnitur aus der Tasche und setzte ihre Handarbeit fort, eine Gruppe Engländer hatte genügend Spaß, gefördert vom Inhalt einiger Bierflaschen, und fand keinen Grund, sich aufzuregen. Aus ihrer Heimat seien sie ganz anderes gewohnt, sagte einer von ihnen. Je näher die Abfahrtszeit des nächsten Zuges kam, umso mehr Menschen trafen ein, und als es dann endlich um 11:05 Uhr losging, war der Zug total überfüllt. Auf der einspurigen, nicht elektrifizierten Strecke bewältigte der Lokführer die 15-minütige Fahrt ohne Fehl und Tadel, um 11:20 Uhr quollen die Massen in Steinach aus den beiden Waggons. Dort herrschte zunächst etwas Verwirrung, da der Zug nach Ansbach, der nach Plan um 11:24 Uhr auf Gleis 3 abfahren sollte, gleichzeitig auf Gleis 4 angeschrieben war, dort allerdings mit einer anderen Abfahrtszeit. Da sich die meisten für Gleis 3 entschieden hatten, folgten die Unschlüssigen der Mehrheit, was sich als die richtige Wahl erwies. Die RB 80 fuhr dann um 11:29 Uhr ab, fünf Minuten verspätet und überfüllt, wobei die Menge der Fahrräder das vorgesehene Maß eindeutig überschritt. Nach der Ankunft um 11:52 Uhr, sieben Minuten hinter dem Plan, blieb uns eine gute Stunde, um einen kleinen Stadtspaziergang durch Ansbach zu machen.

Es war das erste Mal, dass ich in dieser Stadt war, ich wusste nichts über sie und war umso mehr beeindruckt und überrascht über deren Flair und Sehenswürdigkeiten. Noch vor der Altstadt steht die erhabene St. Ludwig Kirche, die außen wie innen in Gelb und Gold angestrichen war. Vor dem Eingang stehen vier große runde Säulen, die ihr den Charakter eines antiken Tempels verliehen. Gleich in der ersten Gasse der Altstadt fielen uns die bunten Schirme auf, die in luftiger Höhe über der Straße gespannt waren. Das setzte sich in allen Gassen der Innenstadt fort. Die Schirme schwangen tanzend im Wind. Bald kamen wir zu einem Whiskey- und Tabakladen, ich ging hinein, um zu erforschen, was es mit den Schirmen auf sich hatte. Der Besitzer des Ladens, ein freundlicher vollbärtiger Franke, sagte, dass es eine Idee der Händler der Stadt gewesen sei. Sie wollten etwas Besonderes für ihren Ort und einer von ihnen war auf die Idee mit den Schirmen gekommen, die er freilich anderswo schon gesehen hatte. Die Geschäftsleute stimmten zu, kauften die Schirme und die Stadtverwaltung übernahm die

Arbeit und Kosten, um sie aufzuhängen. Er fügte lächelnd hinzu, dass sie aber bei Regen keinen Schutz böten. Das Stadtzentrum wird von zwei großen Kirchen und mächtigen Fachwerkhäusern dominiert. Die St. Johanniskirche wirkte von außen etwas misslungen, waren doch die beiden Türme von recht unterschiedlicher Gestalt und Höhe, zudem zeigte das spitze Dach des Mittelschiffes eine bedrohliche Schieflage. Im Inneren beeindruckten die farbigen Fenster hinter dem Altarraum und die Helligkeit im Kirchenschiff. Unweit davon befand sich die Schwanenritterkapelle, die in die St. Gumbertus Kirche integriert war. Der Orden der ›Schwanen‹ wurde von den Markgrafen finanziell unterstützt und ihm wurden auch Gebäude wie diese Kapelle geschenkt. Daher kann man im Nebentrakt der Kirche auch die kurze Geschichte von ›des Markgrafen schöner Leich'‹ studieren, die durch einen Zeichentrickfilm illustriert wurde. Man erfuhr:

»Ende des 12. Jahrhunderts erhielten die Zollern das Nürnberger Burggrafenamt. Die spätere fränkische Linie der (Hohen-)Zollern wurde zu einem der bedeutendsten Geschlechter im Heiligen Römischen Reich und bestimmte über Jahrhunderte die Geschichte des heutigen Franken. Prägend dafür waren die Markgraftümer Ansbach und Kulmbach-Bayreuth. War ein Markgraf gestorben, beging man zu seinem Gedächtnis ein prächtiges Leichenbegängnis – eine ›schöne Leich'‹ musste sein.«

Der normale Ansbacher aber saß im schattigen Bereich eines der vielen Gasthäuser, verspeiste ein deftiges fränkisches Mittagsmal und führte die Halbe genüsslich zum Mund. Vor der Weiterfahrt spazierten wir noch durch den schönen Schlosspark, der neben der Residenz angelegt ist und den Namen Hofgarten trägt.

Es waren nur wenige Hundert Meter zurück zum Bahnhof, der gerade grundlegend modernisiert wurde. Wir mussten uns an einigen Bauzäunen entlang den Weg zum Bahnsteig bahnen. Um 13:09 Uhr fuhren wir mit dem RE 90 weiter und erreichten um 14:00 Uhr Schwäbisch Hall, um exakt zu sein, nicht den Stadtbahnhof, sondern den oberhalb der Stadt gelegenen Bahnhof in Hessental. Es gab sogleich einen Bus, der zur Stadt hinunterfuhr, in der wir etwa zwei Stunden blieben. Durch das Salz war Schwäbisch-Hall im Mittelalter sehr wohlhabend geworden und davon zeugen noch heute die prächtigen Bauwerke und Fachwerkhäuser. Zwischen dem Bahnhof und der Stadt liegt die Kocher, die dort zwei Inseln bildet, über die überdachte Holzbrücken führen, an ihren Ufern hatten sich Badende eingefunden. Der Weg ging dann steil hinauf zum Marktplatz mit der St. Michaelskirche, zu der man über eine Hundert-stufige Freitreppe hinaufsteigen muss. Auf dieser Treppe sowie auf dem Plateau vor dem Kircheneingang finden alljährlich im Spätsommer Freilicht-Festspiele statt. Unten auf dem Platz werden dafür die Sitzreihen für die Zuschauer aufgestellt, die von dort im wahrsten Sinne des Wortes zu den Schauspielern aufschauen müssen. Jetzt wurde gerade mit der Vorbereitung begonnen. Vor dem Fischbrunnen begegneten wir dem Henker persönlich. Er entführte, in ein rotes Gewand gehüllt, an dessen Gürtel Henkersseile befestigt waren, Interessierte auf eine Zeitreise, und sie erfuhren so manches über die Strafjustiz des 17. Jahrhunderts, über die Delikte der bösen Buben und Mädchen, er zeigte ihnen die Henkersbrücke, den Folterturm und den Pranger. Wir lauschten eine Weile seinen teils amüsanten, teils gruseligen Erzählungen. Bevor wir um 17:07 Uhr mit dem RE 80, einem Zug der Frankenbahn, vom Stadtbahnhof Schwäbisch Hall nach Heilbronn fuhren, verweilten wir unten auf der Kocherinsel und stärkten uns in einem der rustikalen Gasthöfe, von denen es genügend in der Stadt gab.

Nach der pünktlichen Ankunft ging es um 18:04 mit dem RE 10b weiter nach Heidelberg. Der Neckars floss neben den Schienen, später ging es durch den Kraichgau und dann wieder am Neckarufer entlang, bis wir kurz nach 19 Uhr eintrafen. Der Zug erfreute sich großer Leere, sicher waren weniger als 30 % der Plätze besetzt.

125

Steine, Hermann und die Ratten

(1. - 3. August)

Der dritte und damit letzte Monat des ›Neuners‹ war angebrochen. Noch standen einige weitere Reisen auf unserer Liste. Würden sie ähnlich verlaufen wie die im Juni und Juli? Wie lautete unser Zwischenfazit? Wir hatten alle Ziele, zu denen wir fahren wollten, erreicht, manchmal über Umwege, oft verspätet, aber da Zeit für uns keine zu große Rolle spielte, war das akzeptabel gewesen, wenn auch im Moment des Geschehens oft sehr ärgerlich. Die Menschen, die beruflich mit den Regionalzügen unterwegs waren, sahen das völlig anders, das wusste ich aus Gesprächen mit ihnen. Die meisten Züge, mit denen wir fuhren, waren nicht voll, von Überfüllung ganz zu schweigen, nur sporadisch hatten sich deutlich mehr Menschen in die Waggons gedrängt, als gesund war. Zugbegleiter waren nicht immer zu sehen, manche waren locker und hatten einen Scherz auf den Lippen, die meisten aber, mit denen ich sprach, hatten nur einen Wunsch: Bitte das 9-Euro-Ticket nicht verlängern! Die Probleme des Unternehmens Deutsche Bahn waren für jedermann glasklar zu erkennen und ihr Ausmaß ist so gewaltig, dass nur Träumer glauben, diese könnten in einer Frist von wenigen Jahren beseitigt werden. Bei einer Verkehrswende, so sie denn politisch mit aller Macht durchgesetzt werden sollte, wird die Bahn auf lange Sicht keine entscheidende Rolle spielen, freiwillig wird kaum jemand auf Dauer auf dieses Verkehrsmittel umsteigen. All diese Probleme nahmen uns aber nicht die Freude, weitere Teile des Landes mit unseren ›August-Neunern‹ zu erkunden, die ich deshalb rechtzeitig online erworben hatte.

Am Montag, dem 1. August, fuhren wir aufs Neue los, dieses Mal nahezu konstant nach Norden bis ins nordrhein-westfälische Bad Salzuflen, das im Teutoburger Wald liegt. Der erste Teil der Strecke bis Frankfurt war schon bei einigen anderen Reisen unsere Startbahn. Da auf dem Abschnitt Richtung Kassel gleich hinter Frankfurt die Gleise wegen größerer Bauarbeiten gesperrt waren, mussten wir einen kleinen Umweg über Frankfurt-Süd einlegen, was aber nicht sonderlich ins Gewicht fiel. Wir fuhren mit dem RE 60 pünktlich um 8:35 Uhr in Ladenburg ab, der Zug war bis Darmstadt nur halb gefüllt, dort allerdings schoben sich einhundert neue Passagiere in die Waggons. Trotz der vorübergehenden Fülle blieb es ruhig. In Langen stiegen wir in die S 4 um, mit der Frankfurt-Süd um 9:47 Uhr erreicht war. Während der Sperrung der Hauptstrecke startete der RE 98, heute pünktlich um 10:05 Uhr, von dort mit dem Ziel Kassel-Wilhelmshöhe. Wir durchquerten Hessen einmal komplett von Süden nach Norden und waren um 12:46 Uhr nach einer bald dreistündigen Fahrt am Zwischenziel angekommen. Wir mussten in den vorderen Zugteil einsteigen, denn in Gießen wurden aus einem Zug zwei gemacht, der vordere Teil fuhr weiter nach Kassel, der hintere nach Siegen. In unserem Regionalexpress war nahezu jeder Platz besetzt, uns schräg gegenüber hatte sich eine vierköpfige Familie niedergelassen, ausgestattet mit Wanderschuhen, schweren Rucksäcken und weiteren daran befestigten Utensilien. Die ersten 90 Minuten verbrachte sie mit Essen und Trinken und umging damit geschickt und geplant die Maskenpflicht. Bei der Fahrkartenkontrolle zeigte Maya ihr Juli Ticket, was vom Lesegerät des Schaffners erstaunlicherweise akzeptiert wurde. Ich präsentierte mein brandneues Ticket und fragte:

»Haben alle rechtzeitig das Augustticket gekauft?«

»Von wegen«, war seine Antwort, »da waren sogar einige, die überhaupt kein Ticket hatten. Eine Gruppe von Männern hat frech gesagt, dass sie es für eine Unverschämtheit halten, schon am Ersten des Monates kontrolliert zu werden.«

»Was haben sie gemacht?«

»Ich habe sie gefragt, ob ihr Vorschlag sei, dass ich mir erst am letzten Tag des Monates die Fahrscheine zeigen lassen soll. Dann bin ich bei ihnen stehen geblieben, bis sie im Internet das richtige Ticket gekauft hatten.«

Der Zug wackelte unentwegt von links nach rechts und wieder zurück, die Strecke war in einem spürbar schlechten Zustand. In

Gießen wurde der Zug wie angekündigt geteilt und unser nach Kassel fahrende Teil füllte sich merklich, wahrscheinlich waren nicht wenige hier noch rechtzeitig von hinten nach vorn umgestiegen. Bald erreichten wir Marburg, die bekannte Universitätsstadt in Mittelhessen, die unbedingt einen Besuch wert ist. Mit der historischen Altstadt und den für diese Gegend typischen Fachwerkhäusern beeindruckt das Zentrum der Stadt, die vom Landgrafenschloss überragt wird, zu dem man in 20 Minuten vom Marktplatz kommend hinaufsteigen kann. Unter den Gotteshäusern ist die Elisabethkirche das bekannteste. Sie ehrt in ihrem Namen die Heilige Elisabeth von Thüringen.

Ein paar der nervenden Kinder waren hier ausgestiegen, aber es wurde nur kurzzeitig ruhiger, denn die Wanderfamilie hatte ihre Nahrungsaufnahme beendet und die Mutter begann jetzt, ihrem Sohn, der durchaus selbst des Lesens mächtig war, aus einem Comic vorzulesen. Dabei intonierte sie die Sprechblasen der einzelnen Figuren nach allen Regeln der Vorlesekunst und das alles noch dazu mit thüringischem Einschlag. Der Sohn hörte ihr tatsächlich aufmerksam zu. Nachdem sich seine Mutter müde gelesen hatte, musste der Vater das Entertainment für den Sohn übernehmen. Zuerst drückte er ihm eine Schere in die Hand, mit der er nach bestimmten Regeln, die er ihm erklärte, abstrakte Figuren ausschnitt. Seine Anweisungen waren eine Folge von »Pass mal auf – – – du musst – – – nein, doch nicht so – – – du hast das falsch verstanden« und so weiter. Je mehr er erklärte, umso weniger schien sein Sprössling zu verstehen. Dann wechselte der Vater zu ›Schiffe versenken‹ und ›Schatz suchen‹.

»Ist Dein Schatz in der Nähe einer Palme, links vom Fluss, unter einem Haus …?« Mit solchen Fragen sollte Sohnemann erkunden, wo sich der Schatz befindet. Die väterliche Stimme krächzte dabei wie die eines Hahnes mit einer Stimmbänderentzündung. Kurz vor Kassel konkludierte er:

»Na, hat doch Spaß gemacht.«

Der Sohn antwortete prompt:

»Nö, nicht so wirklich.«

Einzig die Tochter war stumm geblieben. Sie war vielleicht 12 Jahre alt und löste schon seit zwei Stunden Kreuzworträtsel, wobei sie öfter auf der hinteren Seite des Heftes die Lösung nachschlug, als selbst das passende Wort zu finden. Dann bugsierten die vier sich selbst und ihr riesiges Gepäck auf den Bahnsteig in Kassel-Wilhelmshöhe, wohin ihre Reise ging, wusste ich nicht.

Natürlich ist auch Kassel einen eigenen Besuch wert. Gerade zu dieser Zeit bietet die umstrittene Documenta 2022 den Kunstinteressierten eine spannende Gelegenheit, sich mit zeitgenössischer Kunst auseinanderzusetzen, die in diesem Jahr so wie nahezu immer auch politische Wellen schlug. Der Bergpark Wilhelmshöhe mit dem Herkules Denkmal gehört zweifelsohne zu den besonderen Attraktionen der Stadt.

Weiter ging es um 13:03 Uhr mit dem RE 11 nach Altenbeken. Maya hatte sich in die App der aktuellen Nachrichten vertieft und sagte unvermittelt:

»Er war in der Kabine.«

»Wer war in welcher Kabine?«, fragte ich.

»Scholz war in der Kabine der Fußballerinnen, nach dem Finale.«

»Echt, das habe ich noch gar nicht gelesen.«

Sie zeigte mir den Artikel. Tatsächlich, er war in die Fußstapfen seiner Vorgängerin getreten, die des Öfteren bei der Männermannschaft vorbeigeschaut hatte, noch bevor diese sich nach anstrengendem Spiel frisch machen konnten. Frau Kanzlerin besuchte die Männer, Herr Kanzler die Frauen, das klang nach Gleichberechtigung. Aber nicht nur das, er forderte auch ganz im Sinne der Mannschaft, die gerade das Finale der Europameisterschaft knapp verloren hatte, dass die Gehälter, zumindest die Prämien rasch an die der Männer angepasst werden müssen.

Die Zug-Ansage vor der Ankunft in Altenbeken war voller Charme und Fürsorge:

»In Kürze erreichen wir Altenbeken im Regen. Bevor Sie aussteigen, achten Sie bitte darauf, dass Sie alle Sachen mitnehmen, die Ihnen gehören. Die Schlüssel und Geldbörsen können zwischen die Sitze gerutscht sein, auch in den oberen Ablagefächern können leicht kleine Koffer oder Taschen vergessen werden. Schauen Sie bitte gründlich nach und machen Sie keine Fundsachen daraus, nehmen Sie alles mit.«

Der Altenbekener Bahnhof war etwas ganz Besonderes. Zwischen den zwei Gleisbereichen gab es einen Raum, in dem ein Mann sowohl Fahrkarten als auch heiße Wurst, Getränke und Zeitschriften verkaufte, davor standen zwei große bequeme Sofas, in die man sich fallen lassen konnte, um nicht draußen in der nassen Kühle auf den Anschlusszug warten zu müssen. Ein echter Warteraum also, was sonst leider nicht mehr zum Standardservice der Deutschen Bahn gehört. An den Wänden befanden sich kluge Sprüche über das Reisen. Besonders folgender von Lao-Tse gefiel Maya, passte er doch wunderbar zu ihren Erlebnissen mit der Deutschen Bahn:

>»Ein guter Reisender hat keine festen Pläne
> Und denkt nicht an das Ankommen.«

Eine halbe Stunde mussten wir warten, bis wir schließlich um 14:33 Uhr weiterfahren konnten und mit der RB 72 um 15:19 Uhr in Bad Salzuflen ankamen. Beide Züge waren leer und pünktlich. Die Fahrt führte durch eine ländliche Gegend, wir passierten Dörfer mit großen Bauernhöfen und abgeerntete Getreidefelder bestimmten die Landschaft. Auch hier war zu erkennen, dass sich der Sommer langsam dem Ende zuneigte. Der Zug hatte sich in gemächlichem Tempo in Richtung Nordwesten gequält.

In der kleinen Innenstadt von Bad Salzuflen tranken wir einen Cappuccino und aßen dazu Hefeteig-Pflaumenkuchen und Bienenstich mit Puddingfüllung. Dann spazierten wir durch die Fußgängerzone, in der einige Fachwerkhäuser mit farbigen Ornamenten und Figuren am Gebälk zu bestaunen waren. Wir kamen am Geysir vorbei, der zu unregelmäßigen Zeiten in unbekannte Höhen aufspritzte und so manche Neugierige, die zu nahe herantraten, durchnässte. Bald erreichten wir den gepflegten Kurpark, vor dem drei Gradierwerke stehen, von denen eines bestiegen werden konnte. Ein leichter Salzgeruch lag in der Luft und bald war der Geschmack des Salzes auch auf den Lippen zu spüren. Wir blieben eine Weile dort sitzen und atmeten tief durch. Welch ein Genuss nach dem stundenlangen Maskentragen im Zug. Eine Pferdekutsche chauffierte Gäste durch das Kurviertel, ein Harmonikaspieler intonierte

Kaffeehaus-Weisen, ohne dabei allzu große Beachtung zu finden. Im Park standen Dutzende Strandkörbe, in denen sich Menschen niedergelassen hatten, von denen die Mehrzahl ihre Gehhilfen mit sich führte. Es gab kleine Teiche, eine große Fontäne und einen Barfußpfad, der wohl aus 15 Stationen bestand. Vor Ort war es blitzsauber und eine wohltuende Ruhe lag über der Stadt, kaum ein Laut war zu hören bis auf das Plätschern des Wassers. Es gab ausreichend viele Cafés und Restaurants und, typisch für Westfalen, ein paar Kneipen, in denen die Karte nur Getränke auflistete, dominiert vom Bier, aber es waren darin bestimmt auch zwanzig Sorten Schnaps zu finden.

Wir waren jetzt inmitten des Teutoburger Waldes, ein Mittelgebirge, das zu Niedersachsen und Nordrhein-Westfalen gehört. Am heutigen Dienstag, dem 2. August, standen zwei Sehenswürdigkeiten auf dem Programm, die leicht zu erreichen waren. Von Bad Salzuflen dauerte es mit der RB 72, die von der eurobahn betrieben wurde, nur knappe 30 Minuten, um nach Horn-Bad Meinberg zu kommen. Das war der Ausgangspunkt für die Erkundung der Externsteine. Es ging pünktlich um 9:40 Uhr los und fahrplanmäßig kamen wir um 10:09 Uhr an. Nur wenige Menschen waren in diesem kurzen Zug, zwei Frauen sangen ihren beiden Töchtern afrikanische Lieder vor. Am Bahnhof angekommen stiegen wir in einen Stadtbus, der uns ins Ortszentrum von Horn brachte. Von dort waren es noch ungefähr zwei Kilometer zu Fuß bis zu den Externsteinen, zunächst liefen wir durch einen kühlen Wald, dann über saftige Wiesen bis zum Kassenhäuschen. Unvermittelt ragen drei mächtige Felsen aus der Ebene, zwei davon können über steile Treppenstufen, die in den Stein hineingeschlagen wurden, bestiegen werden. Nachdem wir die Eintrittskarten erworben hatten, erklommen wir zunächst den mittleren Felsen, was uns ein wenig aus der Puste brachte. Zum Glück waren heute Vormittag nicht viele Besucher hier, sonst hätte es beim Auf- und Abstieg Staus gegeben, denn nicht immer konnten hier zwei Personen aneinander vorbeigehen. Nach dem Abstieg ging es beim zweiten Felsen gleich wieder steil nach oben. Diese Felsformation gehört zu den besonders beeindruckenden Natursehenswürdigkeiten in dieser Gegend, das konnten wir nach dem Besuch bestätigen. Anschließend unternahmen wir einen kurzen Spaziergang durch den Park und um einen der beiden Seen, die die Felsen zur Hälfte umringten, dann ging es zurück zur Bushaltestelle an der Hauptstraße und wir hatten Glück, dort eine Minute vor Abfahrt eines Busses nach Detmold anzukommen, mit dem wir bis zur Haltestelle Detmold-Vogelpark fuhren. Jetzt hieß es, weitere drei Kilometer zu laufen, um zum Hermannsdenkmal zu gelangen. Der Weg führte nahezu stetig bergauf, was bei der aufkommenden Hitze wahrlich kein Vergnügen war.

Beim Hermannsdenkmal handelt es sich um eine monumentale Statue in der Nähe der Stadt Detmold, die an die Schlacht im Teutoburger Wald erinnert, in der germanische Stämme erfolgreich gegen römische Legionen gekämpft hatten. Es reiht sich in eine Kette von nationalen Denkmälern ein, zu der auch das Niederwalddenkmal bei Rüdesheim am Rhein gehört. Über etwa 100 Stufen kletterten wir im Inneren des Monuments bis auf die obere Seite des Sockels. Über uns ragte Hermann, ganz in Grün gekleidet, in den Himmel, geradeaus bot sich ein klarer Blick bis weit über die Dörfer und kleinen Städte des Teutoburger Waldes. Nachdem der tapfere Germane von allen Seiten fotografiert worden war, wanderten wir etwa vier Kilometer bis in die Nähe des Zentrums von Detmold immer bergab, fuhren noch drei Stationen mit einem Stadtbus und spazierten, nachdem wir einen erfrischenden Eisbecher vertilgt hatten, durch die schöne Altstadt mit westfälischen Häuserfronten sowie durch den Schlosspark. Vom Schloss selbst war allerdings wenig zu sehen, denn es war wegen Renovierungsarbeiten komplett in Folie verpackt. Um 16:01 Uhr sollte uns die RB 15 wieder nach Bad Salzuflen bringen, es waren nur knapp 20 Minuten bis dorthin, doch wegen eines technischen Defektes an einem Bahnübergang verzögerte sich die Abfahrt um 15 Minuten. Kurz nachdem der Zug endlich losgefahren war, blieb er auf freier Strecke auch schon wieder stehen und erst mit 29 Minuten Verspätung kamen wir in Bad Salzuflen an. Als Abendvesper gab es Matjesheringe mit Bratkartoffeln, dazu zwei Schoppen herbes Herforder Pils.

Am Mittwoch, dem 3. August, ging es wieder zurück nach Hause, aber es blieb ausreichend Zeit, sich in der schönen Stadt Hameln im südlichen Niedersachsen umzusehen, die ein ziemlich geschlossenes historisches Stadtbild aus herrlichen Fachwerkhäusern ihr Eigen nennen darf. Natürlich ist Hameln auch oder vor allem wegen der Geschichte des Rattenfängers weithin, nicht nur in Deutschland, bekannt. Deshalb befinden sich in der Stadt zahlreiche Zeugen dieser Sage, man begegnete ihnen unweigerlich bei einem Stadtrundgang. Obwohl Hameln nicht weit von Bad Salzuflen entfernt liegt, mussten wir drei Züge nehmen, die uns nach einer Stunde zu den Rattenfängern brachten. Zuerst ging es mit der RB 72 von Bad Salzuflen nach Herford, von dort mit dem RE 78 nach Löhne (Westfalen) und schließlich von dieser Kleinstadt mit der RB 77 nach Hameln. Der erste Zug war nahezu leer, der zweite sehr voll und im Dritten saßen wiederum nur wenige Fahrgäste, alle drei waren pünktlich. Die beiden ersten Züge wurden von eurobahn betrieben, die besonders dadurch auffiel, dass bei jeder Fahrt die Tickets akribisch und unmittelbar nach Fahrtantritt kontrolliert wurden. Betreibergesellschaft des dritten Zuges war die Regionalverkehre Start Deutschland GmbH. Er war erfrischend in Blau-Gelb lackiert, was ihn aber auf der einspurigen und nicht elektrifizierten Strecke nicht davon abhielt, erst mit neun Minuten Verspätung anzukommen.

Unser erstes Ziel in Hameln sollte der Bürgerpark sein, der jedoch für drei Tage einschließlich heute geschlossen war, weil der Rasen des Parks in den vergangenen Tagen durch einige Veranstaltungen übermäßig stark beansprucht worden war und die Stadt ihm deshalb eine Erholungspause verordnet hatte. Wir durchstreiften die Stadt, kamen am Rattenfängerhaus und dem Rathaus vorbei, in dessen unmittelbarer Nähe der Rattenfängerbrunnen steht. In der Osterstraße beeindruckten die wunderbaren Fachwerkhäuser und vor dem Alten Postamt die Rattenfänger Statue. Weiter ging es zum Stiftsherrenhaus, den Pferdemarkt und der Marktkirche St. Nicolai, dann hinüber zur Weser, zur Pfortmühle und über die Rattenbrücke zum Werderpark, schließlich entlang der Weserpromenade und dem Münster St. Bonifatius zur Schiffsanlegestelle. Überall zeigten sich Ratten, Kinder oder deren Fänger. Die Grasflächen der

Parkanlagen waren wegen der Trockenheit bereits ziemlich braun und die Weserpromenade wurde ihrem Namen nicht gerecht, trotzdem war der Besuch in Hameln sehr lohnenswert.

Da die Bahnstrecke zwischen Hameln und Elze wegen Bauarbeiten gesperrt war, mussten wir mit dem Schienenersatzverkehr (SEV) Bus nach Elze fahren. Nur acht Passagiere waren an Bord und die Tour war eine schöne Abwechslung. Während der fünfzigminütigen Fahrt sahen wir mehr Windräder als in ganz Bayern. Der Bus kam pünktlich um 13:50 Uhr in Elze an. Von dort sollte es schon um 14:00 Uhr mit dem RE 2, betrieben von metronom, nach Göttingen weitergehen. Um 13:50 Uhr gab es die Durchsage, dass sich die Abfahrt um ca. zehn Minuten verspäten werde, Grund sei eine Reparatur am Zug. Um 14:00 Uhr hörten wir eine neue Durchsage, nach der die Verspätung 20 Minuten betragen werde, um 14:05 Uhr wurde auf 30 Minuten erhöht und um 14:07 Uhr hieß es lapidar, dass der Zug heute ausfalle und dass man um Entschuldigung bitte. So blieb uns nichts anderes übrig, als auf den nächsten RE 2 zu warten, der sich tatsächlich um 14:55 Uhr pünktlich auf den Weg machte. Die Sitze in der metronom-Bahn waren sehr eng, hart und unbequem, sie hatten weder Armlehnen in der Mitte noch Klapp-Tischchen in der Rückenlehne. In Göttingen blieb uns Zeit für einen gemütlichen Spaziergang durch das Zentrum der Universitätsstadt, in der Jürgen Trittin zur gleichen Zeit studiert hatte wie ich. Wir spazierten also durch mir noch wohlbekannte Straßen und saßen zu Speis und Trank am Alten Rathaus neben dem Gänseliesel-Brunnen, der zum Ritual eines jeden Doktorhutes gehört, muss doch der junge Doktorand, gleich ob Mann oder Frau, zur Liesel auf den Brunnen hochklettern und sie küssen.

Für die lange Rückfahrt hatte ich wieder frühzeitig und somit günstig Intercity-Express Fahrscheine erworben, die für zwei Personen zusammen nur 24 Euro gekostet hatten. Um 17:54 ging es mit dem ICE 1699 Richtung Frankfurt. Der Zug war pünktlich und nur mäßig besetzt, er rumpelte und wackelte, Fernzüge unterschieden sich dabei nicht von Regionalzügen, sodass es unmöglich war, auch nur 15 Sekunden am Stück ruhig zu sitzen, geschweige denn etwas auf Papier zu schreiben, was danach noch lesbar war. Das Ergebnis war abstrakte Kunst. Die fahrplanmäßige Abfahrt war an diesem frühen Abend eine Ausnahme, denn zahlreiche andere ICEs hatten gewaltige Verspätungen, die bis zu drei Stunden erreichten. Kurz vor Ankunft kam eine erstaunliche Durchsage: »Meine Damen und Herren, wir müssen noch eine Ehrenrunde drehen, da die Gleise am Frankfurter Hauptbahnhof noch alle belegt sind. Wann genau wir dort ankommen werden, kann ich Ihnen auch nicht sagen.«

Das erinnerte mich sehr an das Fliegen, wenn man noch eine Warteschleife drehen muss, bevor das Flugzeug auf die Landebahn darf. Immerhin hatte der Zug festen Boden unter den Rädern bei dieser bisher unbekannten Variante einer Pirouette. Als der ICE endlich um 20 Uhr ankam, hatte er bereits 20 Minuten Verspätung. Wir rannten trotzdem so schnell es ging zum Gleis 1A, um dort eventuell noch die RB 68 um 20:02 Uhr zu erwischen und in der Tat war sie noch nicht abgefahren, aber sie stand auch nicht auf dem Gleis. Als wir dort waren, hörten wir gerade noch die Ansage, dass diese Regionalbahn 15 Minuten später eintreffen und dann umgehend losfahren werde. Glück gehabt, für zwei Minuten, denn dann kam postwendend die Durchsage, dass der Zug ausfällt. Nicht zu schlimm, denn um 20:34 Uhr fuhr der ohnehin schnellere RE 60 und so gingen wir zum Gleis 10, um dort auf ihn zu warten. Und wir warteten und warteten und warteten. Dieser Zug hatte im Laufe des Tages kontinuierlich an Rückstand gewonnen. Zuerst hieß es, er werde 15 Minuten später losfahren, daraus wurden bald 30, dann gar 40 Minuten. Aber was war das gegen die 180 und 220 Minuten bei zwei ICEs und gegen drei weitere Zugausfälle heute Abend auf diesem Bahnhof? Irgendwann rollte der RE 60 tatsächlich an den Bahnsteig, der mittlerweile geändert worden war, und er füllte sich schnell. Ein maskenloser Sandler, wie die Österreicher sagen, mit großen Plastiksäcken ausgerüstet, lief durch den Waggon, beugte sich blitzartig vor die dort Sitzenden zu den Abfallbehältern und zog rasch und geschickt leere Flaschen und Dosen heraus, die er in die mitgebrachten Kunststoffsäcke stopfte. Endlich fuhr der Zug ab, es war 21:12 Uhr geworden und um 22:05 Uhr stiegen wir in Ladenburg aus. Es war bereits dunkel, die erste Ankunft mit dem ›Neuner‹ bei Nacht.

Am nächsten Morgen las ich in den Nachrichten, dass am gestrigen Abend gegen 22:30 Uhr, also nur kurz nach unserer Abfahrt, ein Mann mit zwei Beilen im Frankfurter Bahnhofsgebäude aufgetaucht war. Zum Glück hatte ihn die von Reisenden herbeigerufene Polizei schnell entwaffnen können. Im folgenden Verhör auf dem Revier waren die ermittelnden Gesetzeshüter zu der Erkenntnis gekommen, dass von dem Beil-Mann, der sichtlich verwirrt gewesen sein soll, keine Gefahr ausging. Deshalb hatten sie ihn nach Hause geschickt und gebeten, dass er am kommenden Morgen selbstständig einen Psychologen aufsuchen solle, um sich vor sich selbst zu schützen.

Schwäbisches Meer und Kuckucksuhren

(8. - 11. August)

Immer wieder montags begann die nächste Kurzreise mit dem ›Neuner‹. Es war der 8. August, als wir zur ersten Fahrt ans Meer aufbrachen. Nun, um es vorwegzunehmen, es ging nicht zu einem echten Meer, sondern zum Schwäbischen Meer, wie der Bodensee auch genannt wird. Mein ursprünglicher Plan war, auf der Fahrt einen Stopp in Tübingen einzulegen, doch die Deutsche Bahn hatte vor ein paar Tagen begonnen, an mehreren Streckenabschnitten in Baden-Württemberg Großbaustellen einzurichten, was zur Folge hatte, dass diese für den Zugverkehr gesperrt wurden. Das galt auch für die direkte Verbindung von Tübingen nach Lindau, weswegen diese Zwischenstation den Bauarbeiten zum Opfer fiel. Wie so oft begann unsere Reise in Schriesheim. Von dort fuhren wir mit der S 5 nach Heidelberg, doch schon an der ersten Haltestelle in der Stadt am Neckar war die Fahrt zu Ende, denn der Gleisabschnitt bis zum Bahnhof war in Teilen wegen Reparaturarbeiten, die just an diesem Tag begonnen hatten, gesperrt worden. Deshalb war eine Überbrückungsfahrt mit dem Bus bis zum Bismarckplatz notwendig, von dem es wieder mit einer anderen S-Bahn zum Hauptbahnhof ging. Das hatte natürlich Verzögerungen zur Folge, trotzdem waren wir eine Minute vor Abfahrt des RE 10b nach Heilbronn am Bahnsteig, doch nun ließ der Expresszug auf sich warten und fuhr schließlich mit einer gehörigen Verspätung ab. Nahezu jeder Platz war besetzt. Anfänglich war es fraglich, ob die Verspätung aufgeholt werden konnte und damit war auch unsicher, ob wir den Anschlusszug nach Stuttgart bekommen würden. Der Regionalexpress quälte sich durch das Neckartal und immer, wenn man in Eile ist, überwiegt das Gefühl, dass es doppelt langsam voranging und wahrscheinlich trog der Eindruck nicht. Es gab eine Fahrkartenüberprüfung, allerdings nur als Sichtkontrolle, das Lesegerät kam dabei nicht zum

Einsatz. Tatsächlich wurde der Zug gegen Ende der Fahrt etwas schneller und konnte damit ein wenig von der Verspätung aufholen, sodass wir um 9:55 Uhr in Heilbronn einfuhren. Direkt gegenüber wartete der RE 12, der pünktlich um 9:56 Uhr abfuhr und um 10:42 Uhr in unserer Landeshauptstadt eintraf. Dieser Zug war zu etwa zwei Dritteln besetzt. Eine Fahrscheinkontrolle fand nicht statt. Auf Gleis 16 in Stuttgart standen zwei Züge hintereinander, der vordere hatte Nürnberg als Ziel, der hintere, das war unser RE 5, fuhr nach Lindau. Mehrfach waren Durchsagen zu hören, die die verwirrten Leute in den richtigen Zug lotsen sollten, was wohl schließlich auch gelang. Der RE 5 war komplett voll und wieder gab es das Wohin-mit-den-Koffern-Problem, denn es waren nicht genügend Abstellmöglichkeiten dafür vorhanden. Schaffner, die sich dieser Angelegenheit hätten annehmen können, glänzten erneut durch Abwesenheit. Ab Plochingen waren auch in der oberen Etage alle Stehplätze vergeben. Aus dem Stimmengewirr war nur gelegentlich Deutsch herauszuhören, wahrlich eine internationale Gemeinschaft war heute unterwegs. Nach gemütlicher Fahrt erreichten wir Ulm, wo mehr als die Hälfte der Passagiere ausstiegen und deutlich weniger hinzukamen. Die Klimaanlage arbeitete anfänglich ohne Fehl und Tadel, machte die Innenluft im Laufe der Fahrt aber immer kälter, trotzdem war es alles in allem eine angenehme Reise bis zum östlichsten Zipfel des Schwäbischen Meeres.

Ich war überrascht, dass der Zug durch Oberschwaben noch mal an Geschwindigkeit verlor. Würden jetzt im Frühherbst noch Blumen blühen, wäre hier die beste Gelegenheit, sie während der Fahrt zu pflücken, merkte Maya an. In Friedrichshafen änderte er die Fahrtrichtung, es ging jetzt stetig am Nordufer des Sees entlang, aber ein Blick auf das Wasser war selten möglich. Nach pünktlicher Ankunft um 13:55 Uhr in Lindau-Reutin fuhren wir zwei Stationen mit dem Stadtbus 5, der uns ganz nah an unser Hotel brachte. Mit der gleichen Buslinie ging es bald darauf zur Insel Lindau, wo sich die Sehenswürdigkeiten der Stadt konzentrieren. Zwei Brücken führen dorthin, eine für den Straßenverkehr, die andere für die Bahn. Bei angenehmen Sommertemperaturen machten wir einen gemütlichen Spaziergang, zunächst durch die Ludwigstraße und Maximilianstraße in der Altstadt. Es ging zur Peterskirche, dem über allen Maßen schönen alten Rathaus, quer über den Marktplatz zum Münster Unserer Lieben Frau, bis wir schließlich am Hafen landeten. Nach dem Aufenthalt in einem der Cafés mit Seeblick gingen wir hinüber zum bayerischen Löwen, der die Hafeneinfahrt auf der östlichen Seite bewacht. Ein Künstler hatte ihn mit breiten, kräftig-roten Bändern drapiert, was ziemlich unpassend wirkte, denn Lindau liegt in Bayern, also konnte man, wenn der Löwe schon verschönert werden musste, Blau-Weiß erwarten. Eine Bedienung des Biergartens nebenan hatte die Erklärung für das Rot parat:

»Das ist Kunst, die roten Bänder sollen das Blut des Löwen nach einem Kampf zeigen.«

»Eine gewagte Interpretation«, entgegnete ich.

»Ich weiß auch nicht mehr, aber das habe ich im Internet darüber gelesen.«

Wahrscheinlich hatte der Künstler noch nie einen Löwen nach einem Kampf gesehen, dachte ich, aber die Kunst ist frei, besonders hier im Freistaat.

Vom Hafen fuhren regelmäßig Schiffe zu den zahlreichen deutschen, österreichischen oder schweizerischen Orten am See. Die Liegezeit war nur kurz, schon nach wenigen Minuten Aufenthalt steuerten die Kapitäne ihre großen oder kleinen Schiffe geschickt zwischen den beiden Kaimauern hindurch aufs offene Wasser. Zum Ende des Tages schlenderten wir einmal komplett an der West- und Nordseite der Insel zurück bis zur Inselhalle und schließlich zur Seebrücke, wo sich eine Bushaltestelle befand. Mehrere Badestellen boten den Wasserratten Gelegenheit, sich im warmen See zu tummeln. Es gab zahlreiche Kneipen, in denen die Barkeeper coole Musik auflegten und Drinks mixten, die die Leute genüsslich in der Abendsonne schlürften. Schöne Skulpturen, raffinierte Spielplätze und immer wieder große Liegeflächen ließen Urlaubsstimmung aufkommen.

Am nächsten Morgen, es war der 9. August, kamen wir zurück zum Hafen und bestiegen ein Schiff der Bodenseeflotte, mit dem wir nach Konstanz fuhren. Als wir gegen 9:20 Uhr an der Anlegestelle eintrafen, warteten dort noch keine 20 Personen. Eines der großen Schiffe mit drei Etagen kam zehn Minuten vor Abfahrt an, es trug eine österreichische Flagge. Vor uns wartete jetzt eine 13-köpfige Kinderschar, schätzungsweise fünf bis sieben Jahre alt, mit ihren zwei Betreuerinnen. Eine von ihnen stand vorn und passte auf, dass keines der aufgeregten Kinder ins Wasser sprang, die andere bewachte den Hühnerhaufen von hinten und schritt postwendend ein, wenn sich einer der Knirpse auf Abwege machte. Natürlich wollten die Kinder während des ungeduldigen Wartens unterhalten werden, auch dafür war die Hintere, die mit der Gnade des Singen-Könnens gesegnet war, zuständig:

»Jetzt fahrn wir übern See, übern See, jetzt fahrn wir übern …?«

Sie hielt inne und wartete darauf, dass ein paar der Kleinen sich mit dem richtigen Wort einklinkten. Einer tat es, eher rufend als singend:

»Meer!«

»Nein!«, entgegnete die Betreuerin und begann aufs Neue:

»Jetzt fahrn wir übern …«

»Ozean!«, war jetzt die Antwort und die anderen lachten schrill.

Als sie als zweites Lied noch die Fischerin vom Bodensee bemühte, blieben die Kids ungerührt, es veranlasste sie nicht zum Scherzen. Dann meldete der Kapitän das Schiff einsteige bereit und es war schon wieder die Hintere, die die Anweisungen gab:

»Jedes Kind sucht sich jetzt seinen Partner. Rucksack und Helm nicht vergessen, dann klebt ihr euch an der Ramona und geht hinter ihr her und niemand überholt, habt ihr das verstanden?«

»Ja!«, dröhnte es zurück.

»Melanie, du gehst als Erster.«

»Als Erste!«, kam der korrigierende Einwurf einer Passagierin, die sich neben die Kindergruppe gedrängt hatte. Schau mal an, eine ARD-Journalistin, dachte ich, belehrend und erziehend zugleich. Die Hintere war zu beschäftigt, um darauf in einen Disput zu treten. So antwortete sie lapidar:

»Hier in Schwaben sind alle ›Erster‹, egal ob Bub oder Mädle.«

Die Journalistin blieb sprachlos, diese Antwort hatte sie wohl überrumpelt.

Dann öffneten sich die breiten Türen des Schiffes, das sich schnell füllte, aber bei Weitem nicht voll wurde. Wir ließen uns auf dem Oberdeck nieder, wo es während der Fahrt durch den Wind anfänglich noch sehr kühl war, obwohl die Sonne schon grell vom wolkenlosen Himmel schien. Es ging über Wasserburg mit seiner herrlichen Kirche, Nonnenhorn, wo ein Passagier aus-, aber elf neue einstiegen, Kressbronn, dessen Liegewiesen am Strandbad schon gut belegt waren und wo sich einige Frühsportler bereits im Wasser tummelten, nach Langenargen mit dem Schloss Montfort direkt am Schiffsanleger. Weil ab hier mehr als 50 Leute hinzukamen, dauerte der Stopp ein wenig länger als an den vorhergehenden Stationen, dann ließ der Kapitän dreimal das Horn ertönen und schon ging die Fahrt weiter. Der nächste Halt war in Friedrichshafen, der Stadt der Zeppeline, mit einer langen Hafenpromenade voller Cafés und dem schönen Rathausturm mit dem Grün-Gelben Dach. Direkt am Anleger war eine Plattform, der Moleturm, errichtet worden, zu der man sich über neun Serpentinen hinauf spulen konnte, um von oben weit über Land und See Ausschau zu halten. Weiter ging es über Immenstaad und Hagnau nach Meersburg. Hier wurde die Landschaft am Nordufer hügeliger und die Weinberge traten in den Vordergrund. Der letzte Zwischenstopp wurde auf der Insel Mainau eingelegt, wo viele Leute ausstiegen, obwohl man für den Besuch des kleinen Eilandes stolze 26 Euro Eintritt zahlen musste. Schließlich erreichten wir nach bald vierstündiger Fahrt den Hafen von Konstanz, der den in Lindau bestimmt um das Dreifache an Fläche übertrifft. Am Nachmittag blieb genügend Zeit, die Stadt zu besichtigen. Da gab es einiges zu sehen, wie den Stadtgarten, die Imperia Statue an der Hafeneinfahrt, den Münsterplatz mit dem Münster, das Rathaus, das Konzil und zahlreiche Häuser mit beeindruckenden Fassadenmalereien. Als Dekoration über den Straßenzügen waren große Blumenkugeln aufgehängt worden, wodurch die Regenschirme, die wir schon in Ansbach gesehen hatten, eher störend wirkten, da deren Farben bereits stark verblasst waren.

Konstanz zeigte sich als multikulturelle Stadt, eine Vielzahl von Nationalitäten durchstreifte die Altstadt, fuhr mit einem der Schiffe oder förderte den Umsatz in den Gasthöfen. So war es auch im

Constanzer Wirtshaus, das direkt am Rhein, nur wenige Hundert Meter vom Zentrum entfernt liegt. Der Biergarten war großflächig und auch der Innenraum bot viel Platz und Licht durch sein gewaltiges Glasdach. Das Bier schmeckte frisch und die Speisen hatten gute Biergartenqualität. Ein großes Lob hatten wir für das Personal. Zum einen war es in großer Zahl vorhanden, zum anderen erwies es sich als außerordentlich freundlich und kundenorientiert und hatte das Handwerk des Bedienens bestens gelernt. Von Personalmangel und Hilfskräften war hier nichts zu spüren.

Mittwoch, der 10. August. Auf dem Weg zum Bahnhof sammelten wir Bahnfahrer (nein, wir sind keine Bahnfahrenden!) Erfahrungen mit der Fahrradfreundlichkeit der Stadtverwaltung von Konstanz. Hier wurde sehr viel für Radfahrer getan, es gibt sogar eine Fahrradbrücke über den Rhein mit sehr breiten Fahrstreifen, die sich auch durch große Teile der Stadt ziehen, manche nennen es Fahrrad-Autobahn, sicher ein passender Begriff. Was den Radfahrern zum Vorteil gereichte, geriet mehr und mehr den Fußgängern zum Nachteil, denn der Radverkehr war so dicht, dass es vielerorts schier unmöglich war, als Fußgänger auf die andere Seite zu gelangen, was insbesondere für diejenigen galt, die wegen ihres Alters nicht mehr sehr flott auf ihren Beinen waren. Radfahrer, die für Fußgänger langsamer werden oder gar warten, müssen wohl erst geboren werden.

Heute führte unsere Reise in die Schweiz, nach Schaffhausen, denn das 9-Euro-Ticket galt bis dorthin, obwohl es nicht die erste Station hinter der Grenze war. Wir fuhren pünktlich um 9:39 Uhr mit dem RE 2 nach Singen los, und kamen bereits um 10:03 Uhr an. Der Zug war pünktlich und äußerst leer. Gleich hinter dem Singener Bahnhof erstreckt sich das Firmengelände von Maggi, der Würz-Fabrik, von vielen geliebt und von Leuten, die sich Gourmets nennen, verachtet. Eine halbe Stunde später fuhr die sehr kurze und wiederum sehr leere RB 33 nach Schaffhausen. Eine Station vor der Grenze ertönte die Ansage:

»Sehr geehrte Fahrgäste, wir möchten Sie darauf hinweisen, dass im Zug eine Zoll- und Passkontrolle durchgeführt werden kann. Bitte halten Sie ihre Ausweispapiere bereit.«

Es gab keine Kontrolle.

Vom Bahnhof war es noch ein gutes Stück zu Fuß, bis wir am Rheinfall ankamen, es war bereits Mittag geworden. Oberhalb des Wasserfalls wimmelte es nur so von Besuchern aus aller Herren Länder. Für 5 Schweizer Franken bekam man Zugang zu einem Serpentinenweg, der über mehrere Aussichtsplattformen immer weiter nach unten bis an den tiefst gelegenen Ausguck führte. Sah man die Fälle zunächst noch von oben, war man bald in deren mittlerer Fallhöhe angekommen, um schlussendlich die Gewalt der Wassermassen von der unteren Seite der Fälle zu bestaunen, die trotz der Trockenheit sehr imposant waren. Kaum waren wir auf der untersten Ebene angekommen, bemerkten wir den Geruch von Feuer und aus den Bäumen, die rechts des Besucherareals standen, stiegen bereits dichte Rauchwolken auf. Schnell waren Angestellte zur Stelle und forderten die Besucher auf, sich rasch auf der anderen Seite des Weges oder über den Fahrstuhl wieder nach oben zu begeben. Am Ausgangsort angekommen stellten wir fest, dass keine neuen Besucher mehr eingelassen wurden, der ganze Bereich wurde geräumt und die Feuerwehr war bereits mit drei Löschfahrzeugen und deren Besatzung vor Ort. Sie arbeitete überlegt und ohne Hektik. Wir gingen jetzt auf der anderen Seite hinab zur Bahnbrücke, die über den Rhein führte, und über diese zu dessen nördlichem Uferweg, von dem die Fälle zwar nicht aus unmittelbarer Nähe bewundert werden konnten, dafür hatte man aber einen besseren Panoramablick. Auch die Arbeit der Feuerwehr war von hier zu sehen, Flammen aber nicht. Vermutlich war im trockenen Laub ein Schwelbrand ausgebrochen und die Feuerwehrleute waren rechtzeitig tätig geworden, um einen größeren Brand zu vermeiden.

Mit dem 15:00 Uhr Zug, der RB 33, fuhren wir wieder nach Singen, stiegen dort um 15:52 Uhr in den RE 2 und kamen schließlich um 16:16 Uhr wieder in Konstanz an. Drei der heutigen Züge waren pünktlich und weitestgehend leer, also ein entspanntes Reisen. Nur der RE 2, der aus St. Georgen im Schwarzwald kam, war um acht Minuten verspätet.

Am heutigen Donnerstag, dem 11. August, fuhren wir zurück. Wir waren früh am Bahnhof angekommen und verbrachten die Wartezeit auf einer Bank am Seehafen, der unmittelbar neben dem Bahnhof liegt. Es war noch sehr ruhig, eine Handvoll Spaziergänger, zwei, drei Personen, die neben dem Wasser gymnastische Übungen machten, Hunde mit Herrchen oder Frauchen, aber keine mit beiden gleichzeitig. Ich schaute übers Wasser, schloss dann die Augen und lies meinen Gedanken freien Lauf.

Heute ist der 100. Geburtstag! Das ›Lied der Deutschen‹ wurde am 11. August 1922 zur Deutschen Nationalhymne und blieb es auch nach der Wiedervereinigung von West- und Ostdeutschland. Die Vertreter der Bundesrepublik, die klar in der stärkeren Position waren, hatten deutlich gemacht, dass die DDR-Hymne keine Chance hat, die Hymne des neuen Deutschlands zu werden. Mir hatte deren Melodie immer besser gefallen, der Text ohnehin. Die Deutschen taten sich immer schwer mit ihrer Hymne. Man hörte sie gelegentlich, wenn man im Fernsehen Übertragungen besonderer politischer Ereignisse verfolgte und, was wohl für die meisten galt, bei ausgewählten Fußballspielen. Vor wenigen Tagen war das auch wieder der Fall, anlässlich des Eröffnungsspiels der neuen Bundesliga-Saison. Aus welchem Grund auch immer hatten die Verantwortlichen schon vor geraumer Zeit entschieden, anstelle der früher üblichen Kapellen jetzt Sänger mit, wie ich meine, fragwürdigen Fähigkeiten, das Lied vortragen zu lassen? Dabei legten diese alle ihnen zur Verfügung stehende Inbrunst in ihre manchmal zitternde Stimme, die nicht immer die richtigen Töne traf, um sich mit ihrem Auftritt einen Eintrag in die Geschichtsbücher zu erobern. Bei besagtem Spiel jedenfalls, und das war nicht das erste Mal, quittierten die Zuschauer diese Darbietung mit einem gellenden Pfeifkonzert, was noch Tage später zu heftigen Debatten in den Medien führte. Lassen wir die Hymne hinter uns. Doch bevor die Reise weitergeht, will ich den Text der DDR-Hymne (Text: Johannes R. Becher), an dieser Stelle aufschreiben. Wir sollten die Geschichte, gerade jetzt, nicht vergessen!

Auferstanden aus Ruinen
Und der Zukunft zugewandt,
Lass uns dir zum Guten dienen,
Deutschland, einig Vaterland.
Alte Not gilt es zu zwingen,
Und wir zwingen sie vereint,
Denn es muss uns doch gelingen,
Dass die Sonne schön wie nie
Über Deutschland scheint.

Glück und Frieden sei beschieden
Deutschland, unserm Vaterland.
Alle Welt sehnt sich nach Frieden,
Reicht den Völkern eure Hand.
Wenn wir brüderlich uns einen,
Schlagen wir des Volkes Feind!
Lasst das Licht des Friedens scheinen,
Dass nie eine Mutter mehr
Ihren Sohn beweint.

Lasst uns pflügen, lasst uns bauen,
Lernt und schafft wie nie zuvor,
Und der eignen Kraft vertrauend,
Steigt ein frei Geschlecht empor.
Deutsche Jugend, bestes Streben
Unsres Volks in dir vereint,
Wirst du Deutschlands neues Leben,
Und die Sonne schön wie nie
Über Deutschland scheint.

Als ich die Augen, die ich wohl für ein Viertelstündchen geschlossen hatte, wieder öffnete, war das erste Schiff des Tages ab-
fahrbereit. Die ersten Passagiere warteten bereits am Anleger, die
Zahl der Umherlaufenden war gestiegen, die Lautstärke der Gespräche hatte zugenommen und die Sonne erwärmte rasch die Luft.
Ein Punk drehte seinen Ghettoblaster auf, blieb dabei aber ziemlich

regungslos auf einer Bank sitzen, Mütter mit Lastenrädern waren jetzt häufig zu sehen, das Programm schien hier Früchte zu tragen. Dann fuhr die Schwarzwaldbahn, wie dieser RE 2 auch genannt wird, pünktlich um 10:39 Uhr ab. Üblicherweise ging die Fahrt bis nach Karlsruhe, zu dieser Zeit und für die kommenden Wochen jedoch nur bis St. Georgen (Schwarzw), weil die Strecke hinter dem höchstgelegenen Schwarzwaldbahnhof nicht benutzt werden konnte oder um es im Bahn-Jargon zu formulieren: »Grund dafür ist die Sperrung der Strecke wegen umfangreicher Baumaßnahmen.«

Auch hinter Singen war der Zug immer noch nur zur Hälfte gefüllt. Zwei Schwaben-Damen waren hier eingestiegen und debattierten lange, wo sie wohl sitzen sollten. Das war nicht leicht zu entscheiden, denn ihre Anforderungen waren zahlreich. Auf jeden Fall wollten sie in Fahrtrichtung sitzen, aber nicht auf der Sonnenseite. Sie mussten unbedingt zusammensitzen und wollten gleichzeitig ihre großen Rucksäcke nicht aus den Augen verlieren und sie schon gar nicht entfernt auf dem Boden zwischen zwei Sitzreihen verstauen, wo dafür eigentlich Platz vorgesehen war. Enge Zweierreihen waren nicht favorisiert, aber eine der beiden wollte auch nicht in einer Vierer-Bank Platz nehmen, da sie befürchtete, jemand würde später zusteigen und ihr dann gegenübersitzen, was sie wegen Corona strikt ablehnte. Da alle Anforderungen zusammen nicht unter einen Hut zu bringen waren, nahmen sie schließlich irgendwo Platz und das ganze Debattieren hatte bald ein Ende, weil sie schon 30 Minuten später, in Donaueschingen, wieder ausstiegen. Niemand hatte sich ihnen gegenübergesetzt.

Kurz hinter Engen erreichte der Zug einen Wald, den Schwarzwald. Es ging jetzt gemächlich, aber stetig bergauf. Zwei Tunnel wurden durchfahren, links und rechts der Gleise mehrten sich die Holzverarbeitungsbetriebe. Hinter Immendingen fuhren wir an einem Wasserlauf entlang.

»Wie heißt der kleine Fluss neben unserer Strecke?«, wollte Maya wissen.

»Ich vermute, dass es die Donau ist.«

Die Annahme war korrekt, hier in dieser Gegend begann der Fluss der Walzer und Operetten seinen langen Lauf bis zum Schwarzen Meer.

Ich hatte hier, auf den Höhen des Schwarzwaldes, große Windparks erwartet, aber nichts dergleichen war zu sehen. Kein Windrad und auch keine Solar-Felder. Letztere tragen zumindest in Bayern zur alternativen Energieerzeugung bei, aber was macht denn Baden-Württemberg diesbezüglich? Bald waren die ersten Schwarzwaldhäuser zu sehen. Ziemlich genau um 12 Uhr traf der Zug in St. Georgen ein und es hieß, hier in den Bus, den SEV, umzusteigen, um nach Hausach zu kommen. Circa 100 Menschen drängten sich am Bushalteplatz und tatsächlich hatte die vorausschauende Deutsche Bahn drei Fahrzeuge für sie bereitgestellt. Der erste Bus fuhr direkt nach Hausach, wir nahmen diesen. Die beiden anderen bedienten auch die Haltestellen in Triberg und Hornberg. Auf der 35-minütigen Fahrt passierten wir ein paar Orte entlang der Deutschen Uhrenstraße und tatsächlich waren riesige Kuckucksuhren neben der Straße aufgestellt und dienten vornehmlich als Verkaufsstände für allerlei Ramsch, der für Touristen Souvenir genannt wurde.

Bedauerlicherweise war auch die schöne Bahnstrecke von Hausach nach Freudenstadt gesperrt, auch hier wurde repariert. Also hieß es, in einen weiteren Bus einzusteigen. Der Vorteil in den Bussen war die bessere Aussicht, denn die Bahntrasse war doch ständig links und rechts von Bäumen abgeschirmt, die kaum einen Durchblick erlaubten, vom Bus aus aber war die liebliche Landschaft aufs Feinste zu genießen. Lange Zeit begleitete die Kinzig die Fahrt, schließlich erreichten wir nach 70-minütiger Reise Freudenstadt. Dort angekommen spazierten wir zum Marktplatz, den die Freudenstädter den größten Deutschlands nennen. Das mag sein, der Schönste ist er definitiv nicht, wird er doch in alle vier Himmelsrichtungen durch Autostraßen zerschnitten. Der Kurzbesuch dieser Stadt wurde durch das Verspeisen des weltberühmten lokalen Kuchens komplettiert, zwei Stück Schwarzwälder-Kirschtorte. Schließlich wanderten wir strammen Schrittes wieder hinunter zum Hauptbahnhof. Von dort fuhr die S 81 pünktlich um 16:23 Uhr nach Karlsruhe ab. Diese S-Bahn hatte den Beinamen Eilzug, was aber nicht zu der Annahme verleiten sollte, dass die immer bergab führende Strecke im Eiltempo bewältigt wurde, das Gegenteil war der Fall. Die Waggons schienen aus der Mitte des letzten Jahrhunderts zu stammen. Im Inneren stand an einem noch das Wort Speisewagen, heute war er ein ganz normaler Waggon mit unbequemen, abgewetzten Sitzbänken, von denen keine frei geblieben waren. Das bei der Deutschen Bahn schon legendäre Schlingern hatte auf dieser Strecke seine höchste Entwicklungsstufe erreicht. Diejenigen, die nur einen Stehplatz hatten, brauchten beide Hände und starke Arme, um nicht umgeworfen zu werden. Mit deutlicher Verspätung erreichten wir Karlsruhe, von wo es um 18:09 mit dem RE 73 nach Heidelberg weiterging. In Bruchsal vernahmen wir ein Beispiel für viele unverständliche Bahn-Ansagen:

»Sie haben folgende Anschlüsse: Karlsruhe Durlach …, Karlsruhe Hauptbahnhof …«

Genau von dort war dieser Zug doch gekommen. Sollte es tatsächlich jemand geben, der von hier wieder zum Ausgangsort zurückfahren wollte? Nun ja, mit dem ›Neuner‹ war natürlich alles denkbar. Nach Ankunft in Heidelberg um 18:49 Uhr war es nicht ganz einfach, rasch nach Schriesheim zu kommen, da ein Teil der Strecke ja nicht befahrbar war und die Angaben im DB-Navigator über die Ersatzbusse keinesfalls mit der Realität übereinstimmten, aber mit ein wenig Improvisation und der Intuition, eigene Wege einzuschlagen, funktionierte es doch. Eine knappe Stunde später war unsere Reise zum Schwäbischen Meer zu Ende.

Moin moin, Musikanten

(15. - 18. August)

Es war wieder Montag geworden, der Starttermin für unsere vor-
letzte Reise mit dem ›Neuner‹. Dieses Mal sollte es wirklich ans
Meer gehen. Um 8:32 Uhr des 15. August stiegen wir in Ladenburg
in unseren Stammzug, den RE 60, ein, mit dem es bis nach Langen
in Südhessen ging. Heute war er nahezu voll und, was wichtiger
war, sehr pünktlich. Die Leute, die am Bahnsteig gegenüber in die
andere Richtung, nach Mannheim, fahren wollten, hatten weniger
Glück. Ihr Zug würde 25 Minuten später ankommen, so die Durchsage am Bahnsteig, Grund sei eine Verspätung aus einer vorherigen
Fahrt, was zu dieser frühen Tageszeit schon recht bemerkenswert
war. In meinem Blickfeld lagen 12 Augenpaare, die allesamt in Köpfen angebracht waren, deren Kinn tief zur Brust gezogen war, sodass sie den Augen freien Blick aufs Display des Smartphones ge-
währten, freilich um den Preis, der wohl außerhalb ihrer
Wahrnehmung lag, eines verspannten Nackens. Vor Darmstadt
blieb der Zug unvermittelt stehen. Grund dafür sei die derzeit ein-
geschränkte Verfügbarkeit der Gleise. Bei 13 Schienenpaaren am
dortigen Bahnhof war das eine bemerkenswerte Leistung. Als es
endlich in Darmstadt weiterging, war der Zug rappelvoll, alle Sitzplätze und Stehplätze in beiden Etagen und auch die Eingangsbereiche waren mit Körpern gefüllt, von denen ein Großteil bereits
jetzt einen erschöpften Eindruck machte. Nach weiteren Verzögerungen kam der Zug endlich um 9:34 Uhr in Langen an. Auf einer
Strecke von 60 Kilometern hatte er sage und schreibe 19 Minuten
Verspätung erreicht, so etwas kann nur die Deutsche Bahn. Freundlicherweise hatte die S 4 nach Frankfurt-Süd gewartet, da sehr viele
RE 60-Passagiere mit ihr weiterfahren wollten. So erreichten wir
Frankfurt-Süd um 9:50 Uhr. Da es heute recht weit nach Norden
gehen würde, hatte ich von Frankfurt-Süd einen ICE nach

Göttingen gebucht, der um 10:20 Uhr abfahren sollte, jedoch, so konnte ich einer E-Mail entnehmen, die eine Stunde vor der Abfahrt eintraf, wegen eines Defekts am Zug heute ausfallen würde. Zum Glück hatte die Deutsche Bahn irgendwo einen Ersatzzug, wenngleich auch nur einen IC, gefunden, und so fuhren wir, anstelle des ICE 992, mit dem IC 2902. Das war natürlich völlig egal, Hauptsache der Zug fuhr.

Es ging um 10:27 Uhr los, also mit bereits sieben Minuten Verspätung am Startbahnhof. Der Intercity verfügte nicht über Wi-Fi und war höchstens zu 20 % gefüllt. Diese Zugkategorie schien sich keiner großen Beliebtheit zu erfreuen. Vorher hatte am gleichen Bahnsteig ein ICE nach Wien vier Minuten Verspätung, eigentlich nicht erwähnenswert, wäre nicht die Ursache so kurios. Für jedermann war klar zu erkennen, wenngleich der Grund nicht durchgesagt wurde, dass einer der Schaffner zuerst seine Zigarette auf dem Bahnsteig zu Ende rauchen musste, erst dann ging es los.

Während der Fahrt unter dem heute wolkenverhangenen Himmel hielt der Zug ziemlich konstant seine Verspätungsminuten, was dazu führte, dass wir in Göttingen den geplanten Anschlusszug nach Hannover nicht mehr erreichen konnten. Somit hätten wir in Göttingen eine ganze Stunde warten müssen. Ich erklärte dem Zugchef, der dabei ein Käse-Schinken Brötchen verspeiste, daher die Folgen der Verspätung und bat darum, dass wir bis Hildesheim weiter in diesem IC bleiben durften. Die Bitte wurde ohne Nachfrage gewährt, die Bahn kann auch kulant sein. So fuhren wir noch bis Hildesheim mit dem Ersatz-IC weiter, wo wir um 12:53 Uhr ankamen, bis dahin hatte sich die Verspätung aber recht ordentlich auf 16 Minuten heraufgeschraubt. Zum Glück war der RE 10 nach Hannover, der von dort um 12:44 Uhr abfahren sollte, ebenfalls verspätet, doch leider nicht lange genug und just in dem Moment losgefahren, als wir ausstiegen. So blieb uns nichts anderes übrig, als auf den nächsten RE 10, der eine Stunde später fuhr, zu warten. Was macht man in Hildesheim, wenn man eine Stunde Zeit hat? Nichts. Man wartet nun mal.

Der nächste Zug, betrieben von erixx, fuhr dann tatsächlich pünktlich um 13:44 Uhr ab. Er gehörte zweifellos zu den unbequemsten, mit denen wir bisher gefahren waren, hauptsächlich wegen des furchtbar engen Sitzabstandes. Wenige Minuten vor der Ankunft hatte ich ein kurzes Gespräch mit der Zugbegleiterin, die an der Treppe stand.

»Noch zwei Wochen, dann war es das mit dem 9-Euro-Ticket. Halten Sie das noch durch?«

»Mit Mühe, aber wirklich keinen Tag länger.«

»Waren die zehn Wochen bisher so schlimm?«

»In unseren Regionalzügen hier war es auch vorher selten angenehm, aber seit Juni ist es eine Katastrophe.«

»Was war denn anders?«

»Ständig Probleme mit bestimmten Gruppen, das war schon früher so«, und ihre Augen zeigten in die Richtung, wo sich eine davon aufhielt, »aber die kamen jetzt in viel größeren Scharen. Immer wieder wurden Toiletten zerstört oder sie schlossen sich darin ein, Türen beschädigt, immer wieder Beleidigungen, ich will nicht mehr sagen.«

»Und wie war es mit den Masken?«

»Hören sie auf, das ist mir jetzt auch schon egal. Ich kann es sowieso nicht erzwingen.«

»Dann wünsche ich ihnen noch genügend Durchhaltevermögen für die restlichen Tage.«

»Danke, es wird schon gehen.«

Da die Ankunft in Hannover mit 14:15 Uhr nahezu fahrplanmäßig war, rannten wir geschwind zum Gleis 11 und erreichten dort tatsächlich noch den RE 8 nach Bremen, der pünktlich um 14:20 Uhr losfuhr und zu 80 % besetzt war.

Während der Fahrt hatte es leicht zu regnen begonnen, der noch anhielt, als wir um 15:55 Uhr, mit einer Viertelstunde Verspätung in der Hansestadt eintrafen. Wir nahmen deshalb die Straßenbahn 4 bis zur Haltestelle Domsheide, die mitten im Zentrum liegt. Von dort waren es nur 100 Meter bis zum Hotel. Später, als der Regen aufgehört hatte, war es rasch trocken geworden und so konnten wir die Stadt an der Weser besichtigen. Unser Weg führte zunächst direkt zur engen Böttcherstraße mit ihren herrlichen Backsteinhäusern, in denen einige Kneipen und kleine Geschäfte zu finden waren, die Tee, Seifen und Bremer Bonbons verkauften. Der Höhepunkt war freilich das Glockenspiel aus Meißener Porzellan, dem wir eine Weile lauschten. Von dort ging es weiter zum Markt-platz, der mit seinen stattlichen Bürgerhäusern und dem über 600 Jahre alten Rathaus beeindruckte. Davor steht der ›Roland‹, eine über 5 Meter hohe Statue, die exakt geschrieben ›Bremer Roland‹ heißen muss, hat er doch noch zwei Dutzend Brüder in anderen deutschen Städten, die alle den gleichen Namen tragen. Dann gin-gen wir durch die Haupt-Einkaufsstraße, die keine Besonderheiten aufwies, und bogen nach Westen ab, um zur Schlachte, der Weser-promenade, zu gelangen. Hier waren wie an einer Perlenschur zahl-reiche Restaurants und Biergärten aneinandergereiht, man saß di-rekt am Fluss, die Bremer genossen ihren Feierabend. Wir ließen uns in Feldmanns Bierhaus nieder und verspeisten frische Matjes und Bremer Pannfisch, dazu schmeckte das köstliche Haake-Beck, dessen Brauerei schräg gegenüber auf der anderen Flussseite zu se-hen war. Nach der deftigen Speise bestellte ich einen Bommerlun-der und kaum hatte der Kellner die Bestellung dem Barmann durch-gegeben, klangen die ersten beiden Zeilen des Kultsongs, auch ein Bestandteil der NDR-Sendung ›Inas Nacht‹ von drinnen auf die Straße:

»Eisgekühlter Bommerlunder
Bommerlunder eisgekühlt
Eisgekühlter Bommerlunder –
Bommerlunder eisgekühlt
Und dazu:
Ein belegtes Brot mit Schinken – Schinken!
Ein belegtes Brot mit Ei – Ei!
Das sind zwei belegte Brote
Eins mit Schinken, eins mit Ei.
Eisgekühlter Bommerlunder –
Bommerlunder eisgekühlt.«

Gegen 19:30 Uhr meldete sich der Küstenregen zurück, der rasch an Stärke gewann. In Windeseile hatten sich Biergärten und Straßen geleert. Die Worte der wenigen Menschen, die jetzt noch unterwegs waren, schallten von den Hauswänden zurück und es war ein Wirrwarr von Sprachen zu hören, unter denen Deutsch zur

Minderheit gehörte. Zudem musste man beobachten, dass die Zahl der Leute, die ihre wenigen Habseligkeiten rasch unter schützende Dachvorsprünge schoben, um nicht völlig durchnässt die Nacht auf der Straße verbringen zu müssen, deutlich größer war, als in Süddeutschland.

Vor der Weiterreise am 16. August hatten wir uns noch Zeit genommen, weitere Teile Bremens zu erkunden. Wir gingen zuerst hinunter zur Tiefer, wo die Restaurantschiffe vor Anker liegen und die Weser-Rundfahrten beginnen. Noch waren nur wenige Spaziergänger unterwegs, dafür tummelten sich die Getränke-Lieferanten hier unten, um die Vorräte auf den Schiffen aufzufüllen. Quer über die Straße gehend, erreichten wir das Schnoorviertel, durch das sich nachmittags und abends Menschenmassen schieben. Deshalb war der frühe Vormittag die beste Tageszeit, um hierherzukommen. Hier in Bremens ältestem Stadtviertel kann man die kleinen Häuser bestaunen, die im 15. und 16. Jahrhundert gebaut worden waren. Man spazierte durch die sehr engen Gassen, zu deren Linken und Rechten die Gebäude wie an einer Schnur gezogen aneinandergereiht stehen. Darin befinden sich Kunsthandwerksgeschäfte, Cafés, Teeläden und es grüßt sogar ein Weihnachtsmann und winkt die Besucher in den Weihnachtsladen, in dem das ganze Jahr über Christbaumschmuck verkauft wird.

Die Innenstadt Bremens grenzt an der einen Seite an die Weser, an der anderen an den Stadtgraben, der durch einen schmalen Grünstreifen von den Straßen getrennt ist. Dort gingen wir gemütlich spazieren. Es waren bereits einige Radfahrer unterwegs, und es fiel sofort auf, dass die Leute hier nur sporadisch E-Bikes benutzten, die Norddeutschen radelten noch mit eigener Kraft auf ihren traditionellen Rädern. Dass es keine Berge gibt, ist nur vordergründig eine Erklärung dafür, denn man darf nicht vergessen, dass hier der Wind oft kräftig bläst und gegen ihn anzuradeln ist nicht weniger kraftraubend, als einen Berg hochzufahren. Es ist wohl eher das Naturell der Norddeutschen, die Tradition hochzuhalten. In der Stille war schon von Weitem ein Ziehharmonikaspieler zu hören, neben ihm saß ein junger Mann auf einer Bank, der eine Flasche

Becks frühstückte. Dann gingen wir noch einmal zurück in die Altstadt und dort in den wunderbaren Backstein-Dom, in dem der Organist gerade ein monumentales Stück probte. Es war ein Genuss, ihm zuzuhören. Der Dom beeindruckte durch seine Gesamt-Architektur, die ganz anders war, als im Süden. Braune, dunkelrote und hellgraue Töne dominierten im Inneren, dazu ein warmer brauner Fußboden. Es gab mehrere Orgeln und mehrere Altarräume. Zum guten Schluss packten wir endlich den Esel der Stadtmusikanten fest an seinen Vorderläufen, denn das bringt Glück, so die Legende. Deshalb tummelten sich schon viele Touristen an der Bronzestatue von Esel, Hund, Katze und Hahn, die eine erstaunlich geringe Größe aufweist. Auch an vielen anderen Stellen in der Stadt begegneten wir den vier Musikanten. Was der Rattenfänger in Hameln ist, sind die Stadtmusikanten in Bremen. Danach spazierten wir weiter zur Mühle am Wall und schließlich zum Bahnhof.

Heute stand nur eine Zugfahrt auf unserem Programm, es ging ins ostfriesische Emden. Auf dieser Strecke gab es das Kuriosum, dass die Deutsche Bahn einen Zug betrieb, der gleichzeitig als RE und IC gekennzeichnet war und aus irgendeinem bürokratischen Grund bis Mitte Juli nicht mit dem 9-Euro-Ticket benutzt werden durfte. Schließlich war die niedersächsische Landesregierung bereit, einen Sonderbeitrag an die Deutsche Bahn zu zahlen, die ihn daraufhin für den ›Neuner‹ freigab. Die anderen Bundesländer, die diese Züge durchfuhren, das waren Nordrhein-Westfalen, Sachsen-Anhalt und Sachsen, hatten keine entsprechende Vereinbarung getroffen, die Reisenden mussten also gut darauf achten, dass sie an dafür gültigen Bahnhöfen ein- und ausstiegen.

Wir wollten mit dem IC 2432 / RE 56 um 11:53 Uhr in Bremen abfahren, tatsächlich ging es aber erst um 12:37 Uhr los. Grund dafür war, irgendwo vor Bremen, eine Weichen-Störung. Weder im Bahnhof noch am Bahnsteig noch im Zug wurde die RE-Nummer angezeigt oder durchgesagt, man sah und hörte lediglich IC und es gab auch keine Ansage, dass man das 9-Euro-Ticket auf der Strecke bis Norddeich benutzen durfte. Der DB-Navigator erwartete eine hohe Auslastung, das Gegenteil war der Fall, er war höchstens zu 50 % gefüllt. Hinter Delmenhorst verkündet die Zugbegleitung, dass aus 44 Minuten jetzt 49 Minuten Verspätung geworden waren, dabei konnte sie sich das Lachen nicht verkneifen und ihre Stimme erstickte dabei, was den wenig erfreulichen Umstand für die Reisenden etwas angenehmer machte. Dieser Zug war sehr bequem und perfekt klimatisiert, sozusagen die 9-Euro Luxusklasse. Draußen schien die Sonne vom weiß-blauen Himmel. In Delmenhorst stiegen drei junge Männer ohne Maske ein, keine Minute später ging der Schaffner durch den Gang, schaute sie mit strengem Blick an, sagte kein Wort und doch waren Mund und Nase in Windeseile bedeckt. Er hatte seine ganz eigene, erfolgreiche Methode. Erst hinter Leer waren in größerer Zahl Windräder zu sehen. Dann kamen wir um 14:43 Uhr in Emden an, eine dreiviertel Stunde nach dem Plan. Am Nachmittag besichtigten wir die Hauptstadt Ostfrieslands, wir flanierten durch die kleine Innenstadt, schauten in das (Dat) Otto Haus (Huus), in dem Dutzende Varianten von Ottifanten verkauft wurden, stiegen auf die Aussichtsplattform des ostfriesischen Landesmuseums, schlenderten zu den Museumsschiffen und bestiegen ein flaches Boot zu einer einstündigen Hafenrundfahrt, bei der wir sahen und vom Ansager erfuhren, dass der Hafen viel mächtiger ist, als gedacht und eine große Bedeutung für den lokalen Arbeitsmarkt hat.

Als wir bei Pflaumenkuchen und ostfriesischem Tee saßen, stellte die einzige Bedienung des Cafés, Frau Dudek, ein Schild außen neben die Eingangstür. Darauf stand geschrieben:
»Seien Sie bitte Nett zu unserer Bedienung. Noch immer sind Kellner schwer zu bekommen als Gäste.«
Ich sprach sie an und sagte:
»Schwerer, muss es heißen, und nicht schwer. Kellner sind schwerer zu bekommen.«
»Ach du lieber Gott, stimmt, danke.«
Sie ging mit der Tafel zurück in den Laden, korrigierte den Text mit Kreide und brachte sie zurück.
»Wie sieht es jetzt aus?«
»Besser, aber suchen Sie nur Männer?«
»Nein, wieso?«
»Na, da steht doch Kellner. Sie sollten m, w, d in Klammern dahinter schreiben.«
Eine lange Sekunde Pause.

»Hör mir auf mit dem Schiet. Das bleibt so, hier versteht das jeder.«

Am Mittwoch, dem 17. August, ging es dann endlich zur Nordsee. Wir saßen sehr früh im RE 1 und fuhren bereits um 8:42 Uhr pünktlich nach Norddeich Mole ab. Leichter Sprühregen hatte eingesetzt, bei angenehmen sommerlichen Temperaturen. Es war windstill, die Rotorblätter der Windräder, hier sehr zahlreich zu erblicken, verharrten in ihrer Position, als wären sie fest vertäut worden. Auch die Solarzellen, die Bayern-gleich hier und da zu sehen waren, hatten heute frei. Die wenigen Fahrgäste verteilten sich in der Bahn mit großem Abstand voneinander. Pünktlich um 9:16 Uhr kamen wir in Norddeich-Mole an. Exakt ein Gleis war von Norddeich hierher verlängert worden, um direkte Anbindung an die Fährschiffe, die von hier zu einigen ostfriesischen Inseln fuhren und unmittelbar gegenüber dem Mini-Bahnhof ablegten, zu haben. Ich hatte die Tickets für Norderney bereits gekauft. Diese Insel war sicher nicht die Top-Destination, aber sie bot den Vorteil, dass die Fähre unabhängig von der Tide und damit öfter und zuverlässiger ablegen konnte, als die nach Juist. Als wir das Schiff, das schon am Ankerplatz lag, bestiegen, fiel uns sofort ein Schild ins Auge, das Ostfriesland mit wenigen Worten erklärt:

»Bei uns in Ostfriesland
Heißt das MOIN, NUR MOIN, einfach nur MOIN.
MOIN MOIN is schon GESABBEL!«

Um 9:45 Uhr legte das Fährschiff, von Möwen umflogen, ab und kam um 10:40 Uhr auf Norderney an. Es war anfänglich kein Fahrvergnügen, denn wir saßen zunächst im stickigen Inneren der Autofähre und warteten, bis an Deck die Fahrzeuge ordentlich geparkt waren. Die wenigen Bänke auf dem Oberdeck waren bereits besetzt, als wir einstiegen. Das Schiff war recht voll und die erste Ansage des Kapitäns galt der Ermahnung an die Maskenpflicht, die allerdings nur im Inneren der Fähre gelte. Das Grau des Wassers unterschied sich kaum von dem des Himmels, nur die Konturen waren unterschiedlich gezeichnet. Da war unten die Wellenstruktur, in deren Grau sich ein blasses Dunkelgrün gemischt hatte und oben sahen wir die großflächigen Wolkenformationen, in die sich hier und da etwas Milchweißes ins Grau schob und dabei die Form unentwegt veränderte. Vom Hafen spazierten wir zur Innenstadt, dann weiter zum Weststrand und schließlich immer am Wasser entlang bis zum Nordstrand. Beim heutigen Wetter konnten nur wenige Strandkörbe vermietet werden, kaum ein Dutzend Personen waren im Wasser zu sehen, Radfahrer kämpften gegen den Wind. Dann führte der Weg durch die Dünen bis zur Aussichtsdüne, unterhalb derer sich große Baufahrzeuge daran gemacht hatten, die Sand- und Grasbarrieren für den kommenden rauen Herbst zu befestigen. Schließlich erreichten wir das bekannte Restaurant ›Weiße Düne‹, wo das Essen von einwandfreier Qualität und die Preise gesalzen waren. Am Strand wehte den ganzen Tag über eine steife Brise von Nordost. Die frische Seeluft war uns sehr willkommen, sie erfreute die durch das ständige Maskentragen nicht mehr an saubere Luft gewöhnte Lunge auf das Vortrefflichste.

Mit dem stündlich fahrenden Bus 5 fuhren wir zur Stadt zurück, deren Architektur in weiten Teilen abschreckend wirkte und daher nicht im Detail beschrieben werden soll. Dann ging es gemächlich zum modernen Fährterminal, von dem um 16:15 Uhr das Fährschiff ›Frisia 1‹, das größte der Norderney- und Juist-Flotte, ablegte. Dieses Mal konnten wir außen auf dem Oberdeck sitzen und noch einmal frische Meeresluft inhalieren. Die Ankunft in Norddeich Mole war um 17:10 Uhr.

Um 17:58 Uhr, wieder mit einer IC/RE-Kombination, fuhren wir zurück nach Emden, mit um 18 Minuten verspäteter Ankunft um 18:48 Uhr. Der Zug hatte lange Zeit in Norden warten müssen. Grund war dieses Mal, dass man noch verspätete Anschlussreisende mitnehmen wolle. Natürlich wurde um Entschuldigung gebeten. Diesen Grund hatten wir bisher noch nicht vernommen. Als es endlich weiterging, konnte der Express nur sehr langsam fahren. Die aufklärende Durchsage kam prompt, es gäbe eine Störung auf der Strecke, weshalb nur mit verminderter Geschwindigkeit gefahren werden dürfe. Dieses Mal wurde um Verständnis gebeten, nicht um Entschuldigung. Vor der Abfahrt war übrigens durchgesagt worden, dass bis Leer das 9-Euro-Ticket benutzt werden dürfe. Kurz vor Emden kontrollierte eine sichtlich entspannte Schaffnerin die Tickets, Grund zu Beanstandungen hatte sie keine. Unser Blick schweifte weit über das flache Land, Kühe, Wiesen, Windräder, Dörfer, in denen dunkelrote Häuser auf stattlichen Grundstücken errichtet waren. Die Sonnenkollektoren, die schon am Morgen untätig herumstanden, hatten den Tag ohne Arbeit dazu genutzt, sich vom Dauerregen reinigen zu lassen, was zu einem matten Schein auf ihren Oberflächen im Nachmittagslicht führte.

Am Donnerstag, dem 18. August, brachen wir um 8:52 Uhr pünktlich zur langen Rückfahrt auf, doch in Münster, das wir mit dem RE 15 um 10:56 erreichten, legten wir einen Zwischenstopp ein. Wer nach Münster kommt, muss sich Zeit für die Stadt nehmen. Noch keine 30 Sekunden nach dem Einsteigen in Emden ging der Schaffner durch den Waggon und sagte zu mir:

»Maske einmal auf, bitte!«

»Ja, ja, bin schon dabei.«

Dieser Zug wurde von der WestfalenBahn betrieben. Er war anfangs kaum zu einem Drittel gefüllt, wurde in Leer aber deutlich voller, es ging in überraschend flottem Tempo durch das Emsland nach Süden. Der Express hielt unter anderem in Papenburg, der Stadt mit einem ausgeprägten und engmaschigen Kanalsystem, das einst angelegt wurde, um die umliegenden Moore zu entwässern. Wenn die Winter kalt genug sind, frieren die Kanäle zu und halb Papenburg ist dann mit Schlittschuhen dort unterwegs, an Buden auf dem Eis werden Tee und Grog verkauft und die Ostfriesen fühlen sich sichtlich wohl. Über die Region hinaus bekannt ist die Stadt durch die Meyer-Werft, eine der modernsten und größten weltweit, die sich, das ist erstaunlich, immer noch im Familienbesitz befindet. Kernstück der Produktion sind einige der weltgrößten Kreuzfahrtschiffe. Wer Zeit hat, sollte die Werft unbedingt besichtigen. Weiter ging es über Meppen und Lingen, wo bei einer Ticketkontrolle ein Vater auf dem falschen Fuß erwischt wurde. Auf die Frage des Schaffners, wie alt der Sohn, für den er keine Fahrkarte hatte, sei, antwortete er korrekt acht Jahre. Er war im Glauben, dass der

Knabe damit kostenlos in der Begleitung eines Erwachsenen fahren durfte. Dass dieses Alter beim 9-Euro-Ticket aber auf sechs Jahre herabgesetzt worden war, wusste er nicht. Herr F. Stahl, der Schaffner, fuhr ihn barsch an:

»Nächste Station aussteigen und Ticket kaufen, alles klar? Da haben Sie echt Glück, dass ich das jetzt so durchgehen lasse.«

Statt des Vaters stieg F. Stahl dort aus, seine Schicht war zu Ende. Papa aber hatte in der Zwischenzeit pflichtgemäß online ein 9-Euro-Ticket für seinen Sprössling erworben.

Vom Bahnhof in Münster gingen wir durch den Grünstreifen, der die Innenstadt umgibt, direkt zur Dominikanerkirche, die keines Besuches wert wäre, gäbe es dort nicht das berühmte physikalische Kunstwerk von Gerhard Richter. Sein Foucaultsches Pendel besteht aus einer über 20 Zentimeter dicken Eisenkugel, die an einem sehr langen Seil an der Kuppel des Kirchenschiffs befestigt ist. Das Pendel wird von einem Magnetfeld in Bewegung gehalten und schwingt dabei über eine Bodenplatte, in der ein Kranz mit 12 gleich großen Abschnitten eingraviert worden war. Jetzt kommt die Erdrotation ins Spiel, wodurch sich die Platte in etwa 30 Stunden einmal komplett unter dem Pendel wegdreht. An vier Seiten des Kunstwerkes sind hohe Spiegel angebracht und davor stehen Stühle, die heute allesamt von faszinierten Besuchern besetzt waren. Dadurch wirken Pendel, Platte und Spiegel-Zuschauer gewissermaßen als eine Einheit eines großen Kunstwerkes auf den Betrachter. Wir gingen weiter zum Markt, passierten die für Münster typischen Häuser mit eckigen, sich nach oben verjüngenden Giebeln und erreichten den gewaltigen Dom, vor dem gerade die Aufbauarbeiten für ein Open-Air-Konzert im Gang waren. Bald standen wir vor dem Historischen Rathaus, von wo wir über einen anderen Teil des Grüngürtels zum Bahnhof zurückspazierten. Die Stadt beeindruckte uns durch zwei, drei Straßenzüge mit schöner Architektur und dem Dom, ansonsten war sie aber gesichtslos, selbst das Attribut, Fahrradhauptstadt Deutschlands zu sein, war nicht korrekt. Es gab zwar große Mengen von Drahteseln, aber beileibe nicht mehr, als in anderen Universitätsstädten auch. Der Grüngürtel zeigte sich als sehr verdreckt, was insbesondere für die kleinen Wassergräben galt, die an wenigen Stellen in das Grün eingebracht worden waren.

Zur Zeit der Planung dieser Tour, die ich schon im Juni abgeschlossen hatte, war es noch möglich, von Münster direkt nach Köln zu fahren, doch das hatte sich, vermutlich wegen Baustellen, geändert. So nahmen wir zunächst um 12:25 Uhr einen Regionalexpress bis Duisburg. Um 13:40 Uhr kamen wir dort an. Das war sechs Minuten zu spät und der geplante Anschlusszug nach Köln war gerade abgefahren, was aber hier überhaupt nicht von Belang war, da es auf der Rheinschiene sehr viele Verbindungen in kurzen Zeitabständen gab. Also nahmen wir um 13:48 Uhr den RE 6 als Alternative, der allerdings eine längere Strecke befuhr, Köln zwar pünktlich um 14:52 Uhr erreichte, damit allerdings 24 Minuten später, als ursprünglich geplant. In Köln streiften wir kurz durch die Einkaufsstraße und tranken zwei Kölsch, deren Preis sich gegenüber unserem Besuch im Juni um 12 % erhöht hatte.

Für die Strecke von Köln nach Mainz hatte ich wieder einen Schnellzug eingeplant. Der IC 2311 hätte um 16:53 Uhr abfahren sollen, verspätete sich aber, weil er schon eine lange Wegstrecke von Niebüll hinter sich gebracht und dabei offensichtlich an Kraft verloren hatte. Er startete schließlich um 17:10 Uhr mit 17 Minuten Verspätung. Damit war unser Anschlusszug in Mainz nach Darmstadt nicht mehr erreichbar, also hieß es wieder, während der Fahrt dynamisch umzuplanen. An dieser Stelle passt es, einmal über die angeblich langen Aus- und Einsteige-Zeiten bei den 9-Euro-Ticket Zügen zu reden. Diese wurden ja oft als Grund der Verspätungen genannt, was aber Unsinn ist. In den Regionalzügen sind die Türen sehr breit, die wenigsten Leute haben großes Gepäck und es geht ebenerdig auf den Bahnsteig. In den IC-/ICE-Zügen haben die meisten Reisenden Koffer dabei, müssen zwei bis drei Stufen hinauf oder herabsteigen und es kann immer nur eine Person gleichzeitig durch die schmaleren Türen gehen. Dort entstehen die Verspätungen. Ich war mir sicher, dass in der Zeit, in der zehn Personen in einen ICE einsteigen, mindestens 30 Personen in einen Regionalexpress gelangen.

Es ging entlang des Rheins und es war deutlich zu sehen, dass ihm sehr viel Wasser fehlte. Kurz vor Koblenz kam der Zug zweimal kurz hintereinander außerplanmäßig zum Halten, der Grund war dem Zugpersonal nicht bekannt, die Verspätung wuchs weiter an. Deshalb erklärte ich wiederum der Schaffnerin die Konsequenzen der Verspätung und uns wurde gestattet, bis Mannheim im Zug zu bleiben. Kurz vor Mainz gab es eine Fahrkartenkontrolle. Dabei gestaltete sich diese insofern als etwas bizarr, als eine pechschwarze Schaffnerin mit langen bezopften Haaren und drei Zentimeter langen Wimpern eine schwarze Reisende kontrollierte und diese in Mainz sehr resolut des Zuges verwies, da sie nur einen Fahrschein vorzeigen konnte, der für diesen Intercity nicht gültig war. Ich fand, dass hier etwas Kulanz angebracht wäre, da es für Sprach Unkundige ohnehin schwer ist, das deutsche Zugsystem zu verstehen. Wenn dann noch ständige Verspätungen, Zugausfälle oder Gleiswechsel hinzukommen, blickt man rasch nicht mehr durch und sitzt schnell im falschen Zug. Andere Reisende diskutierten derweil heftig miteinander und ließen ihrer Wut freien Lauf. Eine Dame reklamierte, dass sie vor einer Woche auf der Fahrt von Karlsruhe nach Kiel mit vier Stunden Verspätung ankam, eine andere hatte ein viel größeres Problem, sie wollte in Mannheim noch den Zug nach Paris nehmen, doch der war, wie die Zugführerin durchgab, bereits abgefahren und einen weiteren gab es am Abend nicht mehr. Ob ihr die Deutsche Bahn das Hotel für die ungeplante Übernachtung zahlen würde? Die Ankunft in Mannheim war schließlich um 19:55 Uhr, 36 Minuten zu spät. Wir nahmen den nächst besten Regionalexpress und waren, erstaunlich genug, doch nur eine Viertelstunde später zu Hause, als mein ursprünglicher Plan zeigte.

Der Echte Norden

(22. - 25. August)

Es war Montag, der 22. August 2022, als wir auf die Zielgerade eingebogen waren, über die sich am frühen Morgen ein dünner spätsommerlicher Nebelschleier gelegt hatte. Würden sich darunter Hindernisse befinden, die jetzt noch nicht zu erkennen waren? Noch einmal starteten wir in Ladenburg, aber bereits in Weinheim stiegen wir um. Am Bahnsteig erfreute die frische Morgenluft, doch die Sonne, die gerade hinter dem Wald hervorkam, zeigte bereits, welchen Plan sie für heute hatte. Ein junges Mädchen war damit beschäftigt, mit drei mehrfarbigen Keulen zu jonglieren. Sie war sehr geschickt und man musste annehmen, dass sie sich mit diesem Spiel schon öfter die Wartezeit vertrieben hatte. In ihrer Nähe stand eine wie aus dem Ei gepellte Dame in einem beigefarbenen Hosenanzug, gleichfarbigen Schuhen und einer wohlgeformten Frisur, aus der man ablesen konnte, dass sie schon früh aufgestanden war, um sich für ihre Reise, wohin auch immer sie gehen mag, in Form zu bringen. Das bemerkenswerte waren aber ihre weißen Lederhandschuhe, die sehr weich und angenehm, die Hand umschmeichelnd, aussahen. Diese Dame fährt in einem Regionalzug, mit dem 9-Euro-Ticket? Nein, sie stieg mit uns in den Intercity 1672 ein, der pünktlich um 8:00 Uhr losfuhr. Mit diesem IC, ein Ticket hatte 19,40 Euro gekostet, fuhren wir bis nach Hannover, wo wir gegen Mittag, etwas verspätet, um 12:03 Uhr ankamen. Unterwegs kam der Zug einmal zu einem unplanmäßigen Halt auf der Strecke, diese Art der Fahrt-Entschleunigung war also beileibe kein Privileg der Regionalzüge. Im Waggon herrschte Stille, zerschnitten nur von drei quäkenden Kindern, alle jünger als zehn Jahre und ohne elterliche Begleitung unterwegs. Man durfte ihnen keinen Vorwurf machen, sie suchten sich doch nur mit Kartenspielen die Zeit zu vertreiben. Zwei, ein Junge und ein Mädchen, schienen Zwillinge zu

sein, ich schätzte sie auf sieben Jahre, das dritte, vielleicht neun, war offensichtlich der Boss, der den anderen beiden immer wieder Informationen über die Anzahl der verbleibenden Stationen und die restliche Fahrtzeit gab. Als sie sich einmal in unsere Richtung drehte, fragte ich sie, wohin sie fuhren und sie antwortete, dass die Reise nach Kassel zu ihrer Tante ginge, die am Bahnhof auf sie warten würde. Wenig später ermahnte sie ihre Geschwister:
»Hey Leute, wir sollten langsam mal aufs Klo gehen.«
Sie kümmerte sich wirklich um alles, verteilte auch kleine Snacks und mahnte die anderen beiden, nicht im Zug herumzuspringen. Ich mischte mich erneut ein und fragte, ob sie die Chefin der Gruppe sei und sie antwortete ohne Zögern:
»Na ja, kann man vielleicht so sagen.«
Auf dem längsten Streckenabschnitt, den wir bis dato im gleichen Zug saßen, überflog ich die Headline-News. Kanzler Scholz hatte das 9-Euro-Ticket gerade als großen Erfolg bewertet und es als eine der besten Ideen seiner Regierungsmannschaft bezeichnet. Nun ja, dachte ich, das ist das übliche Regierungsgeschäft, etwas zu beschließen, ohne dabei die Ziele zu konkretisieren, um es dann im Nachhinein positiv bewerten zu können. Politik ohne Maßstab. Der NDR hatte gewarnt, dass sich in Kürze die Fahrzeiten der ICEs zwischen Hamburg und Niedersachsen um bis zu einer Stunde verlängern könnten, weil Wirtschaftsminister Habeck den Energie-Zügen generelle Vorfahrt gewähren wolle. Kohle immer, Menschen nimmer! In der Kommunikationszentrale der Deutschen Bahn wird sicher schon die nächste Entschuldigungsfloskel geformt:
»Unser Zug ist zu einem außerplanmäßigen Halt gekommen. Grund dafür ist das Warten auf einen langsam fahrenden Kohle-Zug, der uns hier irgendwann überholen darf. Wir bitten um Entschuldigung.«
In Kassel stieg eine Dame in ihren Siebzigern ein und setzte sich in die Nachbarreihe. Schon bald zog sie eine runde Tupperdose aus ihrer Tasche, in der sie einen Gurkensalat mit Schmand-Soße angerichtet hatte. Dann nahm sie die Maske ab und schaufelte alle paar Minuten ein Gäbelchen des Gemüses in ihren Mund, in dem sie zeitlupenartig das kaute, was schon längst im Magen hätte sein können. Ihre Maskenvermeidungsstrategie funktionierte bis Hannover.

Sie gehörte eindeutig zur Kategorie der ›Provlang-Esser‹, provokativ-langsam essende Reisende, die es ohne Weiteres schaffen, minutenlang an einem Brötchen zu nagen, bisweilen durch ein Nippen aus einer Bio-Saftflasche ergänzt. Ich hatte das mehrfach beobachtet, als Rekord waren mir 90 Minuten in Erinnerung geblieben, in denen die Maske nicht getragen wurde. Die ›Normal-Esser‹ brauchen drei Minuten für einen Imbiss. Dazu nehmen sie die Maske ab, essen ihr Brötchen und setzten die Maske wieder auf. Die dritte Kategorie bilden die ›Angst-Esser‹, das sind die Leute, die Angst haben, ohne Maske erwischt zu werden oder sich wirklich vor dem Virus fürchten. Sie schieben die Maske nach unten, beißen in das Brötchen, ziehen die Maske wieder nach oben und kauen mit von der Maske vollständig bedecktem Mund, mit dem nächsten und allen anderen Bissen verfahren sie auf die gleiche Weise.

Nach Abfahrt in Göttingen informierte der Zugchef, dass jetzt in den Wagen 8, 9, 10, 11 und 12 die Toiletten ausgefallen seien, in allen anderen Waggons, das waren immerhin vier weitere, seien sie aber nach wie vor vollständig funktionstüchtig, man müsse leider nur etwas länger gehen, um zu ihnen zu gelangen. Ein paar Kilometer vor Hannover ging dem Zug, der bisher konsequent die eingefahrene Verspätung aufgeholt hatte, doch noch die Luft aus, er blieb auf freier Strecke stehen und musste akzeptieren, dass sein Zwischenspurt nicht belohnt wurde. Die Umsteigezeit in Hannover war zu kurz, um in die Stadt zu laufen. So gingen wir lediglich auf den Bahnhofsvorplatz, auf dem das Denkmal des ehemaligen Königs August von Hannover steht und lauschten einem Drehorgelspieler, der, im Gegensatz zu den dabei üblicherweise zu hörenden Volks- oder Partyweisen Popsongs aus seiner Maschine herausdrehte. Der obligatorische Affe, der bei einer Gabe die Schellen schlug, fehlte nicht. Hannover: Hier hatte Gerhard Schröders politische Karriere einst begonnen. Sie war nicht unumstritten, aber man muss ihm zugestehen, dass er bei seiner Politik das Wohl der Menschen, für die die SPD einst die politische Bühne betreten hatte, als Ziel immer im Auge behielt. Und jetzt, wo die SPD sich täglich weiter von ihren Stamm-Wählerschichten entfernt, haben viele Ortsvereine nichts Besseres zu tun, als dafür zu kämpfen,

Schröder aus der Partei auszuschließen. Welch fatale Verkennung von Prioritäten, welch konsequenter Marsch in die Selbstauflösung.

In Hannover waren wir noch weit vom Ziel entfernt, denn heute sollte es sehr weit nach Norden gehen, nördlich der Elbe lag unsere Endstation. Leider gab es keine direkte Regionalzug-Verbindung nach Hamburg. Deshalb mussten wir bis 12:40 Uhr in Hannover warten, um dann mit dem RE 2 zunächst nach Uelzen zu gelangen, wo wir pünktlich um 13:39 Uhr eintrafen. Es war wieder ein Regionalzug, der nur zur Hälfte gefüllt war. Von Uelzen ging es eine halbe Stunde später mit einem RE 3, der zunächst auch nur halbvoll war, weiter, ab Lüneburg und für den Rest der Strecke bis Hamburg waren dann aber alle Plätze belegt. Wir erreichten den Hauptbahnhof um 15:03 Uhr. Da der letzte Regionalexpress des heutigen Tages von Hamburg-Altona abfahren würde, fuhren wir mit einer S-Bahn dorthin. Der RE 6 startete vollbesetzt um 15:40 Uhr und wir kamen um 17:28 Uhr pünktlich in Husum an, die, obwohl nicht viel mehr als 20.000 Einwohner zählend, größte Stadt Nordfrieslands, wir hatten unser heutiges Ziel erreicht.

Wi-Fi gab es an diesem Tag in keinem der Züge und die Netzstärke des öffentlichen Internets war insbesondere in Schleswig-Holstein äußerst schwach. Hinter Elmshorn lief ein Personenzähler durch den Zug, in seiner Hand ein kleines rundes Gerät, den Kopf immer nach rechts, nach links, nach rechts, nach … drehend, eine Person, ein Klick. Nach jedem Halt erschien er aufs Neue. Der Schaffner, der kurz danach durch den Zug ging, fragte nicht nach »Fahrkarten bitte«, sondern sagte gleich sehr präzise »Das 9-Euro-Ticket bitte«. Für die Maske interessierte er sich überhaupt nicht und das, wo die Quote der Maskenlosen hier bei Weitem am höchsten war. In Wilster wurde ein kurzer Stopp eingelegt, weil es eine technische Störung an der Lok gab, der Zugchef zeigte sich aber zuversichtlich, dass diese in nur drei bis vier Minuten behoben werden könne und in der Tat dauerte der Halt exakt drei Minuten. Hier im echten Norden erledigen die Windräder auf bravouröse Weise ihre Arbeit, die schwarzbunten Holsteiner Kühe weiden auf sattigen Wiesen, auf die man urplötzlich und unerwartet von großer Höhe herabblickte. Wie konnte das sein, im flachsten aller Bundesländer? Die Erklärung zeigte sich postwendend: Wir fuhren über den Nord-Ostsee-Kanal. Vier junge Männer zwischen 16 und 18 Jahren, die schräg gegenüberliegende Plätze gefunden hatten, spielten völlig überraschend ›Stadt-Land-Fluss‹, freilich schrieben sie ihre Lösungen direkt ins Handy und nicht auf Papier und als Kategorie waren Marke, Serie und Film, hier waren auch englische Namen zugelassen, hinzugekommen. Ich war überrascht, dass es diesen Zeitvertreib noch immer gab und sah durch die neuen Rubriken, dass er sich sogar weiterentwickelt hatte. Als einer der vier auch bei Land das Englische bemühte, »Land mit H, da habe ich Hungary«, ließen die anderen das nicht durchgehen. Bei O fiel keinem ein Land ein, so sprang ich ihnen mit Oman zur Seite, »Oma mit n hinten dran«, sie hatten es schon einmal gehört, nur jetzt war es ihnen entfallen. Bei Film, eine für mich nicht einfache Kategorie, konnte ich ihnen bei H trotzdem helfen, dieses Mal mit »Heidi«. Als sie mich ungläubig ansahen, musste ich eine Erläuterung hinterherschieben: Berge, Geißen-Peter, Großvater, Schweiz. Kaum endete ich mit meiner kurzen Erläuterung, da hatte einer den Film auf seinem Handy dank YouTube bereits gefunden.

Unsere Unterkunft lag, nur wenige Minuten vom Bahnhof entfernt, direkt angrenzend an das Zentrum der Stadt. Entlang des kleinen Hafens reihen sich Fischrestaurants, Eiscafés und Pizzerien, die Krabbenbrötchen sollte man aber an einem der Verkaufsstände bestellen, dort sind sie am frischesten. Überhaupt bilden Husum und Krabben eine Symbiose, die für Touristen bei den alljährlich im Oktober stattfindenden Krabbentagen ihren Höhepunkt erreicht. Dann fahren die Krabbenkutter direkt in den Binnenhafen und verkaufen ihre fangfrische Ware. Wer nach Husum kommt, muss also Nordsee-Krabben probieren.

Jetzt lagen die wenigen Sportboote im Binnenhafen auf dem Trockenen, denn die Tide wirkte bis in die Stadt hinein, das Wasser hatte sich zurückgezogen. Deshalb waren neben der Hebebrücke zusätzlich zu den üblichen Wetterdaten auch die Tidenzeiten für die Höchst- und Tiefststände des Meeres aufgelistet. In der Innenstadt stehen eine Reihe typischer, aus dunkelrotem Backstein errichteter Küstenhäuser. Die Zahl der Touristen war hoch und korrelierte mit der Zahl der Fahrräder.

Dienstag, der 23. August, und noch immer erinnerte man sich an den Juni, als die Medien in einen wahren 9-Euro-Ticket Trubel gefallen waren und Heerscharen von Journalisten und Reportern aus Berlin oder Stuttgart, Köln oder Dresden, zu Selbsterfahrungstrips nach Sylt reisten, und alle über die Horrorgeschichten, die sich dort abspielten, schrieben und genau deshalb noch weitere Scharen dorthin lockten. Sie hatten vor übervollen Bahnen, großen Verspätungen und Rauswurf aus den Zügen gewarnt. Ich hatte Sylt von Anfang an für den Abschluss unserer Odyssee aufgespart, doch heute musste es sein. Die Presse berichtete gerade darüber, dass schon im Herbst etwa 60 % der deutschen Haushalte nicht mehr in der Lage sein werden, Geld aus ihren laufenden Einnahmen zu sparen und dass viele davon zum Dispokredit greifen müssten, um für die Kosten der Grundbedürfnisse aufkommen zu können. Würde das einen Einfluss auf die Gästeliste auf Sylt haben?

Die Direktverbindung von Husum nach Westerland war bequem und dauerte mit dem RE 6 etwa 90 Minuten. Im Zug saßen schweigende Frühaufsteher und manche, die ihrem Ärger über die Abgehobenheit der Privilegierten im Regierungsflieger in Bezug auf die Maskenpflicht freien Lauf ließen. Viele hatten die Videos von Habeck, seinen Journalisten und den Wirtschaftsvertretern gesehen und waren verärgert, dass sie und Zehntausende Tag für Tag in den Zügen ständig zum Maskentragen genötigt werden, aber Habeck und Co. maskenlos in der Maschine der Luftwaffe über den Atlantik flogen. Es gäbe dafür eine Ausnahmeregelung, sagte ein Kenntnisreicher, welche das sei, wollte ein Entrüsteter wissen, die hätten alle einen negativen PCR-Test vorzeigen müssen, konterte der Wissende. Schiet auch, er wolle keine Regierung, die sich selbst für alles Ausnahmen genehmigt, konterte der Entrüstete. Ein paar Sitznachbarn stimmten ihm murmelnd zu, einer ergänzte, dass bis heute der Verordnungstext, mit der diese Ausnahme begründet wurde, nicht gefunden werden konnte.

Zur Zeit des 9-Euro-Tickets wurde auf dieser Strecke, wie könnte es anders sein, an den Gleisen gearbeitet. Zu normalen Zeiten hätte die Fahrt kaum 70 Minuten gedauert. Hatte man diese Unbequemlichkeiten mit Absicht in diesen Sommer gelegt, um die Zahl der Sylt-Reisenden nicht ins Uferlose wachsen zu lassen?

Schließlich war überall zu lesen, dass die Insulaner, insbesondere die, die mit den betuchten Kunden zu tun haben, kein Interesse daran hatten, Leute des normalen Volkes, manche Zeitungen erdreisteten sich, das Wort Pöbel zu verwenden, in ihrem Reich vorzufinden. Der Zug war gut besetzt, aber bei Weitem nicht überfüllt, als er immer weiter nach Norden rumpelte und schaukelte, die Schienen waren in einem ähnlich desolaten Zustand wie in allen anderen alten Bundesländern. Die Ansage der Stationen erfolgte jetzt zusätzlich auch in der friesischen Variante. In Niebüll hatte der Zug einen Aufenthalt von 25 Minuten, der Zugchef sagte, dass man sich am Bahnsteig die Füße vertreten könne, aber man solle nicht im Eingangsbereich stehen bleiben, weil das zu Türstörungen führen würde, aufgrund derer dann eine pünktliche Weiterfahrt nicht möglich sei. Nebenan fuhr gerade ein Sylt-Shuttle ab, der zur Hälfte mit Autos beladen war. Dann ging es halbe Fahrt voraus nach Westen, links und rechts vom Hindenburgdamm war mehr Watt als Wasser zu sehen. Die Ankunft war pünktlich um 10:05 Uhr. Wir spazierten durch die Hauptstraße Westerlands, mit den Geschäften links und rechts, Restaurants und Cafés, die ihre Waren und Dienstleistungen deutlich teurer verkaufen wollten, als auf dem Festland. Apartmentanlagen und stillose Hotels überragten die alten Häuser der Stadt, die keine Atmosphäre ausstrahlte, ich wollte sie rasch hinter uns lassen. Man musste 4 Euro Kurtaxe zahlen, um die Strandbereiche der Insel betreten zu dürfen, was sich als sehr gerecht erwies, waren die Sandstrände und Dünen wahrlich in einem außergewöhnlich gepflegten und sauberen Zustand. Wir schlenderten zwei Kilometer direkt am Wasser entlang, gingen dann über einen Dünen-Weg und durch ein Wäldchen zum Campingplatz, an dem wir in den Bus 2 einstiegen, um bis zur Südspitze, nach Hörnum, zu fahren. Hier kosteten die Krabbenbrötchen 6,50 Euro, genauso viel, wie in Husum, wo sie allerdings viel besser schmeckten. Dann spazierten wir rund um den schönen Leuchtturm und wanderten noch eine Weile durch die Dünen, bevor es mit der gleichen Buslinie ein Stück des Weges zurückging, um an der ›Sansibar‹ auszusteigen. Dieses Strandrestaurant erfreut sich bundesweiter Beliebtheit, weil es sich durch seine Preise vom Rest abhebt, ansonsten aber nur ein Restaurant in den Dünen ist. Ungeniert verlangte man dort für ein kleines Veltins-Bier in der 0,33 Literflasche 6 Euro, eine einfache Gemüsesuppe schlug mit 11 Euro zu Buche, gebratenes Rindfleisch mit Reis kostete 34 Euro. Das waren die Preise, die bis 17 Uhr verlangt wurden, die Abendkarte wies noch deutlich höhere aus, wobei einige der Speisen mehr oder weniger identisch waren, ihnen aber mit einer anderen Bezeichnung eine höhere Wertigkeit zugemessen werden sollte. Wer kehrt hier ein? Zum einen diejenigen, denen die Preise völlig egal sind, zum anderen solche, die zu Hause erzählen wollten, dass sie in der ›Sansibar‹ Station gemacht hatten. Weil die Tische komplett belegt waren, saßen nicht wenige Gäste auf niedrigen, unbequemen Mäuerchen und hatten ihre Teller auf den Oberschenkeln abgestellt. Dabei sein war alles. Wir waren nicht dabei, Christian Lindner schon.

Wir gingen wieder hinunter zum Strand und liefen barfuß bis Rantum. Große Teile des feinen Sandes waren menschenleer und sehr sauber. An jedem Zugang zu einem Strandabschnitt gab es eine Bushaltestelle, was die Fortbewegung auf der Insel sehr bequem machte. Mit dem Bus 2, der wegen zweier Schulklassen völlig überfüllt war, fuhren wir zurück zum Bahnhof in Westerland und von dort liefen wir den kurzen Weg zum Rathaus, vor dem sich schon vor Wochen ca. 100 Personen in Zelten niedergelassen hatten, sehr zum Unmut der Sylter, um gegen etwas oder alles zu protestieren. In den Medien wurden sie Punks genannt, Leute also, die sich besonders durch ihre Frisuren, Kleidung und ihren Musikgeschmack von der Masse abheben, doch schienen hier, so empfand ich, eher Leute versammelt zu sein, die der längst vergessenen ›Occupy Wall Street‹ Bewegung neue Präsenz geben wollten. Wie auch immer, sie passten nicht ins Bild, aber es gab wohl keine Möglichkeit, sie von diesem Platz zu entfernen. Immerhin waren sie nicht nur einfach da, sondern sie hatten auf große Leinwände geschrieben, weshalb sie gekommen waren und bleiben wollten. Da war unter anderem zu lesen:

»Wohnprcisbremse für Sylt!«
»Die Reichsten müssen verzichten!«
»Erde und Demokratie sterben nachweislich!«
»Die Grünen (Habeck) verneigen sich vor Katar!«

Um 15:15 Uhr, acht Minuten verspätet, fuhr der RE 6 zurück aufs Festland. Der Zugführer begrüßte die Fahrgäste mit »Moin, Moin«, erklärte die ein oder andere Verhaltensregel, die neben den Masken die Koffer und den allgemeinen Umgang miteinander betrafen und endete mit:

»Wenn nix dazwischenkommt, sind wir in 3 Stunden in Hamburg. Schönen Feierabend und kommt gut nach Hause.«

Das Zugpersonal war hier im Norden etwas lockerer als anderswo, auch das Durchsetzen der Maskenpflicht hatte für sie keine besondere Priorität, sie überließen das den Menschen und einer von ihnen, Herr Dabrowski, meinte, dass sich die Leute hier sowieso nicht dafür interessieren, wenn er ihnen Anweisungen gebe, also lasse er es gar nicht zum Disput kommen. Um 16:26 Uhr hatten wir Husum wieder erreicht, das war ganz ordentlich, nur 10 Minuten verspätet.

Wie der Zufall es wollte, führte der Weg zurück zum Hotel an einem Café vorbei, in dem, durch das Schaufenster sichtbar, herrliche Süßspeisen zum Verweilen riefen, also legten wir einen Stopp ein, bestellten zwei Stück Sahnetorte und dazu, das musste in dieser Stadt sein, zwei ›Pharisäer‹. Selbige bei 30 Grad am späten Nachmittag getrunken, verbot es, an dieser Stelle über die weiteren Aktivitäten des Tages zu berichten, denn das würde die Gefahr in sich bergen, nicht nur zahlreiche orthografische Fehler in den Text einfließen zu lassen (es sind auch so schon genug), sondern womöglich auch den ein oder anderen Sachverhalt falsch darzustellen, also vertagen wir die Erzählung über unsere weitere Besichtigungstour auf den nächsten Morgen. Doch über den ›Pharisäer‹ selbst müssen ein paar Worte verloren werden. Dieses scheinbar harmlose Getränk ist das Nationalgetränk der Nordfriesen, sieht man doch nur die geschlagene Sahne und glaubt, dass sich darunter lediglich Kaffee befindet. Das ist ja auch nicht falsch, doch im Kaffee schwimmt noch ein kräftiges Quantum Rum. Natürlich gibt es eine Geschichte, die die Herkunft des Namens erläutert:

»Unter den Gästen, die ein reicher Bauer zu einer Kindstaufe eingeladen hatte, saß auch der Pastor. Man trank Kaffee und aß Kuchen. Der Seelenhirte sah es nicht gerne, wenn Alkohol ausgeschenkt wurde, dem seine Insulaner gerne zusprachen und darin des Guten oft zu viel taten. Dem Pastor fiel nun nach einer Weile auf, dass die Gäste schon bald in eine fröhliche Stimmung gerieten. Woher mochte das kommen? Um doch nicht auf den belebenden Branntwein verzichten zu müssen, aber so, dass der Pastor keinen Anstoß nehmen konnte, hatte der Hausherr angeordnet, in der Küche zu dem gesüßten schwarzen Kaffee in jede Tasse etwas aus der Rumflasche zu gießen. Damit man nichts vom Alkohol rieche, sollte eine dicke Schicht Rahm darüber getan werden. Aber nur für Gäste! Der Herr Pastor bekam seinen Kaffee ohne Rum. Doch dann wurde ihm aus Versehen eine falsche Tasse hingestellt. Er kostete, begriff die Zusammenhänge, blickte in die Runde und sagte, halb wohl im Ernst und halb mit Humor: ›Ihr Pharisäer!‹ Seitdem heißt das Getränk nach den Schriftgelehrten und Predigern, denen vor allem im Neuen Testament unterstellt wird, sie seien selbstgerecht und heuchlerisch.«

(Quelle: Gesellschaft für Schleswig-Holsteinische Geschichte).

Mittwoch, der 24. August. Wir blieben noch einen weiteren Tag im Land zwischen den Meeren, fuhren heute aber zur Ostseite. Auf dem Weg zum Bahnhof erinnerte ich mich wieder an die Besichtigungen nach der Verköstigung des ›Pharisäers‹ am gestrigen Nachmittag. Da war das Wasserschloss, das uns wenig beeindruckt hatte, es machte einen toten Eindruck, wenn nicht von der linken Seite, wo heute eine Musikschule untergebracht ist, Töne von kreischenden Violinen, wahrscheinlich von Erstklässlern gestrichen, zu hören waren. Das Husumer Brauhaus, gleich nebenan gelegen, leistete sich den Luxus, Montags bis einschließlich Mittwochs die Türen geschlossen zu halten, uns dadurch also keine Möglichkeit bot, ihr selbst gebrautes Bernstein Märzen zu probieren. Das Weihnachtshaus hatte bereits um 17 Uhr die Türen geschlossen, nur durch die Scheiben konnte man einen Blick hineinwerfen und sah eher einen Ramschladen, in dem alles Mögliche an Gerümpel und zusätzlich ein paar Weihnachtsutensilien herumstanden. Auf dem Weg zurück zum Hafen kamen wir durch Gegenden, die wahrlich nicht zu den besten gehörten, vor den Häusern wucherte hohes Unkraut aus dem Gehweg, hier und da waren eingeschlagene Scheiben notdürftig mit Sperrholz wieder verschlossen worden, Klingelbretter zeigten keine Namen, sondern neben den Klingelknöpfen Löcher, gleich einem Schädel, dem die Augen eingedrückt worden waren. Wir waren weitergegangen, um einen Blick in das Schifffahrtsmuseum, in dem maritime Gegenstände gezeigt werden, zu werfen und erreichten schließlich das Theodor-Storm-Haus, in dem der Husumer Dichter von 1866 bis 1880 gewohnt hatte. Seine weltbekannte Novelle, der Schimmelreiter, entstand allerdings erst nach seiner Husumer Zeit.

Unsere heutige Fahrt begann um 9:35 Uhr mit dem RE 74 und um 10:57 Uhr erreichten wir Kiel, die Landeshauptstadt Schleswig-Holsteins. Offensichtlich erwartete die Bahn keinen großen Andrang, denn der Zug hatte nur zwei Waggons, war also eher ein langer Bus auf Schienen. Früher wurden solche Fahrzeuge daher auch korrekt als Schienenbus im Fahrplan ausgewiesen. Selbst in diesem Kurz-Zug waren nur zwei von drei Plätzen belegt. Der äußerste Norden ist nur dünn besiedelt, der Blick aus dem Fenster ging über Windräder, Wiesen, Schafe und Kühe. Die Häuser der wenigen Dörfer sind aus Backstein errichtet und mit Ziegeln gedeckt, Reetdächer bildeten die Ausnahme. Im Nordwesten waren die Namen der Orte an den Bahnhöfen in Hochdeutsch und Friesisch angeschrieben, ab der Mitte des Landes war das aber nicht mehr der Fall. In Rendsburg stiegen zahlreiche Menschen aus und ebenso viele wieder ein, darunter, mit Unterstützung eines Gehstockes, ein älterer Herr, der sich gerade hingesetzt hatte und seine Maske noch unter dem Kinn trug, als ihn eine laute Stimme von schräg gegenüber anblaffte. Es war die Stimme eines Mannes mit eng stehenden, von einer runden Sonnenbrille verdeckten Augen, mittelblond, mit einem perfekt gezogenen Seitenscheitel. Seine eigene Maske hatte er präzise sehr weit über die Nase gezogen und mit den Brillengläsern fixiert.

»Können sie ihre Maske bitte richtig aufsetzen, so nutzt sie weder ihnen noch uns!«

Der ältere Herr, noch damit beschäftigt, seinen Gehstock abzustellen, war etwas verdutzt und schaute fragend, woher die Anweisung kam, seine Augen streiften dabei auch den Mittelscheitel.

»Ja, Sie meine ich, genau Sie.«

Als er realisierte, dass die Aufforderung ihm galt, antwortete er erschrocken:

»Oh, ja, ja.«

Wir spazierten bei herrlichem Sonnenschein entlang des Wassers auf der Nordwest-Seite der Kieler Förde. Zunächst erreichten wir den Schwedenkai, von dem die Fährschiffe der Stena Line nach Göteborg ablegen, dann gingen wir ins Stadtzentrum zum Holsten-Fleet, einem kleinen Kanal, und zum Rathaus, weiter ging es zur Düsternbrook-Uferpromenade, von der aus dem Treiben auf dem Wasser auf das trefflichste zugeschaut werden konnte. Dann nahmen wir einen Stadtbus, um zur großen Schleuse des Nord-Ostsee-Kanals zu gelangen. In der Schleuse war jedoch wenig Betrieb, ein Frachter war gerade hineingefahren und dann wurde er noch von fünf Segelbooten umfahren, die vor ihm warten mussten. Mit der Fähre kamen wir zur anderen Seite, zum Tiessenkai, wo wir im Schiffer Café einkehrten, um danach noch zum Leuchtturm Holtenau zu gehen. Schließlich fuhren wir zurück zum Bahnhof. Wer es mag, entlang der Promenade an kleinen und großen Schiffen zu flanieren, wird in Kiel auf seine Kosten kommen, ob es an der Schleuse interessant wird, sprich Schiffe hochgehoben oder heruntergelassen werden, ist nicht planbar. Die Stadt selbst empfanden wir als nichtssagend, einzig die unmittelbare Umgebung des Fleets lud zum Verweilen ein.

Am Nachmittag fuhren wir von Kiel mit der RB 84 das kurze Stück nach Plön, wo wir um 16:44 Uhr pünktlich ankamen und übernachteten. Auch bei diesem Zug handelte es sich wieder um einen Kurz-Zug mit nur zwei Waggons, der aber ziemlich gut besetzt war. Die kleine Stadt Plön befindet sich direkt am Ufer des Großen Plöner Sees, auf dem vor allem Segler unterwegs waren. Ein Passagierschiff, das täglich mehrmals verschiedene Stationen anfuhr, drehte seine für diesen Tag letzte Runde. Radfahrer lieben diese abwechslungsreiche Gegend. Oberhalb des Sees liegt das ganz in Weiß gehaltene Plöner Schloss, direkt darunter die Altstadt, klein, doch sehr idyllisch, ab 19 Uhr allerdings wie ausgestorben.

Heute, Donnerstag, der 25. August, sollte unser letzter ›Neuner‹ Tag sein. Ich hatte Zwischenstopps in Lüneburg und Braunschweig eingeplant, doch dazu kam es nicht. Um nach Lüneburg zu gelangen, hätten wir nach einer kurzen SEV-Busfahrt von Plön nach Eutin dort in einen Regionalexpress, der von Lübeck nach Lüneburg fahren sollte, einsteigen müssen, doch beim Blick in den DB-Navigator nach dem Frühstück zeigte dieser an, dass der Zug heute ausfallen würde, und zwar nicht nur der von uns geplante, sondern auch noch mehrere folgende, alle aufgrund kurzfristiger Krankmeldungen des Personals, wir bitten um Entschuldigung. Deshalb war eine komplexere Umplanung notwendig, wobei es zunächst nur eine Alternative gab, zurück nach Kiel und von dort nach Hamburg, dann würden wir weitersehen. Der Flexibilität waren heute wenige Grenzen gesetzt, bis auf den ICE am späten Nachmittag von Braunschweig nach Frankfurt, den ich längst gebucht hatte, um nicht die gesamte Strecke mit Regionalzügen zurücklegen zu müssen.

Um 9:45 Uhr ging es pünktlich in Plön mit der RB 84 los und wir saßen ohne Maske im Waggon, weil außer uns keine anderen Fahrgäste darin zu sehen waren. Die Ankunft des Zuges, der auch im weiteren Verlauf völlig leer blieb, war pünktlich um 10:17 Uhr und damit konnten wir bereits um 10:25 Uhr mit dem RE 70, ebenfalls pünktlich, nach Hamburg weiterfahren, kamen allerdings erst um 11:57 Uhr an, 20 Minuten zu spät. Dieser Zug war komplett ausgelastet. Er schlingerte über die Geleise, dass die Stehenden nur so von einer auf die andere Seite flogen. Die Schienen und die Zug-Räder werden niemals gute Freunde, die Unebenheit der ersteren wurden durch die Unwucht der letzteren nicht kompensiert, im Gegenteil, sie verstärkten einander. Das blieb eine einheitliche, sich überall im Land wiederholende Erfahrung. Deutsche Züge können nicht fahren, ohne permanent zu schaukeln und zu ruckeln. Koffer in bisher nicht gesehenen Mengen lagen auf den Sitzen, in unserem Waggon waren damit mindestens 15 Sitzplätze belegt, 20 Personen standen dafür in den Gängen, niemand von ihnen forderte die Freigabe der Plätze, Schaffner, die das hätten tun sollen, in Schleswig-Holstein ohnehin Mangelware, waren weit und breit nicht zu sehen.

»Die Deutschen lassen sich so viel gefallen, warum ist das so?«, wollte Maya wissen.

»Wir sind ein höfliches Volk, nehmen sogar auf Rucksäcke Rücksicht.«

»Nein, ihr seid ein mutloses Volk und voller Angst.«

Da durch die Streckenänderung in Verbindung mit der Hamburger Verspätung ein Besuch von Lüneburg nicht mehr sinnvoll erschien, legten wir einen Stopp in Hamburg ein, den wir am Rathaus und an der Binnenalster verbrachten. Der weitere Weg führte uns mit der RB 41 zunächst nach Buchholz in der Nordheide, wo wir um 14:04 Uhr, so der Plan, eintreffen sollten. Die Abfahrt in Hamburg verzögerte sich aber deutlich, weil der Zug zu spät eintraf, das Ein- und Aussteigen zusätzlich durch zwei defekte Türen behindert wurde und schließlich, weil die Leute ihre Taschen, Koffer oder sich selbst in die unmittelbaren Eingangsbereiche positioniert hatten und die Türen dadurch nicht freigaben, sprich diese konnten nicht geschlossen werden. Nachdem eine Lautsprecher-Dame die Funktion der Sensoren an den Türen erläutert hatte, ging es endlich los. Der Zug war zu 100 % besetzt, viele Leute standen in den Gängen. Bei der Ankunft in Buchholz um 14:13 Uhr hatte die Regionalbahn immer noch neun Minuten Verspätung. Genau zu dieser Zeit hätte die RB 38 nach Hannover abfahren sollen, doch sie wartete glücklicherweise auf den verspäteten Zug aus Hamburg, weil eine ganze Reihe der Passagiere hier nach Hannover umsteigen wollten. Diese Regionalbahn war nur zur Hälfte belegt, als sie sich um 14:15 Uhr auf den Weg machte und pünktlich um 16:08 Uhr in Hannover ankam. Jetzt war es trotzdem zu spät, um noch zu unserem vorab reservierten ICE nach Braunschweig zu kommen, doch da dieser auch einen planmäßigen Halt in Hildesheim hatte, fuhren wir ihm entgegen. Die S 4 sollte um 16:19 Uhr Hannover verlassen, tatsächlich war es 16:27 Uhr, zudem fehlte diesem Zug heute ein Wagen, weshalb er übervoll war und wir bis Sarstedt nur Stehplätze hatten. Mit acht Minuten Verspätung erreichten wir Hildesheim, es blieb aber genügend Zeit, bis der ICE 1699 von dort abfahren sollte. Er war, das muss man so sagen, leer. Das Bordrestaurant hatte heute nur ein eingeschränktes Angebot, eine Tür war defekt und das Wi-Fi war an diesem Spätnachmittag nicht verfügbar, sonst gab es nichts aus der Stille des Wagens zu berichten. Auf der ereignislosen Fahrt bis Frankfurt bekam ich zu meiner Überraschung eine E-Mail von einer Dame namens Chiara Fiore, einer Journalistin des italienischen Magazins ›Corriere dello Treni‹ (Namen geändert). Sie war in den sozialen Netzwerken auf mich aufmerksam geworden, wo ich gelegentlich über einige unserer Reisen etwas berichtet hatte. Sie wolle mich interviewen, stand da geschrieben, weil auch ihre Leserschaft Interesse an dem zeigte, was die Germanen nördlich der Alpen erfunden hatten. Ich antwortete ihr umgehend und signalisierte meine Bereitschaft.

Wir kamen um 19:40 Uhr pünktlich in Frankfurt an, nachdem der Zug einmal auf bekannter Strecke über Kassel und Fulda durch Hessen geschlingert war. Um ein Haar hätten wir noch den verspäteten RE 60 erwischt, aber wenn man einmal von einer Verzögerung hätte profitieren können, dann war sie nicht lange genug. Kurz gesagt, just in dem Moment, als unser ICE zum Halten kam, fuhr der RE 60 ab. Also hieß es, hinüber zu Gleis 1A zu marschieren, dort sollte die RB 68 um 20:02 Uhr losfahren. Schon einmal standen wir hier und der Zug war ausgefallen, heute klappte es aber reibungslos. Der recht leere Bummelzug fuhr pünktlich ab und kam neun Minuten nach Plan in Ladenburg an. Am Donnerstag, dem 25. August 2022, um 21:31 Uhr, war unsere letzte große Reise, unsere Odyssee, mit dem ›Neuner‹ zu Ende.

Zugabe: Mein Badner-Land

Anfang August gaben die Stones auf der Waldbühne in Berlin ein grandioses Konzert, das nicht mit dem letzten Song des regulären Programmes endete, sondern erst mit der Zugabe. Unter den Zuschauern waren alle Generationen vertreten, so wie in den Zügen der letzten drei Monate und sicher war ein großer Teil davon mit dem 9-Euro-Ticket angereist. Jagger, Richards, Wood, Jordan und Jones, Charlie Watts war nicht mehr dabei, er war vor einem Jahr gestorben, spielten ›Miss You‹, ›You Can't Always Get What you Want‹, ›Gimme Shelter‹, und 14 weitere Rock-Hymnen. Die Zugabe war geplant, aber so wie es das Ritual verlangte, mussten die Fans diese zuerst vehement einfordern. »Zu-ga-be, Zu-ga-be«, schrien sie im Stakkato, bis die Band auf die Bühne zurückkam. ›Sympathy for the Devil‹ und natürlich ›Satisfaction‹, dann erloschen die Scheinwerfer, die Bühne war dunkel. Als die Rock-Legenden die Bühne verließen, gingen auch die Zuschauer, alle mit der Gewissheit, dass es hier kein weiteres Konzert der Stones mehr geben wird. It's all over now, Baby Blue.

Es waren nicht die Gleise, auch nicht die Züge, die uns noch einmal zum Bahnhof riefen, es war ein Gefühl, irgendetwas vergessen zu haben, eine Strecke fehlte noch, das Beste zum Schluss, eine kurze Reise durch unser Badner Land. Uns blieben noch zwei Tage, wir kramten das ›Neuner‹ noch einmal hervor und fuhren am Dienstag, dem 30. August, in den Schwarzwald, zum Titisee.

Die Strecke führte von Ladenburg über Mannheim, Karlsruhe, Offenburg und Freiburg. Lassen wir für diese endgültig letzte Reise, die Zugabe, die Abfahrts- und Ankunftszeiten und auch die Verspätungen außer Acht. Wir hatten wieder den kleinen Rucksack gepackt, in meinen, das war der Unterschied zu allen vorherigen Fahrten, hatte ich auch einen Waschlappen gesteckt. ›Tribute to the Ministerpräsident of The Länd‹. Ich hatte immer sehr großen

Respekt vor meinem Landesvater und als dieser vor ein paar Tagen seinen Schäfchen die Benutzung des Waschlappens anstelle der Dusche ans Herz gelegt hatte, um damit die drohende Energiekrise zu verscheuchen, wollte ich ganz vorn an der Front mit ihm kämpfen. Den Schweiß der Deutschen Bahn würde ich mit dem Waschlappen aus der Staatskanzlei ganz einfach wegschrubben. Was gab es Schöneres, als beim Blick aus den Zugfenstern auf Waschlappen-Württemberg das Lied zu summen, das uns Badener eint.

»Das schönste Land in Deutschland's Gaun,
das ist das Wa-asch-lappen-land;
Es ist so herrlich anzuschaun und ruht in Gottes Hand!«

Obwohl ich leise sang, fuhr mich Maya an:
»Musst Du Dir den Kinderkram Eures Ministerpräsidenten auch noch zu eigen machen? Sing es richtig, so wie wir es im Fußballstadion des Öfteren gehört haben.«
Sie hatte natürlich recht, und so kehrte ich zum Original zurück. Als wir unweit von Heidelberg nach Westen fuhren, sang ich:

»Alt-Heidelberg, Du Feine, Du Stadt an Ehren reich,
Am Neckar und am Rheine, keine andre kommt Dir gleich.
Drum grüß ich Dich, mein Badner-Land,
Du edle Perl' im deutschen Land.«

Drei Badner-Städte lagen auf dem Weg des zweiten und dritten Zuges:

»In Karlsruh' ist die Residenz, In Mannheim die Fabrik,
In Rastatt steht die Festung und das ist Badens Glück.
Drum grüß ich Dich, mein Badner-Land,
Du edle Perl' im deutschen Land.«

An dieser Stelle müssen wir doch kurz über einen Zug reden, den Regionalexpress von Karlsruhe nach Offenburg. Schon der Bahnsteig in Karlsruhe war dermaßen überfüllt, dass die Leute nur mit Mühe aus dem gerade ankommenden Zug aussteigen konnten, denn die auf dem Bahnsteig Wartenden drängten bereits zu den Türen. Man wurde irgendwohin geschoben, konnte nicht selbstständig die Richtung wählen, die Ankommenden kollidierten mit den Abreisenden, die Treppen, über die sich die Masse auflösen würde, waren nicht zu sehen. Im Zug saßen und standen die Menschen so dichtgedrängt, wie wir es bisher nirgendwo erlebt hatten. Das Gerücht machte die Runde, dass ein ICE auf dieser Strecke ausgefallen sei und sich daher alle Betroffenen ebenfalls in diesen RE gedrängt hatten. Hinzu kam, dass die Badner bei herrlichem Wetter wohl alle noch einmal die Chance nutzen wollten, eine letzte 9-Euro-Reise zu machen. Das Problem wurde durch die viel zu vielen Radfahrer noch verschärft. Natürlich hatte das eine große Verspätung zur Folge, die dazu führte, dass wir in Offenburg den geplanten Zug nach Freiburg nicht mehr bekamen, er war bereits abgefahren. Als wir deutlich verspätet und verschwitzt in Freiburg eintrafen, war der Stressteil für uns beendet, nicht aber für diejenigen, die bis Basel weiterfahren wollten, denn der Zug fuhr nicht wie geplant dorthin, er endete in Freiburg, da es heute auf dem ganzen Abschnitt bis zur Schweizer Grenze zahlreiche Probleme auf der Strecke gab, was zu einer Reihe von Zugausfällen führte. Als wir in der S-Bahn zum Titisee saßen, sang ich weiter:

»Zu Haslach gräbt man Silbererz, in Freiburg wächst der Wein,
im Schwarzwald schöne Mädchen, ein Badner möcht ich sein.
Drum grüß ich Dich, mein Badner-Land,
Du edle Perl' im deutschen Land.«

Wir verließen Freiburg durch das Höllental, in dem es den Ort Himmelreich gab. Für die bergauf Fahrenden war der Himmel gewissermaßen die Pforte zur Hölle, für die bergab Fahrenden endete die Hölle im Himmel. Der Titisee schmiegt sich in ein Becken, umgeben von grünen Schwarzwaldbergen. Es ist eine Touristenhochburg, in der wir zunächst ein Boot mieteten, um eine Stunde lang auf dem klaren Wasser herumzufahren, anschließend unternahmen wir eine längere Wanderung entlang des Seeufers. Es durfte nicht ausbleiben, einen Blick in das ein oder andere Souvenirgeschäft zu werfen, die selbstredend alle die gleichen Gegenstände zum Kauf anboten: Kuckucksuhren an erster Stelle, gefolgt von Schwarzwälder Schinken, allerlei Holzschnitzereien, Gläser, Pokale und vieles mehr, was deutsche Wohnzimmer schmückt. Natürlich fehlte die Schwarzwälder Kirschtorte nicht, die wir in einem Café mit Blick über das Wasser verspeisten.

Dann kam der Morgen des 31. Augusts, ein Mittwoch, des letzten Gültigkeitstages des 9-Euro-Tickets, das in der aktuellen Form nicht verlängert wurde. Halleluja! Diesen Tag wollten wir nur noch genießen und was bot sich Besseres an, als auf dem Rückweg ein paar Stunden in Straßburg zu verbringen. Hier ist anzumerken, dass sich die deutsche Regierung nicht mit der staatlichen französischen Eisenbahngesellschaft SNCF darauf einigen konnte, das 9-Euro-Ticket bis nach Straßburg gelten zu lassen, weshalb ich Fahrscheine für das kurze Stück von Kehl nach Straßburg gelöst hatte, die jedoch nicht kontrolliert wurden, was auch kaum möglich gewesen wäre, denn der Zug war proppenvoll, es gab kein Durchkommen, heute wollte jeder in die Perle des Elsass.

Den Nachmittag verbrachten wir mit Besuchen der Kathedrale und Spaziergängen durch Petit France, wir gingen zum Place Kléber, auf dem ein großer Bücherflohmarkt stattfand, bestaunten das Maison Kammerzell, fuhren acht Runden mit dem Karussell auf dem Place Gutenberg und aßen den typischen Flammkuchen, belegt mit kräftig duftendem Münsterkäse. Schließlich schlenderte Maya durch einige Bekleidungsgeschäfte, denn die französische Mode ist an Stil und Raffinesse der deutschen deutlich überlegen. Diese Chance wollte sie sich nicht entgehen lassen. Ich nutze diese Zeit, um in einer gemütlichen Weinstube einen Gewürztraminer und einen Riesling zu verkösten.

Für die Rückfahrt hatte ich etwa drei Stunden kalkuliert, es wurden nahezu vier. In Krimmeri-Meinau, dem letzten Ort auf der französischen Seite, stiegen drei Ticket-Kontrolleure ein. Blitzschnell verteilten sie sich so im Waggon, dass keiner die Chance hatte, zu entwischen. Klar, sie wollten diejenigen schnappen, die nur das 9-Euro-Ticket hatten und es waren drei, wie ich beobachtete, die sie zur Kasse baten. Weder die Kontrolleure noch die

Franzosen im Zug trugen eine Maske. Das war in Frankreich nicht mehr Vorschrift. Keine zwei Minuten später, nach dem Überqueren des Rheins bei Kehl, galt wieder die deutsche Gesetzgebung: »Bitte bedecken Sie Mund und Nase vollständig.«

Die Kontrolleure stiegen in Kehl wieder aus, um im Gegenzug neues Geld für die Staatskasse einzutreiben.

Ab Appenweier, von wo aus wir über Karlsruhe und Mannheim zurückfahren wollten, zeigte die Deutsche Bahn noch einmal ihr ganzes Können:

»Heute um zirka 25 Minuten verspätet. Grund ist eine Verspätung aus vorheriger Fahrt, wir bitten um Entschuldigung.«

Ein zweiter Grund kam hinzu: »Warten auf die Vorbeifahrt eines anderen Zuges«, wobei nicht etwa ein ICE vorbeisauste, sondern ein Güterzug, dessen Waggons mit Planen abgedeckt waren, Appenweier langsam passierte.

»Das wird doch nicht etwa eine geheime Probefahrt des Habeck'schen ›Energie-hat-Vorfahrt‹ Zuges sein, der Kohle geladen hat?«, mutmaßte Maya.

»Dieser Zug fährt dem kalten Winter entgegen, der uns vom Herrscher am Ural gebracht werden wird«, fantasierte ich. »Habecks Zug gegen Strelnikovs Eisenbahn, sie rasen aufeinander zu …«

Als der Güterzug außer Sichtweite war, setzten alle das Warten auf irgendeinen Regionalexpress fort, der dann auch eintraf, weiterfuhr, zwischendurch stehenblieb und uns nach zwei weiteren Umstiegen am Zielbahnhof ausspuckte.

Das war's!

Nachdem wir zu Hause eine Weile geruht hatten, machte ich mich noch einmal auf den Weg zum Bahnhof, von dem wir so oft losgefahren, an dem wir so oft angekommen waren. Ich wollte dabei sein, wenn der letzte ›Neuner-Zug‹ einfährt. Während der wenigen Minuten, die ich mit dem Auto bis zum Bahnhof brauchte, kreisten meine Gedanken um Michail Gorbatschow, der gestern gestorben war. In den Medien wurde diskutiert, ob es einigen politischen Größen gelingen könne, trotz der Sanktionen zu seiner Beisetzung zu gelangen. Falls dort kluge Menschen zusammenkommen sollten, müssen sie über ihren Schatten springen und endlich die Gespräche beginnen, die die Voraussetzung zur Wiederherstellung des Friedens und zur Skizzierung einer neuen, multipolaren, dauerhaften und respektvollen Zusammenarbeit sind. Es blieb bei der Hoffnung, von unserer Regierung hatte es nicht einmal jemand versucht, nach Moskau zu reisen.

Wenige Minuten vor Mitternacht stand ich am hinteren Ende des Bahnsteigs, mit freiem Blick auf alles, was rund um die Gleise des Bahnhofs der Kleinstadt, die nicht weit entfernt von meinem Wohnort lag, geschah ...

Gespräch mit Chiara Fiore

Chiara Fiore und ich hatten uns gleich für den 1. September zu einem virtuellen Treffen auf einer der harten, unbequemen Bänke aus Drahtgeflecht an irgendeinem Bahnhof verabredet. Unser Gespräch begann mit einer Plauderei über persönliche, aber nicht private Dinge, das Reisen an sich, Bella Italia natürlich, und gleich zu Beginn bat ich sie, von der italienischen Regierung ein ähnliches Programm einzufordern. Dann schaltete sie ihren Sprachrekorder ein.

Jimmy, fangen wir mit ein paar Zahlen an. Wie viele Züge haben Sie bei Ihren 13 Reisen benutzt?
»Ich habe das präzise aufgeschrieben. Es waren 123 Regionalzüge. Zusätzlich hatten wir 10 Fernzüge hinzugebucht, um große Entfernungen schneller zu bewältigen. Stadtbusse, U-Bahnen oder S-Bahnen lasse ich hier außen vor. Insgesamt verbrachten wir 139 Stunden in diesen Zügen.«

Wir hörten immer wieder von Verspätungen. War das so?
»Von den 133 Zügen, mit denen wir fuhren, hatten 37 mehr als 15 Minuten Verspätung, also etwa 28 %. Weitere 32 Züge waren zwischen 5 und 15 Minuten zu spät, das sind 24 %. Dazu kamen 9 ungeplante Zugausfälle sowie 5 Ersatzfahrten mit einem Bus. Um Ihre Frage mit wenigen Worten zu beantworten, ja, Verspätungen waren das zentrale Problem, weniger als die Hälfte aller Fahrten waren pünktlich.«

Wie fühlt man sich auf deutschen Bahnhöfen, wenn man so oft warten muss?
»Sehr unwohl, denn man musste dort oft lange Zeit verweilen, aber es gab keine Warteräume, stattdessen standen hier und da ein

paar sehr harte, unbequeme Bänke herum, die aber nicht ausreichend Platz boten. Die meiste Zeit musste man also im Stehen verbringen. Dazu kam, dass sehr viele Bahnhöfe und die unmittelbare Umgebung total verdreckt waren, und nach allem Möglichen stanken, was man nicht riechen möchte. Schließlich spielte auch die Sicherheit eine große Rolle. Wenn ständig Durchsagen zu hören sind, dass man gut auf sein Gepäck aufpassen solle, da organisierte Banden im Bahnhof unterwegs seien, fühlte man sich nicht besonders gut. Ich verweise hier nur auf Frankfurt oder Hannover als Beispiele.«

Bieten die Züge wenigstens ein Minimum an Komfort?

»Das kann ich nicht pauschal beantworten, denn es gibt, und das war mir nicht bekannt, eine extrem große Zahl von Gesellschaften, die im Auftrag oder in Kooperation mit der Deutschen Bahn die Strecken bedienen und auch die Deutsche Bahn selbst hat sehr viele regional agierende Unternehmen. Dementsprechend unterschiedlich waren die Züge ausgestattet. Die meisten waren unbequem, zu enger Sitzabstand, keine Armlehnen zum Nachbarsitz, nicht einmal ein Klapptischchen. Die Klimaanlagen funktionierten halbwegs ordentlich, aber einfach zu öffnende Fenster gab es nur sporadisch. Insgesamt waren die Züge eher unbequem, aber für ein bis zwei Stunden war das erträglich.«

Wie haben sie die Fahrkartenkontrollen erlebt?

»Bei mehr als zwei Drittel aller Fahrten wurde überhaupt nicht kontrolliert. Die übergroße Mehrheit hatte gültige Fahrscheine, was beim Preis von 9 Euro zu erwarten war, doch es gab auch Fälle, bei denen die Kontrolleure die betreffenden Personen am nächsten Bahnhof wegen fehlender Tickets aus dem Zug komplimentieren mussten. Ich habe aber nicht gesehen, dass Bußgelder direkt einkassiert wurden.«

Was waren die Gründe für Fahrten ohne Ticket?

»Missverständnisse beim Kauf der Fahrkarten, manche hatten etwa ein Ticket für Juli gekauft, sind aber schon im Juni damit gefahren. Gerade am Anfang eines Monates hatten einige Passagiere darauf gebaut, dass die Schaffner das durchgehen lassen. Dazu kamen Leute, die, wie mir mehrere Zugbegleiter sagten, grundsätzlich nicht zahlen.«

In Deutschland, wie auch in Italien, herrscht in den Zügen immer noch Maskenpflicht. Hielten sich die Fahrgäste daran?

»Diese, wie ich meine unsinnige Verordnung hat den Zugbegleitern den meisten Ärger bereitet, denn sie mussten sie durchsetzen. Deshalb waren die Masken das dominierende Thema der Durchsagen, nach jedem Halt wurde erneut auf die Verpflichtung zum Tragen einer medizinischen Maske hingewiesen. Meine Beobachtung war, dass 90 % der Reisenden Masken trugen, von den verbleibenden 10 % waren etwa 90 % Männer, jünger als 40 Jahre. Ich könnte diese Gruppe detaillierter beschreiben, will das aber an dieser Stelle nicht tun. Ich muss aber betonen, dass sich in einigen Fällen das Zugpersonal bei der Kontrolle persönliche Beleidigungen und üble Beschimpfungen anhören musste.«

Die Deutsche Bahn wirbt stark für die DB-Navigator App. Wie hilfreich war sie?

»Bei den ständigen Verspätungen und Zugausfällen war sie ein absolutes Muss. Nur mit der App konnte man rasch reagieren und Alternativen finden. Wer die App nicht hatte oder nicht mit ihr umgehen konnte, war auf Durchsagen am Bahnhof oder im Zug angewiesen und die waren sehr lückenhaft und kamen oft zu spät. Am Bahnhof zum Informationsschalter zu gehen, war ganz sicher keine Alternative. Zum einen gab es in kleineren Orten kein Personal und dort, wo es sogenannte Reisezentren gab, war die Wartezeit viel zu lang, das konnte schon mal eine halbe Stunde dauern.«

Wie steht es denn mit der Wi-Fi-Abdeckung?

»Sehr unterschiedlich, im Norden, Osten und Südosten eher schlecht, aber es geht auch mal ohne Wi-Fi, das ist zumindest meine Meinung. Andererseits hatte ich von der Wichtigkeit der DB-Navigator App gesprochen und dafür benötigt man eine schnelle

Internetverbindung, es gibt aber in Deutschland immer noch zu große Flächen ohne gutes Netz.«

Waren die Züge wirklich alle überfüllt?
»Absolut nicht, mehr als jeder vierte Zug auf keinen Fall. Das mag aber daran liegen, dass wir kaum an Wochenenden und auch selten zu Hauptverkehrszeiten unterwegs waren. Wer also flexibel bei der Planung war, musste sich wenig Sorgen machen, in total vollen Zügen unterwegs zu sein.«

Haben Sie irgendwo im Zug oder Bahnhof eine brenzlige Situation erlebt?
»Nein. Zum Glück nicht, aber es gab immer wieder Übergriffe, von denen oft nur in regionalen Medien berichtet wurde.
Beispiel 10. Juni: Ein Mann hat eine Frau im Münchner Hauptbahnhof mit beiden Händen gegen den Rücken gestoßen, wodurch sie auf das Gleis fiel.
Beispiel 17. Juli: Ein Mann hatte in Frankfurt in einer Regionalbahn einem Fahrgast zweimal mit einem Messer in den Oberkörper gestochen.
Beispiel 19. August: Ein 19-Jähriger wurde im Zug nach Dortmund zusammengeschlagen.«

Hatten Sie Sorge, sich in den Zügen mit Covid-19 zu infizieren?
»Nein, eigentlich nicht. Nur als ich in überfüllten Zügen stehen musste und die Köpfe einiger Reisender kaum 15 Zentimeter entfernt waren, dachte ich an Corona.«

Die Bahn bittet immer wieder um Verzeihung. Werden Sie die Missstände entschuldigen?
»Nein, ganz sicher nicht. Missstände, die es nur in Deutschland gibt, muss man nicht entschuldigen. Auch die 9-Euro-Ticket Reisenden haben Anspruch auf eine ordentliche Leistung der Deutschen Bahn.«

Wer war denn mit dem 9-Euro-Ticket unterwegs, ein Querschnitt der Gesellschaft?

»Nein, absolut nicht. Damen im Business Kostüm und Herren im Anzug waren nicht zu sehen. Mit den Regionalzügen fuhren andere Personengruppen, als im ICE. Hinzu kam die Beobachtung, dass mehr als ein Drittel der Reisenden in den Regionalzügen nicht Deutsch als Muttersprache hatte, was sicher nicht der Quote in der gesamten Gesellschaft entspricht.«

Nach welchen Kriterien hatten Sie ihre Reisen geplant?

»Abgesehen von der Präferenz für bestimmte Orte und Gegenden vor allem danach, den Massen aus dem Weg zu gehen, also nicht am Wochenende und nicht zu den Hochburgen des Interesses, aber trotzdem durch interessante Regionen zu fahren und sehenswerte Orte zu erkunden. Natürlich war die Neugier auch ein Faktor.«

Ergibt es wirklich Sinn, von einer Stadt zur anderen zu hetzen und jeweils nur ein paar Stunden dort zu verweilen?

»Das kommt darauf an, was sie als Reisender erleben wollen. Bei vielen kleinen und mittleren Städten bekommt man in drei Stunden einen guten Überblick über die Sehenswürdigkeiten und den Charakter des Ortes. Man kann ja später noch einmal hinfahren und länger dort verweilen.«

Bei so vielen Fahrten durch das ganze Land innerhalb von 12 Wochen bekommt man bestimmt einen guten Eindruck von Deutschland im Jahr 2022. Hat sich das Land verändert?

»Ja, auf jeden Fall. Manche Teile des Landes hatte ich vor 30 Jahren das letzte Mal gesehen und jetzt alles in nur drei Monaten. Man spürte rasch, dass sich Deutschland sehr verändert hat und gleichzeitig sah man, wo sich das Land nicht weiterentwickelt hatte, was ja auch eine Art Veränderung ist, relativ im Vergleich zu anderen Ländern.«

Kann man mit dem 9-Euro-Ticket wirklich Geld sparen?

»Wenn man nur Zug fährt und Essen und Trinken von Zuhause mitnimmt und nicht übernachtet, dann ja. Aber viele machten ja Mehrtagesreisen, so wie wir, die sie ohne das Ticket gar nicht unternommen hätten. Da kamen schnell größere Summen für Hotels, Restaurants, Eintrittskarten etc. zusammen. Mit anderen Worten, die Gesamtausgaben waren deutlich höher, als sie ohne das Ticket gewesen wären und das gastronomische Gewerbe war der eigentliche Nutznießer.«

Was wird Ihnen am tiefsten in Erinnerung bleiben?
»Da könnte ich so viele interessante Erlebnisse und Begegnungen nennen, doch eines sticht ganz klar heraus. Immer wenn es irgendein Problem mit einer Zug-Verbindung gab, wurde von der Bahn dafür der Grund angegeben und der Gründe gab es viele, und immer endete die Information mit dem Zusatz ›Wir bitten um Entschuldigung‹. Dieser Satz bleibt am tiefsten in meinem Gehirn gespeichert.«

Würden Sie weitere Reisen unternehmen, wenn das 9-Euro-Ticket verlängert oder neu aufgelegt würde?
»Nein, sicher nicht. Wenn, dann nur zu ganz speziellen Gelegenheiten. Meine Teilnahme am Experiment ist abgeschlossen und ich hoffe inständig, dass es keine Verlängerung in der gleichen Ausstattung geben wird. Die Deutsche Bahn ist nicht in der Lage, die damit versprochenen und erwartbaren Leistungen zufriedenstellend anzubieten. Vor allem im Interesse des Zugpersonals sollte dieses 9-Euro-Ticket einmalig bleiben.«

Orte und Betreiber

Liste der besuchten Orte

Bei unseren 13 Reisen kam eine stattliche Liste von Orten zusammen, in denen wir einen Stopp oder gar eine Übernachtung eingelegt hatten. In Einzelnen waren es:

Amberg – Ansbach – Bad Reichenhall – Bad Salzuflen – Bamberg – Bonn – Bremen – Detmold – Dresden – Düsseldorf – Emden – Freudenstadt – Füssen – Garmisch-Partenkirchen – Göttingen – Hameln – Husum – Kaufbeuren – Kiel – Koblenz – Köln – Königssee – Konstanz – Kufstein (Österreich) – Landshut – Lindau – Mainz – Mettlach – Münster – Norderney – Nürnberg – Plön – Regensburg – Rothenburg ob der Tauber – Schaffhausen (Schweiz) – Schwäbisch-Hall – Speyer – Stadt Wehlen – Straßburg (Frankreich) – Sylt – Titisee – Wiesbaden – Würzburg.

Liste der anderen erwähnten Orte

Zu einigen Orten, die wir aus den unterschiedlichsten Gründen nicht besucht hatten, finden sich Informationen im Text, die Neugierde wecken sollen, sie sich anzusehen. Das waren:

Bensheim – Bullay – Cochem – Eisenach – Erfurt – Frankfurt – Gotha – Heidelberg – Heppenheim – Kaiserslautern – Kassel – Leipzig – Mannheim – Marburg – Oberammergau – Papenburg – Schifferstadt – Trier – Völklingen – Weimar – Worms.

Liste der benutzten Bahngesellschaften

Eine Vielzahl von Betreibergesellschaften bedient das deutsche Schienennetz. Wir fuhren mit:

alex – Die Länderbahn GmbH DLB

Bayerische Regiobahn

DB Fernverkehr AG

DB Regio AG Baden-Württemberg

DB Regio AG Bayern

DB Regio AG Mitte

DB Regio AG Mitte SÜWEX

DB Regio AG Nord

DB Regio AG NRW

DB Regio AG S-Bahn Rhein-Main

DB Regio AG Südost

DB RegioNetz Verkehrs GmbH Südostbayernbahn

DB RegioNetz Verkehrs GmbH Westfrankenbahn

erixx

Eurobahn

Go-Ahead Baden-Württemberg GmbH

Hessische Landesbahn

metronom

Mitteldeutsche Regiobahn

MittelrheinBahn (Trans Regio)

National Express / RRX Rhein-Ruhr-Express

Regionalverkehre Start Deutschland GmbH

Regionalverkehre Start Deutschland GmbH (Start Niedersachsen-Mitte)

Rhein-Neckar-Verkehr GmbH (Oberrheinische Eisenbahn)

Südwestdeutsche Landesverkehrs-GmbH

SWEG Bahn Stuttgart GmbH

WestfalenBahn

Die Deutsche Bahn entschuldigt sich

»Grund dafür ist ein technischer Defekt an einem Signal. Wir bitten um Entschuldigung.«

»Grund dafür ist ein technischer Defekt an einer Weiche. Wir bitten um Entschuldigung.«

»Grund dafür ist ein technischer Defekt an der Oberleitung. Wir bitten um Entschuldigung.«

»Grund dafür ist ein technischer Defekt an einem Bahnübergang. Wir bitten um Entschuldigung.«

»Grund dafür ist die verspätete Bereitstellung des Zuges. Wir bitten um Entschuldigung.«

»Grund dafür ist ein Notarzteinsatz auf der Strecke. Wir bitten um Entschuldigung.«

»Grund dafür ist eine Verspätung aus vorhergehender Fahrt. Wir bitten um Entschuldigung.«

»Grund dafür ist die Vorfahrt eines schnelleren Zuges. Wir bitten um Entschuldigung.«

»Grund dafür ist die Sperrung des vor uns liegenden Streckenabschnittes. Wir bitten um Entschuldigung.«

»Grund dafür ist eine Reparatur am Zug. Wir bitten um Entschuldigung.«

»Grund dafür ist, dass noch alle Gleise am Bahnhof belegt sind. Wir bitten um Entschuldigung.«

»Grund dafür ist die Sperrung der Strecke wegen umfangreicher Baumaßnahmen. Wir bitten um Entschuldigung.«

»Grund dafür ist das Warten auf Anschlussreisende. Wir bitten um Entschuldigung.«

»Grund dafür ist eine Umleitung des Zuges. Wir bitten um Entschuldigung.«

»Grund dafür ist eine Störung auf der Strecke. Deshalb können wir nur mit verminderter Geschwindigkeit fahren. Wir bitten um Entschuldigung.«

»In diesen Zügen können leider keine Reservierungen angezeigt werden. Wir bitten um Entschuldigung.«

Manfred Görk

Herr Gao und der Gelbe Fluss

Die Sieben Wandlungen

Roman

456 Seiten – Taschenbuch

Herr Gao wurde 1931 geboren. Wie der Gelbe Fluss war sein Leben unstetig und unvorhersehbar. Er schien ein Tölpel zu sein, denn bei sieben Versuchen brachte er es fertig, nur einen Sohn in die Welt zu setzen, umringt von sechs Töchtern. Wollen Sie wissen, mit welchen fundamentalen Wandlungen ihr Leben verlief? Die Geschichte der Generationen umfasst 90 Jahre, die auch den Änderungsprozess der ländlichen Bevölkerung in China nachzeichnen. Geprägt von ständigem Wandel, von Tradition und Moderne, Aufstieg und Niedergang, Hunger, Fleiß und Wohlstand, Spannungen und Harmonie. Der Roman endet mit den Erlebnissen der Corona-Isolation im Jahr 2020. Seine Enkelin, die aus Wuhan zum Frühlingsfest kam, öffnete dafür ihr Tagebuch. Herr Gao hatte es vorgezogen, im Jahr 2018, also rechtzeitig, seine Heimaterde durch seinen Tod zu verlassen. Werfen Sie einen Blick auf eine Facette Chinas, die sicher nur die wenigsten kennen. Alles, was hier geschildert wird, ist tatsächlich so geschehen. Das macht den Roman ehrlich und faszinierend.

BoD – Books on Demand, Norderstedt

Manfred Görk

Lockdown in Neuseeland

Ein CORONA-Reise-Tagebuch

152 Seiten – Taschenbuch

25. März 2020, 18:30 Uhr: Automatischer Alarm auf jedem Handy in Neuseeland. NATIONAL EMERGENCY MANAGEMENT AGENCY ALERT. Der Corona-Lockdown beginnt auch für Sven Neuland und Wei Ling. Was sind die Ziele, welche Maßnahmen werden ergriffen, kann das Virus besiegt werden? Dieses Tagebuch schildert, wie Corona als ständige Begleitung den Alltag in Besitz nimmt. Ein Fragment einer Zeit des dramatischen Umbruchs von unbekannter Dauer. Ein Dialog mit dem Teufel ... Schon vor ihrer Abreise war Corona Bestandteil des Lebens in zahlreichen Ländern. So wurde bereits die Planung ihrer Reise unmittelbar vom Virus beeinflusst. Bei ihrer Ankunft war Corona kein reales Thema für die Kiwis. Deshalb stehen in den ersten drei Wochen des Tagebuches ihre Reiseerlebnisse im Vordergrund. Umso plötzlicher ändert sich die Lage. Die Entscheidungen der neuseeländischen Regierung beruhen auf einem Masterplan, dessen rasante Umsetzung für Tausende Ausländer zum sehr engen Rahmen der Bewegungsfreiheit im Land wird. Als die beiden zurück in Deutschland sind, gelten dort völlig neue Regeln für das Leben, als zum Zeitpunkt ihrer Abreise. Sie erleben die deutsche Realität und stellen Vergleiche mit dem neuseeländischen Weg an. Die Unterschiede sind enorm. Welcher Weg wird zum Erfolg führen? Sven Neuhaus wagt eine eindeutige Prognose. Seien sie gespannt.

BoD – Books on Demand, Norderstedt